나의 사랑, 내 어여쁜 자者야

저자의 말

아가서를 읽으며 이 말씀에 매료되어 소설로 쓰기로 마음에 다짐하고 쓴 오래된 작품이다.

솔로몬이 사랑한 그 어여쁜 자는 가장 귀한 사람이다.
나는 다시 아가서를 읽기 시작했다.
구구절절 솔로몬의 마음이 마음속 깊이 와닿는다.

나는 주님을 생각하기 시작했다. 오순절을 기다리는 이 기간에 우리를 위해 아니 나를 위해 십자가에 피 흘리신 죄 없으신 분을 꼭 만나야겠다고 다짐해 본다.
이제 다시 찬양 부르며 그분 곁으로 한 걸음 한 걸음 기쁨으로 다가가 뵙길 원한다.

차례

그들은 다시 만났다	7
그리움, 그 처연한 아픔	29
천사의 커튼보다	51
꿈길, 길은 없었다	73
네 꿈을 펼쳐라	95
소나기, 경복궁에 내리다	118
빈으로 떠나다	142
참 아름다워라	162
산산히 부서진 이름	184
해운대에서 그녀 안다	205
머뭇거리지 않는 사랑	227
꽃담, 청매 피다	249

그들은 다시 만났다

아파트 놀이터에서 지윤이가 그네를 타고 있었다. 성혜는 금붕어가 든 어항을 들고 딸을 부르며 놀이터로 가고 있고, 민철도 퇴근을 하며 놀이터 앞을 지나가고 있었다.

"지윤아."

"야. 금붕어다."

지윤이가 흔들거리는 그네에서 뛰어내리다 그만 모래에 고꾸라지자 성혜가 금붕어 어항을 든 채 뛰어간다.

"천천히 내리지. 많이 아프니?"

"괜찮아요. 엄마."

민철도 다가가서 지윤이에게 말을 건네었다.

"다치지 않았니?"

"……"

민철의 목소리에 고개를 돌려보던 성혜가 놀란 나머지 그만 어항을 놓쳐 깨지고 만다. 그사이 모래 속으로 물은 스며들고 헐떡거리는 금붕어 두 마리만 덩그러니 남았다. 그도 성혜를 보자 놀라서 뒷걸음질 쳤다.

"엄마. 금붕어가 죽잖아?"

그가 얼른 금붕어를 집어 들었지만 모래만 잔뜩 묻어있다. 성혜가 딸의 손을 잡고 허둥거리며 아파트 현관으로 들어간다. 민철은 그녀의 뒷모습을 연민의 눈으로 바라보다가 성혜 사는 아파트 맞은편으로 들어갔다.

토요일, 아파트 안 테니스장에서 테니스공 튕기는 소리가 들리는 아침이다. 테니스를 치는 동호인들 사이에 성혜가 보였다.

민철이 하얀 테니스복 차림으로 라켓을 들고 오는 것을 본 그녀가 게임을 끝내고 서둘러 가는 것을 보자 그의 얼굴이 굳어져간다.

성혜가 들어오자 조간신문을 훑어보던 형석이 힐끗 보며 툭 말을 내뱉는다.

"어? 일찍 들어오네?"

"게임이 일찍 끝나서요."

성혜는 라켓을 제자리에 두고 욕실로 들어가면서 대답했다. 샤워 물줄기 위로 비 오는 밤 우산 속에서 입맞춤하는 민철과 그녀의 모습이 겹쳐졌다. 그녀는 쏟아지는 물줄기를 맞으며 오랫동안 그렇게 서있었다.

"아빠. 엄마는요?"

"샤워해."

딸이 욕실 문을 두드리며 말했다.

"엄마. 나."

"나갈게."

욕실에서 머리에 수건을 두르며 나오는 성혜가 딸을 보며 웃었다.

"세수하고 밥 먹자."

"엄마. 오늘 아빠가 어린이대공원 가자는데?"
"외할머니 칠순이라 가족들 모두 모이기로 했어요. 미국에서 성숙이 부부도 와 있어요."
형석에게 말하자 신문을 접으며 귀찮다는 표정을 지으며 대답했다.
"알았어."
"……"
"외할머니한테 간다."
"네."
"근데 나 저녁에 약속이 있어. 잔치에 참석했다가 연락 오면 바로 가야 해."
딸이 다 함께 간다는 말에 얼굴이 환해지면서 좋아했다. 식탁에 둘러앉아 식사하는 단란한 모습과는 달리 어두운 얼굴의 그녀가 못마땅한 형석은 이내 수저를 놓고 일어섰다.

땀에 흠뻑 젖은 민철은 라켓을 현관에 세우고 욕실로 들어가 샤워기를 틀었다. 머리 위로 쏟아지는 물줄기에 온몸을 맡긴 채 물을 세차게 맞으며 한동안 서있다가 나오는 그의 얼굴이 밝다.
수건으로 머리를 닦으며 꽃보라 속 사진 앞에서 그녀의 해맑은 얼굴을 어루만진다.
"널 만나서 너무 기뻐."
주저 없이 부엌으로 가 찬장에서 컵라면을 꺼내 정수기 온수를 부은 뒤 식탁 위에 놓는다. 영락없는 홀아비 살림살이다. 냉장고에서 우유를 꺼내 컵에 따르며 식탁에 앉는다.
그는 컵라면을 먹고 난 후 커피를 머그잔에 가득 담아서 거실에 있는 사진 속 성혜에게 말을 건넨다.

'그동안 잘 산 거니?'

그녀를 처음 만난 건 어느 해 초봄이었다.

그가 근무하던 여학교에 성혜가 음악 교사로 부임한 것이다. 심민철은 교무실에서 마주 보는 자리에 앉아서 목례를 하며 환하게 웃던 성혜를 또렷이 기억하고 있다.

초년생 교사들이 겪는 어려움도 잘 극복할 수 있도록 선배로서 잘 도와주었다.

그녀가 음악실에서 부르던 '님이 오시는지'는 민철의 마음을 더 잡아 끌었다. 그는 사진 찍는 것이 취미라서 교정 안의 푸르른 나무며 장미, 그리고 벤치에 앉아 재잘거리는 여학생들의 모습을 애정 어린 시선으로 자주 찍곤 했다.

그렇게 일 년여 시간이 지나고 송현미가 생물 교사로 부임했다. 현미와 성혜는 고등학교 동창인데 현미가 임용시험에 일 년 늦게 합격해 그녀가 있는 학교로 발령을 받아온 것이다. 두 사람은 전보다 더 친해졌다.

초봄이 되자 현미는 성혜에게 화야산 야생화 군락지로 꽃구경을 가자 했다. 그곳에는 연노랑 남산제비꽃이 피어있었다. 현미는 성혜를 부르며 남산제비꽃에 그녀의 얼굴을 들이댔다.

"향기롭다. 이게 제비꽃이라고?"

"그냥 제비꽃이 아니라 남산제비꽃이야. 잘 봐. 그냥 제비꽃은 주로 보랏빛인데 이건 연노랑이잖아. 그리고 줄기에 붙은 이파리도 코스모스랑 비슷하고. 모두 달라."

현미는 들꽃들을 보며 어린아이처럼 좋아했지만 성혜는 흐르는 물소리에 귀 기울이며 물가에 핀 이름 모를 들꽃도 기꺼워했다.

산이라 그런지 아직은 쌀쌀하게 느껴졌지만 공기가 맑아 그녀도 덩달아 기분이 좋았다. 하얀 개별꽃이 눈에 띄었다. 현미를 부르니 꽃을 보자 탄성을 질렀다.

"와. 별을 닮은 개별꽃이야. 여길 봐. 점처럼 찍혀있네. 참 예쁘다."

보랏빛 현호색도 예뻤다.

그 골짜기에는 들꽃들이 꽃 잔치를 벌이고 있었다. 연보랏빛 꽃 속에 선명한 영어 더블유 자도 정말 예뻤는데 그곳에는 얼레지가 지천으로 피어있었다. 성혜와 현미는 길가에서 사 온 커피를 마시며 오랫동안 즐거워했다. 어디선가 "꿩 꿩" 하며 산을 울리는 꿩의 힘찬 소리도 들려왔다.

그날 민철이는 마침 사진작가들과 함께 꽃을 찍으러 출사를 나와있었다. 우연히 그곳에서 성혜와 현미를 발견하고 반색을 한다.

"성혜 씨 아닙니까?"

"아, 심 선생님이시군요."

커피를 마시던 성혜가 인사를 했고 어느새 저만치에서 들꽃에 빠져있던 현미도 합류했다.

"이렇게 학교가 아닌 산에서 만나니 더 반갑습니다."

"네. 그러게요."

"심 선생님 사진작가세요?"

현미가 말하자 그가 쑥스러운 듯 대답했다.

"작가는 아니고 이제 배우는 중입니다. 사진은 별로였는데…… 사진만큼 정직한 것도 없더군요."

"우린 강남교회 차 슬쩍 탔는데 심 선생님은 어떻게 오셨어요?"

"고물 차 가지고 왔습니다. 갈 때 같이 갑시다."

"그러면 저희는 좋죠."

현미의 말에 성혜도 고개를 끄덕였다. 민철이 조금 더 높은 곳으로 가기를 권했고 그들은 오랜만에 초봄의 연둣빛 산속에서 즐거움을 만끽했다.

해가 저물기 시작하자 그들은 주차된 곳으로 와서 덩그러니 혼자 서 있던 민철의 차에 올랐다. 이내 차는 강을 끼고 노을이 물드는 도로를 달리기 시작했다.

돌아오는 길에 성혜가 차를 태워준 답례로 작은 두부전골 집에서 저녁을 먹자 제안했다.

"배가 몹시 고프네요. 두부를 직접 만든다고 해요."

"내가 사야 하는데……."

"차 태워주셔서 편하게 왔으니 저희가 오히려 고맙습니다."

"그래요. 심 선생님 정말 고마워요."

현미가 고개를 숙여 고마움의 인사를 했다. 그 후로 세 사람은 서울 근교 야산으로 들꽃을 찾아 돌아다니며 사진을 찍곤 했다.

하얏트 호텔 뒷산 약수터로 벚꽃을 찍으러 가기로 약속한 날이었다. 그날 현미는 갑자기 시골에서 어머니가 올라오신다며 나오지 않았다. 성혜는 민철의 차를 타고 갔다.

하얏트 호텔에서 구름다리를 건너면 숲속에 수령이 꽤 오래된 벚나무가 하늘로 가지를 뻗고 하얗게 피어있는 약수터로 이어져있었다.

하늘이 보이지 않을 정도로 울창한 벚나무 길을 따라 남산, 그 아름다운 곳으로 걸어갔다. 꽃보라로 지는 벚꽃 아래 서있는 성혜를 앵글로 잡았는데 그 사진이 지금도 민철의 아파트 거실 한쪽을 차지하고 있다.

그때가 두 사람에게는 정말 아름다운 시절이었다. 최소한 나형석이라는 사람이 나타나기 전까지는…….

민철은 암실에서 수많은 사진들을 현상하고 있다. 그는 삼 년 만에 사진전을 열 계획이다. 그래서 학교에 출근하지 않는 공휴일에도 지난 겨울방학 때 사하라 사막에서 찍어온 사진들을 현상하느라 바쁘다.

올 여름방학에는 캐나다로 가서 사진을 더 찍어올 예정이다. 그는 오랫동안 암실에서 작업을 하고 거실로 나와 긴 의자에 아무렇게나 몸을 던진 뒤 잠이 들었다.

성혜네 친정식구들과 친척들이 뷔페에 모여 칠순잔치를 즐기며 축하하고 있다. 형석이 누군가와 통화하다가 눈으로 성혜를 찾는다.

그러더니 그녀 곁으로 가 귓속말하고 이내 자리를 떴다. 아빠가 서둘러 가자 지윤이가 성혜에게 다가와 물었다.

"엄마. 아빠 어디 가?"
"외국 손님과 만나야 할 약속이 있었는데 오신 거야."
"피……."

딸과 어깨동무하고 이내 가족들 틈에 끼어드는 성혜에게 성숙이 다가오더니 말했다.

"형분 오늘도 빠져나가는 거야?"
"누굴 만나야 한다고……."
"무슨 핑계를 못 댈까?"

성숙이 조심스레 성혜의 얼굴을 살피며 말을 하자 그녀가 환하게 웃어주었다. 성혜는 성숙의 손을 꼭 잡아주며 슬그머니 지윤이의 손을 잡고 말없이 뷔페를 나갔다.

딸을 태우고 집으로 돌아오는 성혜의 마음이 착잡하다. 그날 밤, 성숙이 혼자 성혜의 아파트를 찾아와 하룻밤 지내게 되었다.

"아니, 매부는 어떡하고 자고 가니?"

"언니, 걱정 마. 시간 없다고 다니엘 데리고 오늘 밤차로 부산에 내려갔어. 오랜만에 친정 식구랑 시간 보내란다."

"시어머니는?"

"우리 집에서 지내시다 가신 지 겨우 한 달 된 걸."

"그래? 그럼 손님방에서 자고 가렴."

"형분 아직이야?"

"응. 늦네."

"지윤이도 자나 보네."

"오늘 잘 놀더니 피곤한 모양이야. 벌써 들어가 자네."

"그래도 잠든 모습이라도 폰에 찍어 가야지."

성숙은 조심스레 지윤이 방으로 가 원피스 잠옷을 입고 잠든 지윤이에게 뽀뽀하고 방향을 바꿔가면서 여러 각도로 자는 모습을 찍었다.

"언니. 딸아이라 그런지 너무 예쁘다. 다니엘은 이불을 차며 자는데……."

"그래? 지윤이 깰라 나가자."

거실에서 성숙과 솔잎차를 마시며 기다리지만 형석은 좀처럼 들어오지 않는다.

옆에서 성숙이 연신 하품을 해댄다. 이부자리를 봐주며 성숙에게 방으로 들어가 자라고 일렀다.

"그럼 언니, 나 먼저 잔다. 형부 오면 깨워. 인사해야지."

"됐어. 내일 아침에 해도 괜찮아. 졸린데 어서 자."

성숙의 목소리에 졸음이 묻어나고 있었다. 그녀가 조용히 문을 닫았다.

거실 긴 의자에 앉아 있다가 깜박 잠이 든 성혜가 인기척에 놀라 깨어 시계를 보았다. 열두 시 넘은 시각에 취해 들어온 형석이 그녀가 엉거주춤 일어난 바로 앞에 그대로 쓰러지더니 잠들어버렸다. 그의 양말을 벗기고 넥타이를 푸는 성혜의 참담한 표정은 모든 걸 체념한 얼굴이다. 거실 불을 끄자 희미한 형체로 드러나는 형석을 그대로 놔두고 성혜는 방으로 들어간다.

다음 날 아침 일찍, 성숙은 일어나자마자 조용히 성혜의 집을 나서며 눈시울을 붉혔다.

성혜가 문 닫히는 소리에 벌떡 일어나 성숙이 자던 방문을 열었다. 이부자리는 한쪽에 얌전히 개켜있고 그 위에 봉투가 놓여있다.

"언니. 바쁘게 오느라 선물도 사오지 못했어. 지윤이에게 뭐라도 사줘. 형부가 아직도 언니 맘을 아프게 하네. 나 집에 온 것 말하지 마. 전화할게. 언니. 사랑해."

주르륵 성혜의 눈에서 눈물이 흐르고 봉투를 책상 서랍에 넣고 나오다가 그제야 일어난 형석과 눈이 마주쳤다.

"누가 왔었나? 그 방에서 나오게."

"아니에요. 그냥요."

형석이 욕실로 샤워를 하러 들어가는 모습을 지켜보다가 창가로 가서 아파트 단지를 내려다보았다.

민철이 가방을 들고 차에 타는 모습이 보였다.

형석이 빈속에 출근을 하고 거실에는 '차이코프스키', '카프리치오 이탈리안'이 흐른다. 창가에 서서 커피를 마시며 맞은편 아파트를 보니 눈시울이 뜨거워졌다.

그때 초인종이 울렸다. 커피 잔을 탁자 위에 내려놓고 현관으로 가며 말했다.

"누구세요?"

"꽃집에서 왔습니다."

의아한 얼굴로 문을 열면서 말했다.

"꽃 배달 부탁한 적 없는데……."

한 청년이 장미 꽃다발을 건네며 대답했다.

"한성혜 씨 맞죠?"

"네."

목례를 하며 돌아가는 청년을 배웅한 후 장미 다발을 안고 현관문을 잠갔다. 고개를 갸웃거리며 식탁 의자에 앉았다. 장미 다발 속에 쪽지 하나가 보여 얼른 꺼내 읽어보았다.

'생일 축하해!'

성혜는 자신도 잊어버린 생일을 기억하고 장미 다발을 보낸 민철이 고마웠다.

눈으로 장미를 세다 함박웃음을 지으며 백자 항아리를 찾아 꽃을 꽂았다.

'나이까지도…… 고마워요.'

쪽지를 태우고 창가로 다가가는데 또 초인종이 울렸다.

"누구세요?"

"나야."

"웬일이니? 아침부터."

문을 열자 현미가 케이크 상자를 들고 오면서 그녀를 끌어안는다.

"축하해!"

"잊지도 않아."

"내가 누군데?"

환히 웃으며 들어오더니 거실을 둘러보다가 장미에 시선이 멈춘 현미의 눈이 휘둥그레졌다.

"무솔리니가 많이 발전했네. 아내 생일이라고 꽃다발도 들고 올 줄 알고……. 그래. 오래 살고 봐야 한다고. 행복하시겠어요?"

"응 그거……."

"아침에 벌써 축하가 끝났네."

"커피 마실래?"

"같이 마시려고 그냥 온 걸."

장미 송이를 세어보던 현미가 웃으며 주방에서 커피를 내리는 성혜 옆으로 다가온다.

두 사람은 식탁에 앉아 커피를 마시며 이야기꽃을 피웠다.

"서른여덟 송이 장미. 우리 곧 마흔이네?"

"불혹의 나이?"

"그래. 어떤 유혹에도 흔들리지 않는다는 그 나이. 정말 그럴까?"

"……."

"거봐라 얘. 무솔리니 남편도 변하는 거. 나이가 사람도 바뀌게 하네. 그렇지?"

"……."

"나 아침 안 먹었어. 넌?"

"밥 살게. 나가자."

"누가 사든 나가자. 우리."

현미가 운전하는 차를 타고 두 사람은 양수리를 지나 한 깔끔한 한정식집으로 갔다.

한정식 집 정원에는 능소화가 피어있고 분수에서는 시원한 물줄기가 뿜어져 나오고 있었다.
창가로 안내를 받은 두 사람은 한가로이 앉아서 식사를 했다.
늦은 신혼 생활이 마냥 즐거운 현미는 성혜에게 이것저것 털어놓으며 웃는다.
성혜는 그런 그녀가 밉지 않고 한편으론 부럽기까지 했다. 후식으로 커피까지 마신 뒤 두 사람은 자리에서 일어났다.
"날 선택한 건 그이였어. 그게 그의 실수였지만……. 그렇다고 바람 따윈 피울 위인이 못 돼."
"그래. 니 말 믿어줄게."
"……"
"민철 씨하고 결혼했어야 했는데……."
"다 지난 얘긴데 뭘. 빨리 가자. 지윤이가 올 시간이 다 됐다."
"걱정 마. 이제 혼자서도 잘할 나이에요."
현미가 운전석에 앉고 성혜가 옆자리에 앉자 차는 곧 미끄러지듯 한정식 집을 나와 서울을 향해 달렸다.
성혜를 아파트 현관 앞에 내려주고 현미는 손을 흔들며 가버렸다. 그녀는 경비실 아저씨께 인사를 하며 엘리베이터를 탔다.
현관문을 열고 들어서니 지윤이가 방에서 피아노 연습하는 소리가 들렸다. 성혜가 다가가서 딸의 어깨를 두드리며 웃어주었다.
"미안해. 현미 아줌마가 점심 사준다고 해서."
"엄마, 생일 축하해요. 현미 아줌마가 꽃 사왔네요."
"……. 엄마가 빨리 밥 차릴게."
"네."

지윤이는 다시 피아노 의자에 자세를 바르게 앉으며 연습을 한다. 그런 딸을 보며 윗옷을 벗고 주방으로 가면서 피아노 선율에 맞춰 흥얼거린다.

오늘도 형석은 아직 귀가하지 않고 있었다. 그녀는 잠옷을 입은 채로 얼굴에 크림을 바르며 화장대 앞 거울을 뚫어지게 보고 있었다.

'그건 사랑이 아니었어요. 날 납치해 자신이 혼자 사는 인제의 작은 방에 감금한 건……. 내 삶은 그의 독선 때문에 무너지기 시작했고 애초 난 군인의 아내로서 자질을 갖추지 못했죠. 민철 씬 달랐어요. 우린 그저 바라만 봐도 마음이 넉넉해졌어요. 사랑은 이런 말 없음 아닌가요?'

그녀는 볼 위로 흘러내리는 눈물을 굳이 닦으려 하지 않았다.

민철은 아파트 복도에서 성혜가 사는 앞 동을 오랫동안 응시하다가 현관문을 열고 들어갔다.

거실에 걸려있는 사진 속 성혜에게 다가가 두 손으로 얼굴을 쓰다듬으며 큰소리로 울어버렸다. 그는 그대로 주저앉아 구겨지듯이 쓰러져 잠이 들었다.

성혜는 열두 시가 지난 시각에 몸을 가누지 못하고 들어오는 형석에게 문을 열어주었다.

그의 손에는 장미 한 송이도 들려 있지 않았다. 그가 그녀에게 준 건 지독한 외로움뿐이었다.

"나 담 주 월요일 오전에 동경으로 출장이야. 가방 싸놔."

"며칠이나요?"

"일주일."

성혜는 남편을 따라 방으로 들어가며 불을 껐다. 성혜가 그의 곁에 눕자 형석은 그녀를 끌어안으려 한다. 그녀는 그런 형석을 밀치며 돌아

눕는다.

그대로 잠이 들어버린 형석의 코 고는 소리에 성혜는 귀를 틀어막으며 두 눈을 감았다.

며칠 후 가방을 메고 현관에 서있는 지윤이가 아빠와 엄마에게 인사를 했다. 형석이 딸의 볼에 뽀뽀를 해주고 있었다.

"우리 딸, 뭘 좋아하나? 옷? 인형?"

"이제 지윤이 다 커서 인형은 싫어."

"알았다. 옷 사올게."

인사하며 나가는 지윤이를 따라 엘리베이터로 가고 있는데 전화벨이 울렸다. 형석이 냉큼 전화를 받는다.

"여보세요?"

"어머, 출근 전이시네요. 저 현미예요."

"네. 장미 향기롭던데요? 감사합니다."

"네? 네……. 생일이잖아요."

형석이 들어오는 성혜에게 전화기를 건네고 방으로 들어간다.

"여보세요?"

"나야. 지윤 아빠가 감사하단다. 어떻게 된 거니?"

"응……. 왜 전화했는데?"

"그냥. 나 오후에 너희 집에 들르려고."

"그래. 그이 지금 동경 출장 가. 끊자. 공항 바래다줘야 해."

성혜는 김포공항으로 차를 몰고 가고 있다. 옆자리에 앉은 형석의 얼굴에서 불편함이 느껴진다.

"현미 씨가 뭐래?"

"오후에 온다고."

"어제도 왔다며 어찌된 게 매일이야?"
"……"
말없이 운전만 하는 그녀를 형석은 조금 차가운 얼굴로 쳐다본다.
그가 출국 수속을 마치고 동경행 비행기를 타러 게이트로 들어가면서 손을 흔들어주었다.
성혜는 김포공항을 빠져나와 혼자 차를 몰고 돌아오면서 하염없이 눈물을 흘렸다. 그리고 흐르는 눈물로 시야가 흐려지는 바람에 도로 한쪽으로 차를 세우고 후미등을 켠 채 오랫동안 앉아있었다.

오래전, 퇴근길에 지프차로 끌려가며 울부짖는 자신이 보이고 뒤쫓아오며 부르짖는 민철이 보였다. 성혜는 생각을 떨쳐버리기 위해 고개를 저으며 차를 몰아 집으로 갔다.
그리고 집에 돌아오자 옷을 갈아입고 거실의 커튼을 뜯어내 욕조에 던지고는 물을 받았다. 혼자 낑낑대며 긴 의자의 위치를 바꾸고 있는데 현미가 들어서며 깜짝 놀란다.
"문도 안 잠그고 뭘 하니? 얘 봐. 너 왜 그러니?"
"왔니? 도와줘."
"이 여름에 몸 축낼 일 있니? 그리고 어디서 물 흐르는 소리가 들린다."
"참. 커튼 빨려고 물 받다가."
현미는 재빨리 욕조의 물을 잠그고 나오는 그녀를 유심히 바라보다가 장미에 시선을 주며 물었다.
"솔직히 말해. 누가 보낸 거니?"
"민철 씨."

"뭐? 너 지금 뭐랬니? 민철 씨라고?"

고개만 끄덕이며 주방으로 가는 성혜를 놀란 얼굴로 뒤따르던 현미가 그녀를 돌려 세우며 물었다.

"무슨 말이니? 어디서 만났니?"

"앞 동에 살아. 지윤이가 놀이터에서 그네 타다가 떨어졌는데 민철 씨가 퇴근하다가 그런 우릴 봤어. 도망치듯 돌아섰는데 들어가면서 뒤돌아보니 우리 아파트를 쳐다보고 있더라고."

성혜는 갑자기 목소리가 잠긴 듯하더니 의자에 앉아 엉엉 울어버렸다.

"그때 너무 놀란 나머지 내가 금붕어 어항을 놓쳐서 금붕어가 모래 위에서 헐떡거리며 죽어갔어. 내가 그 금붕어랑 같은 신세가 아닐까 그런 생각이 들더라."

현미는 그런 성혜를 측은하게 바라보며 그녀의 등을 토닥여주며 눈시울을 적셨다.

"이제 내가 좋아하는 테니스도 못 쳐. 민철 씨가 나오기 시작했다."

"어떡하니……. 내가 교육청에 전화해서 지금 어디에 근무하는지 알아볼게. 두 사람만의 암호가 쓰일지 모르겠다."

"암호라니? 으응 그 암호."

"깍쟁이 기집애. 나한테도 알려주지 않고 감쪽같이 몰랐잖아."

말없이 웃는 성혜의 모습이 왠지 쓸쓸해 보여서 현미는 더 이상 말을 하지 못했다.

"민철 씨가 안경 벗고 코를 만지면 경복궁 동십자각을 돌아 삼청동 가는 길 저녁 일곱 시였지?"

"지금도 안경 썼니? 늙었고?"

"나보다 젊더라. 활기차 보이고."

"한 번 봤다며 자세히도 살폈네……. 하긴 너희가 어떤 사이였는데."
"민철 씬 방을 구하러 다녔어."
"결혼해서 살 방?"
현미는 고개만 끄덕이는 성혜를 끌어안으며 애써 활기찬 목소리로 말했다.
"다 지나간 걸. 이제껏 민철 씨 안 보고도 잘 살았잖아."
"아무 말도……. 무슨 말 하려는지 잘 알아."
"며칠 간 출장이니?"
"일주일. 나 빨래 발로 꽉꽉 밟아야겠다."
성혜는 현미의 팔을 풀고는 욕조로 들어가서 정말 어디서 그런 힘이 나는지 꽉꽉 밟고 있다. 그런 성혜를 보며 현미는 그냥 집으로 돌아가고 말았다.
그녀는 커튼을 빨고 나서도 땀을 뻘뻘 흘리며 욕조, 욕실 안 타일을 고무장갑을 끼고 열심히 닦아냈다. 그녀가 손을 대는 곳마다 깨끗해졌다.

민철은 교무실에서 선생님들이 퇴근 준비하느라 어수선한 가운데도 그냥 앉아있다.
"심 선생, 올 여름방학은 어디로 갑니까?"
"캐나다로 한 달 동안 여행할 계획입니다."
"나는 아이들과 또 무슨 씨름을 할지 원……."
"자녀와 보내는 시간은 유익하죠."
"모르시는 말씀입니다. 나는 혼자 사는 심 선생이 정말 부럽소."
민철은 말없이 웃으며 자리에서 일어나 창가로 가 하교하는 아이들을 바라본다. 그러다 가방을 들고 교정에서 마주치는 학생들과 인사하며 교문을 나갔다.

　밤이 깊어가고 졸린 눈으로 침대에 눕는 딸에게 성혜는 얇은 이불을 덮어주며 이마에 뽀뽀한 후 불을 끄고 거실로 나온다.
　성혜는 거실 불을 끄고 커다란 유리창 너머로 앞 동 아파트를 응시하며 서있다.
　아파트 현관으로 들어가는 민철의 뒷모습을 오래도록 보던 성혜는 그의 아파트에 불이 켜지자 긴 의자로 와서 무너지듯 앉았다.
　'이만큼에서 그를 바라보는 것도 죄가 되나요? 알아요. 이제 다시 만나면 안 된다는 것. 그러나…….'
　그대로 잠이 들었고 새벽녘에야 한기에 잠을 깬 그녀가 침대로 들어가 긴 잠에 빠져버렸다.
　아침에 지윤이에게 우산을 건네주자 볼멘소리로 말했다.
　"엄마, 장마래요."
　"그래! 누가?"
　"학원 선생님이요. 우리 내일 캠핑 가는데 재미없겠다."
　"그러게 말이다. 학교 늦겠다. 어서 가."
　현관문을 열어주는 성혜에게 손을 흔들며 간다.

　밤늦게 지윤이가 잠들자 성혜는 바바리를 걸치고 우산을 들고 아파트를 나섰다. 늦게 귀가하던 민철이 아파트 현관을 나와 단지 뒤 소나무 숲으로 걸어가는 성혜를 보고 뒤쫓아간다.
　민철은 그녀의 뒷모습에서 눈을 떼지 못하고 소나무 숲길로 접어든 성혜 앞을 가로막았다.

"당신은 아직도 비 오는 날이면 이러오?"

그녀가 말없이 우산을 내밀고 나란히 걷기 시작한 두 사람은 한참 동안이나 말이 없다.

더욱 거세게 쏟아지는 장대비 사이로 아파트 가로등 불빛에 비친 나무 이파리들 위로 빗방울이 미끄러지며 내려오고 있었다.

함께 걸어가던 민철이 갑자기 멈춰서 열정적으로 그녀를 끌어안고 얼굴을 비볐다.

"당신이 한성혜요?"

"……"

"다신 만나지 못할 거라 체념했는데…… 왜 이제야 나타난 거요?"

"……"

"테니스장엔 나오질 않을 거요? 왜 내가 두렵소?"

"아낼 사랑하죠?"

"당신은? 그 군인을 사랑하나 보지?"

"……"

"당신이 우편으로 교장에게 보내온 사직서는 날 절망에 빠뜨렸소."

성혜가 그를 밀쳐내며 돌아서 걷자 재빨리 그녀에게 우산으로 씌워준다. 그가 화난 말투로 물었다.

"성혜. 당신은 그곳에서 탈출은 시도하지 않았소?"

"……"

"난 그 사람 지금도 증오하오. 내 앞에서 무례하기 짝이 없었던 사람 아니오? 당신은 그를 사랑하겠지. 용기 있는 행동이었다면서……."

담뱃불을 붙이려는데 비바람에 자꾸 불이 꺼지자 성혜가 마주 서 비바람을 막아준다.

"내가 보낸 암호를 받을 당신이 사라지고 난 그걸 한 번도 사용하지 못했소."

그녀가 말없이 걸어가자 그도 곁에서 함께 걸었다.

"장미, 고마웠어요."

"……"

"아무것도 보내지 말아요."

"당신이 원한다면."

"나도 어쩔 수 없었어요. 인제에 도착한 날 난 이미 사라진 거예요. 나를 아는 모든 사람들에게서. 아니 이 지구상에서요."

"내가 당신을 얼마나 찾았는데…… 현미 씨에게 성숙이에게……."

"들었어요."

더욱 세차게 쏟아지는 장대비로 두 사람은 우산 속에서도 다 젖어버렸다.

"당신에게 줄 게 있소."

우산을 성혜에게 건네며 그가 지갑 속에서 한 장의 티켓을 주며 빗속으로 걸어갔다.

그를 바라보고 있다가 티켓을 꼭 쥐고 줄달음쳐 아파트로 돌아왔다. 현관문을 열고 들어서자 전화벨이 쉴 새 없이 울리고 있었다.

"뭐 하는 거야? 잠들었어?"

"……"

"여기 비가 많이 와. 서울도 비 와?"

"네."

"비가 와서 또 나갔네. 그 병이 또 도졌네."

"……"

"지윤인 자나?"
"네."

형석의 수화기 내려놓는 소리에 그녀도 수화기를 놓고 안방으로 급히 들어갔다.

장 깊숙한 곳에서 낡은 상자를 꺼내 속을 뒤지더니 민철이 준 티켓과 맞춰보면서 그만 울어버리고 말았다.

'그날 밤, 장충동 국립극장에 함께 가기로 한 오페라 티켓이야. 이제껏 간직하리라곤 상상도 못 했는데 그날 밤 난 그의 아내가 되었다지만 사실은 강간당하고 있었어. 인제 그 작은 툇마루가 딸린 방에서…….'

티켓을 꼭 쥔 채 큰 소리로 울어버리고 그렇게 밤은 깊어만 가고 있었다.

여름방학이 시작되고 팔월 장대비가 쏟아지던 어느 날, 두 사람이 경복궁을 찾아갔던 일을 성혜는 기억해냈다.

각자 우산을 쓰고 광화문을 지나 근정전으로 가는 영제교를 건널 때 민철이 네 마리의 천록을 보고 그녀에게 설명해주었다.

"성혜 씨. 저기 동물 이름이 뭔지 알아?"
"몰라요. 무슨 동물이에요?"
"천록이라는데 네 개를 잘 봐."

성혜는 그가 말하는 동물들을 자세히 살펴보다가 그만 큰 소리로 웃어버렸다.

"저 천록은 왜 혀를 내밀고 있죠?"
"근엄한 왕이 사는 궁궐에서 석공들이 해학적으로 묘사한 거지. 왕도 그들을 이해했고……."

"네. 신분 차이를 뛰어넘어서 놀랍네요."

장대비가 더욱 세차게 쏟아지자 근정전 동행각 지붕 아래로 들어가서 무심코 바라보니 넘칠 것 같은 빗물이 박석 사이로 흘러서 순식간에 사라져버렸다.

"민철 씨, 장대비가 순식간에 흘러버려요."

"장관이다. 아름답다."

너무 아름다운 풍경에 민철이 카메라를 들고 오지 못함을 못내 아쉬워했다.

"너무 아쉽다. 이런 아름다운 멋진 경치를 놓치다니."

"일기예보 잘 보고 언제 다시 와요. 네?"

"그래. 그러자. 또 소나기가 내리면 와서 여기서 만나자."

"그래요. 우리 다른 곳도 봐요."

비가 조금 잦아들자 두 사람은 동행각을 떠나서 가랑비가 내리는 가운데 근정전을 돌았다.

그 고요함이 얼마나 성혜의 마음을 떨리게 만들었는지 그 후부터 그녀는 비 오는 날을 사랑하게 되었다.

그들은 손을 꼭 잡고 왕비의 침전이었던 교태전 뒤를 돌아가서 보았다. 주홍빛 벽돌로 만들어진 꽃담과 아미산의 아름다운 굴뚝도 보았다. 대비의 침전인 자경전 굴뚝의 벽돌에는 십장생이 새겨져 있었다. 꽃담은 여러 가지 꽃들과 나비가 어우러져 그들의 여름 데이트는 황홀했다.

그리움, 그 처연한 아픔

경회루를 돌아서 잔디 위로 비가 내린 후의 그 정갈함은 더욱 궁궐을 범치 못하게 할 아름다움이었다. 일본인들의 손에 의해 새벽에 죽임을 당한 명성황후의 시해 현장 옥호루는 아직 다시 지어지지 않았다.

그 후로 두 사람은 사계절의 아름다움을 느낄 수 있는 경복궁을 좋아하게 되어 시간이 날 때면 자주 가곤 했다.

토요일 오후에 민철은 자기 차로, 성혜는 택시를 타고 가서 근정전 동행각에서 만나 데이트를 했다.

민철이 빗속에서 성혜의 아파트를 바라보고 있다.

'성혜야. 성혜야. 넌 나의 모든 것이었어. 넌 아니? 여전히 널 아끼는 내 마음을.'

그리고 혼자 오랫동안 아파트를 바라보았다.

'육군 대령 모자를 쓰고 교문 밖에서 서성이던 나형석이 퇴근하는 성혜를 붙잡아 차에 태우고 쏜살같이 달린다. 운동장에서 그 모습을 보고 뒤따라 달려갔지만 이미 차는 시야에서 사라지고 말았다. 그 후로 난 너를 볼 수 없었다.'

다음 날 오후, 흰 반바지에 코발트빛 셔츠 차림의 산뜻한 모습의 민철이 여행용 가방을 들고 사진 속 그녀의 얼굴을 쓰다듬고 밖으로 나간다.
'나 여행 갔다 올게.'
인천공항에서 토론토행 비행기에 오르기 위해 게이트를 나가며 뒤돌아보지만 아무도 없다. 어젯밤 잠을 설쳤으므로 비행기 안에서 좌석을 뒤로 제치고 눈을 감자 이내 잠들어버렸다.

지윤이는 캠핑 가방을 챙기고 있는 성혜에게 다가가 안으며 말했다.
"엄마. 나 내일 오는 거지?"
"그럼. 내일 엄마가 학원 앞에서 기다릴게."
"약속이다. 자!"
서로 손가락 걸고 사인 끝내고 함께 웃는다. 성혜가 지윤이의 가방을 들고 나간다. 학원 차에 올라 손을 흔들며 가는 딸에게 성혜가 웃으며 손을 흔든다.
딸을 싣고 멀어져 가는 차를 바라보며 오래도록 서있는데 현미가 문자를 보냈다.
"지윤이 갔니? 종각역에서 12시에 기다린다."
"그래."
집으로 돌아와 옷을 갈아입은 그녀가 아파트 사잇길을 걸어가고 있었다.
종각에서 만난 두 사람은 종로경찰서 골목길로 접어든다. 서울 중심 번화가인데도 어느 시골의 풍경이 펼쳐져있다. 한지에 '콩국수'라 적혀있는 음식점으로 들어갔다.
소박한 실내장식은 성혜의 마음을 편안하게 만들었다. 음식점 안에서 검은콩국수를 먹는 두 사람 모두 말이 없었다.

경인미술관 찻집 안에서 오미자화채를 먹는 두 사람도 보인다. 성혜는 열린 창호지 문 밖 감나무에 달린 시퍼런 감을 보고 있었다. 앞에 앉아 있던 현미가 어렵게 말을 꺼냈다.

"내가 민철 씨 알아봤는데……, 아직도 혼자더라. 방학 때면 세계 여행 하며 사진작가로도 활동 중이래. 왜 그때도 고물 카메라로 너도 나도 찍어주곤 했잖니."

"……"

성혜는 현미의 말에 그만 눈물을 주르륵 흘렸고 이내 손수건을 꺼내 닦았다.

그 모습을 말없이 바라보던 그녀가 성혜 옆으로 와 꼭 안아주었다. 고개를 숙이고 흐느끼고 있는 성혜 곁에 앉아서 현미는 그렇게 시간이 흘러가게 내버려 두었다.

밤이 깊어서야 두 사람은 택시를 탔고 현미를 집 앞에 먼저 내려주고 성혜 혼자 아파트로 돌아왔다. 옷도 벗지 않은 채 한동안 석상처럼 앉아 있다가 울리는 전화가 동경의 전화번호임을 알자 받지 않고 그냥 욕실로 들어가 물을 틀었다. 외출복 차림 그대로의 그녀가 시원스레 쏟아지는 물줄기를 온몸으로 맞더니 그대로 주저앉아 통곡했다.

토론토 공항에서 렌터카를 몰고 천천히 호텔로 향하는 민철은 피곤한 듯 눈을 껌벅인다. 호텔방에서 눕자마자 그대로 잠이 들어버렸다.

일어나 보니 새벽이었다. 커튼을 밀치고 밖을 내다보니 남자아이 하나가 스케이트보드를 타고 아무도 없는 토론토 시내를 자유자재로 지나가고 있었다. 토론토 시내는 차를 가지고 다니기에 불편할 것 같아 걸어서 다녀야겠다고 생각했다.

 아침식사 후, 민철은 호텔 주차장에 차를 놓고 카메라만 들고 나가 토론토 시내를 걸어 다니며 연신 셔터를 눌러댔다. 그리고 토론토 타워 입장권을 끊고 올라갔다가 깜짝 놀랐다. 잠시 서있다가 이내 웃으며 아래가 투명한 바닥에 누워있는 작은 소년에게 사진 몇 장 찍어도 되느냐고 묻자 고개를 끄덕인다. 몇 장을 찍고 밖으로 나가서 내려다보이는 건물들을 찍었다. 토론토 시내가 보였고 가까이에 있는 블루제이 돔 야구장도 보였다.

 타워에서 내려와 여러 가지 빛의 아이스크림 가게에 들어갔다. 보랏빛, 민트빛 아이스크림을 주문하고 자리에 앉았다. 이내 투명한 유리그릇에 담겨 나오는 아이스크림을 보니, 들고 오는 종업원의 웃음까지도 예쁘다.

 늦은 밤, 성혜가 거실에서 비 내리는 창밖을 바라보며 서있을 때 초인종이 울렸다. 현관으로 가 조심스럽게 물었다.
 "누구세요?"
 "나요."
 빗소리에 잘 들리지 않아 얼떨결에 문을 여니 비를 흠뻑 맞은 채 민철이 들어선다. 큰 키의 그가 현관문을 닫고 성혜에게 다가와 키스를 퍼붓는다.
 "안 돼! 안 돼!"
 그녀는 민철의 가슴을 마구 두드리며 밀쳐내느라 용을 썼다. 몸부림 끝에 잠이 깨 침대에서 벌떡 일어나 앉았다. 꿈이었다.
 안도의 숨을 쉬며 정신을 차리고 주위를 둘러보니 시계가 새벽 두 시를 가리키고 있었다. 그대로 웅크리고 앉아 깊은 생각에 빠졌다. 시계의 초침 소리만 방 안을 가득 채웠다.

　민철은 호텔에서 차를 몰고 나왔다. 가방과 카메라는 뒷자리에 놓고 지도를 보며 토론토 시내를 빠져나와 나이아가라 폭포 가는 길로 접어들었다.
　평화로운 시골 풍경이 이어지고 있었다. 오래된 교회의 탑도 보이고 길가에 넓게 펼쳐진 포도밭과 작고 예쁜 집 한 채가 그의 눈길을 사로잡는다. 공기는 맑고 신선했다. 길가에 차를 세우고 차에서 내려 셔터를 누르는 그의 얼굴에 홍조가 피어오른다. 바라다보이는 모든 것들이 초록빛으로 물들었다. 다시 차에 오른 그는 오랜만에 콧노래를 부르며 나이아가라 폭포를 향해 달려갔다.
　나이아가라 시티가 보이고 폭포 떨어지는 소리가 요란했다. 한 작은 호텔에 들어가서 차를 세웠다. 방을 배정받은 후 가방을 놓고 카메라만 들고 나섰다. 잘 깎은 잔디와 한여름 화려한 꽃들이 흐드러지게 피어있었다.
　나이아가라 폭포를 아주 가까이에서 보려고 비옷을 산 후 배를 탔다. 갈매기가 날고 폭포는 비가 되어 그를 흠뻑 적셨다.
　배에서 내린 후 폭포를 가까이에서 감상할 수 있는 레스토랑에 들어가 식사를 했다. 그런 다음 천천히 한 잔의 칵테일을 마시며 생각에 잠겼다. 얼마나 앉아있었을까?
　어느새 아름다운 나이아가라 폭포가 몽환적인 느낌을 주는 모습으로 바뀌어있었다. 색색으로 변하는 폭포의 야경이 낮과는 또 다른 장관을 이루었다. 여러 각도로 사진을 찍은 다음 저녁식사를 하기 위해 발걸음을 옮겼다. 길가에는 고급 승용차도 즐비하고 우리나라 포니도 보인다. 그야말로 모든 것이 자유로운 나라였다.

그는 간단하게 식사를 하고 이 거리 저 거리를 쏘다니다 느지막하게 호텔로 돌아와 옷도 벗지 않은 채 침대에 누워버렸다.

다음 날 오전, 토론토로 돌아가는 길에도 자주 차를 세우고 카메라에 아름다운 풍경을 담았다. 돌아오는 내내 만족스런 웃음이 얼굴에 가득했다. 호텔에 들어와 가방과 카메라를 침대 위에 놓고 창가로 가 밖을 내려다보았다.

형석은 동경 출장에서 돌아올 때 딸에게 근사한 옷을 사다주었다. 지윤이가 아빠의 목을 끌어안으며 말했다.

"아빠 고맙습니다."

"맘에 들어? 아빠가 신경을 써서 골라 산 건데."

"너무 예뻐요."

"당신은 여기……."

성혜에게 브로치를 내밀며 웃어주었다.

"고마워요. 씻으셔야죠?"

"응. 피곤해서 샤워하고 누워야겠다."

"저녁은요?"

"동경에서 그쪽 사람들하고…… 하긴 그놈들 식사는 너무 소꿉장난 같아서 출출하지만 뭐. 됐어."

"네."

형석의 가방을 정리하는데 그의 와이셔츠에 립스틱이 묻어있다. 보고도 무표정한 얼굴로 따로 분리해놓는다.

형석이 이내 욕실로 들어가고 샤워하는 소리가 들리자 세탁물 바구니에 와이셔츠를 던져버린다. 그는 샤워 후 침대에 눕자마자 코를 곤다.

성혜는 화장대 앞에 앉아 얼굴에 영양크림을 바르며 거울 속에 비치는 자신의 슬픈 얼굴을 바라본다. 그건 모든 것을 포기한 듯한 체념의 얼굴이었다.

다음 날, 형석의 와이셔츠에 묻은 립스틱 자국에 비누칠을 하고 열심히 비벼보았다. 아무리 힘껏 비벼도 쉽게 지워지지 않자 와이셔츠를 구겨서 쓰레기 봉투에 넣어버렸다.

성혜는 아파트 단지 나무 숲속으로 걸어가서 의자에 앉아 나뭇잎 사이로 하늘을 올려다보았다.

나뭇잎 사이로 흰 뭉게구름이 보이고 매미 소리가 요란하다. 시계를 보고 아파트 앞으로 걸어 나가자 딸이 다니는 피아노 학원 차가 들어오고 있었다.

학원 차에서 내린 딸이 엄마를 발견하더니 반갑게 성혜에게 달려가며 말했다.

"엄마다. 나와 있었네?"

"그래. 피아노 연습 많이 했니?

"엄마. 9월에 피아노 대회에 나간대. 그래서 더 열심히 연습하래. 우리 학원에서 둘이 나가. 고등학교 다니는 오빠하고 나하고."

"잘 됐네. 들어가자. 점심 먹고 연습해야지."

엄마의 손을 잡고 마주 보며 아파트를 향해 걸어갔다. 딸이 방에서 피아노를 열심히 치자 성혜는 수박을 잘라 가져간다.

"수박 먹고 해. 덥지?"

"네, 엄마."

피아노 치기를 멈추고 수박을 먹는 딸을 바라보며 성혜는 두 갈래로 땋은 머리를 손으로 매만진다.

"우리 딸, 엄마가 못 했던 피아니스트 되면 좋겠다."

"난 피아노 치는 것이 좋아. 엄마가 음악 선생님이었잖아."

"그 꿈 꼭 이루렴."

그녀가 딸을 꼭 안아주며 등을 토닥여주었다.

형석의 회사 근처 술집 안에 이미 만취 상태 그가 전혀 흐트러짐 없는 모습으로 앉아있다.

"나 상무님은 대단하십니다."

"군인 정신이 투철하시니까 당연하지."

"다른 사람들은 낙하산 인사다 뭐다 해도······."

형석이 일행에게 말했다.

"맞아. 낙하산 인사. 그래도 난 최선을 다하려 해."

"그럼, 된 겁니다. 사장 친인척 놈들이 더 놀고먹자 판인데요 뭘."

동료들이 고개를 끄덕이며 만취한 형석을 양옆에서 부축하고 나와 대리기사를 불러준다. 귀가한 형석이 취한 몸으로 성혜를 끌어안으려 하지만 그녀는 그런 그의 팔을 풀고 윗옷을 벗겨 의자에 놓았다.

축 늘어진 그를 부축해 안방으로 들어가 침대에 눕힌 뒤 불을 끄고 돌아눕는 그녀를 창문 사이로 달빛이 기웃거리고 있었다.

민철은 온타리오 호의 천섬에서 다양한 건축양식의 별장을 찍고 있었다. 자수성가해서 토론토에 살고 있는 친구 영휘의 보트를 빌려서 온종일 사진을 찍는 것이다.

"시간을 너무 많이 빼앗아 미안하다."

"난 여기 와서 이렇게 너랑 한국말 하며 쉴 수 있어서 좋다. 캐나다인 내 아내는 나를 이해하지 못하는 부분이 있어. 난 가끔 한국인의 거리에서 매운, 그야말로 고추장 범벅인 음식을 먹는 걸로 고국에 대한 그리움을 달래기도 해."

"영휘야, 나 매운 거 먹고 싶다."

"야. 오늘 내가 쏜다."

그들은 요트를 정박하고 나서 들뜬 마음으로 크리스티 역으로 달려갔다. 영휘가 자주 들르는 음식점에 들어서자 주인이 반가운 얼굴로 그들을 맞아준다. 두 사람은 낙지볶음을 시키고 자연스레 저녁식사를 주문했다.

"너 언제까지 그리 살래? 이제 마흔이 넘어가는데……."

"나 지금 너무 좋아. 자유롭고. 방학이면 세상 어디든 갈 수 있잖아."

"성혜 씨 그만 잊고."

"나, 만났다."

"어디서?"

"세상 참 좁더라. 내가 이사 간 아파트 단진데 앞 동에 살더라."

"뭐야?"

"어느 날 퇴근길에 놀이터에서 한 여자아이가 그네에서 떨어졌는데 엄마가 달려가더라. 나도 반사적으로 그 아이에게 달려갔지."

"그래서?"

"그 여자아이가 성혜 딸이었어. 나를 보고 놀라 들고 있던 금붕어 어항을 놓쳐버리고 허둥지둥 딸아이 손을 잡고 달려가더라. 내가 사는 아파트 앞 동이었다."

"햐. 너 한 잔 받아라. 그리도 만나네."

"여전히 비 오는 날을 좋아하고 테니스도 치던데, 내가 테니스장에 가기 시작하니까 나오지 않더라."

"이십 년이 넘었고 강산도 변했는데 너만 아파하는 것 같네."

"아니야. 그녀도 아파하는 것 같았어."

오랜만에 만난 두 사람은 오래도록 이야기를 하며 그 음식점의 마지막 손님이 되었다.

영휘는 술 취한 그를 시내 호텔로 데려다주고 택시를 타고 갔다.

민철은 토론토를 떠나기 전날, 백화점에 브로치가 진열되어 있는 보석상에 들렀다. 유난히 빛나는 코발트빛 브로치를 손바닥에 놓고 유심히 보다가 결심한 듯 가격을 지불하고 예쁘게 포장해 발걸음도 가볍게 백화점을 나섰다. 그의 얼굴에 오랜만에 활짝 웃음꽃이 피었다.

민철은 토론토에서 밴쿠버로 가는 비아레일을 타고 가면서 차창으로 지나가는 풍경을 보며 셔터 누르기에 여념이 없다. 며칠 동안의 여행이지만 잠깐씩 쉬어가는 곳에서도 그는 사진을 찍고 있었다. 여기저기 초록빛의 잔디와 침엽수, 그 나무들이 로키산맥을 이어주는 풍경은 아름답다는 표현으로는 부족했다. 장엄하다고 할까? 웅장하다고 할까? 우리나라 산맥에서도 느낄 수 없었던 기분이었다.

그는 로키산맥이 끝없이 이어지는 기차 여행에 피곤한 줄 몰랐다. 그의 카메라도 아마 '이제 그만 좀 쉬자!'고 할 것 같았다. 그는 그 울창한 숲을 결코 잊을 수 없을 것 같다고 생각했다.

기차에 탄 관광객들은 대부분 캐나다 중년부부들이었고 간혹 혼자서 비아레일을 즐기는 젊은이들도 있었다.

이번에는 국립공원을 돌아보기 위해 밴프에서 내려 시내의 작은 호텔로 들어갔다. 긴 기차 여행이었으므로 우선 잠을 청했다. 푹 자고 일어나 식사를 하기 위해 밴프 시내로 나갔다. 올려다본 하늘은 빈센트의 그림에서 본 별이 빛나는 밤이었다. 그는 저녁식사도 잊고 거리의 의자에 앉아 오래도록 하늘을 바라보았다. 그런 다음 간단하게 햄버거로 저녁을 때우고 호텔로 돌아왔다.

다음 날 오전에 곤돌라를 타고 설퍼 산을 올랐다. 푸르름 속에서도 사진을 계속 찍었다. 산 정상에서 내려다본 시내는 잠들어있는 것처럼 보였다.

산책로를 따라 샌슨 봉으로 오르는 길에 보니 다람쥐가 사람들을 피해서 도망가지 않고 교감하듯 가까이에서 맴돌았다. 우리나라 다람쥐라면 쪼르르 나무를 타고 도망갔을 텐데. 사람도 다람쥐도 서로 외로웠을까? 도중에 만난 야생 산양도 바위를 타고 다녀서 그런지 날씬했다.

민철은 루이스 호수로 가고 있었다. 샤토 레이크 루이스에서 하루를 보낼 예정이다. 아름다운 호수가 눈앞에 펼쳐지는 곳에서 하루를 푹 쉬고 싶었다.

루이스 호수는 청록색을 띤 빅토리아 산이 장난꾸러기처럼 내려와 배경을 이루며 바람과 함께 호수 위를 간질이고 있었다. 그 호수 위에 숫자가 쓰인 빨강 카누를 탄 연인들이 평화로워 보였다. 그가 웃으며 쉴 새 없이 또 카메라를 못살게 굴었다.

루이스 호수를 빙 도는 산책로에는 이름 모를 꽃들이 웃고 있었다. 울창한 침엽수림과 어쩌다 보이는 수많은 호수들이 그의 눈을 호사시키고 있었다.

그날 밤, 민철은 호수 가까이로 나갔다. 호수 위에 별이 빛나고 있었다. 나무 의자에 앉아 오래도록 별들을 바라보았다. 그의 마음속으로 별 하나가 툭 떨어졌다.

아침에 일어나 창을 통해 루이스 호수를 바라보며 그는 울컥 감정에 북받쳐 올랐다. 이런 아름다움과 장엄함은 누구의 솜씨일까?

어렸을 적 크리스마스 때 선물을 받으러 갔던 초등학생인 이빨 빠진 개구쟁이 민철에게 하나님이 만드셨다고 이야기해 주던 단발머리 여고생 선생님이 생각났다.

'맞아, 하나님이야. 이 모든 걸 그분이 말씀으로 지은 거야.'

그는 무릎을 꿇고 마음으로 다짐했다. 다시 하나님을 만나야겠다고…….

오후에 그는 밴쿠버로 갔다. 그의 사진 여행은 밴쿠버에서 끝나게 되어 있었다.

그곳에 도착해 시내에서 사진을 찍고 돌아다니다 한 유학생을 만나 아름다운 빅토리아 섬에 대해 알게 되었다. 그는 츠완슨 페리 터미널에서 대형 페리를 타고 빅토리아 섬으로 갔다. 구름 사이로 틴들 현상이 나타나고, 바다 위로 윤슬이 보석 되어 반짝이고 있었다. 이너 허비에 요트가 정박되어 있었다. 그러나 몇 년 전에 가본 프랑스 생 말로 바다의 수많은 요트만큼은 아름답지 않았다.

주도인 그 섬 어디에서나 예쁜 형형색색의 꽃들이 피어있었다. 민철은 그곳에서 울창한 나무들 사이로 햇빛이 들어오는 풍경을 쉴 새 없이 찍었다. 한가하게 오크 베이 해변을 거닐며 잔잔한 바다와 껍질이 벗겨진 채 하얗게 널브러진 나무토막을 베개 삼아 바다를 바라보기도 했다. 해변의 모래는 얼마나 곱던지……. 카누를 타고 태평양을 즐기는 사람들이 보였다. 그 너머에 성혜가 살고 있는 대한민국이 있다.

아름다운 빅토리아 섬에는 부차트 가든이라는 커다란 정원이 있었다. 그는 네 개의 정원으로 이루어진 그곳에서 가장 먼저 장미 정원을 찾았다. 약 이백여 종의 장미가 피어있었는데 향기로 그의 온몸을 감싸주었다. 어느 연노랑의 장미는 톡 쏘는 향기로 그를 감싸주었다. 지금까지 꽃은 잘 찍지 않았던 터라 머뭇거리며 앵글을 장미 가까이에 가져다 초점을 맞추었다. 그러자 장미가 그를 보고 환히 웃는 것 같았다.

그는 일본 정원으로 발걸음을 옮겼다. 일본 정원사를 초대해 정원을 꾸몄다고 한다. 그곳에 서있는 빨강 도토리를 보며 민철은 중얼거렸다.

'맞아. 정말 일본 정원이야.'

그곳에 놓여있는 다리도 빨간색이었다. 어느 산사의 돌들을 옮겨놓은 것처럼 분위기가 일본의 어느 정원을 산책하는 느낌이었다.

그는 천천히 부차트 가든을 나와서 숙소로 돌아갔다. 한적한 도시가 그에게 편안함을 느끼게 했다.

다음 날 밴쿠버 공항에서 민철은 오랜만에 밝은 표정으로 인천공항으로 출발하는 한국 국적의 비행기에 탑승했다.

인천공항 주차장에서 차를 찾아 가방과 카메라를 싣고 집으로 향했다. 차창 밖으로 지나가는 차량들, 온통 한글로 된 간판들이 반가워 그냥 웃었다.

아파트 주차장에 차를 세우고 자신의 아파트 현관문을 열었다. 오래 집을 비운 탓에 우선 모든 창을 열어 환기를 시켰다. 민철은 성혜 사진 앞에서 환하게 웃었다.

"나 잘 갔다 왔다. 너 보고 싶었어."

그러고는 가방과 카메라를 거실 탁자 위에 아무렇게나 올려놓고 욕실로 들어가 이내 샤워를 했다. 샤워 후 곧장 침대에 들어가 쥐 죽은 듯이 잠에 푹 빠져버렸다.

다음 날, 암실에서는 미세한 소리만 들렸다. 인화액에 필름을 담그고 오래도록 작업에 몰두하던 어둠 속의 검은 그림자가 암실 밖으로 나왔다.

"겨울방학 때 사진전을 열 건데……."

민철은 혼잣말하며 기지개를 켠다. 노을이 지는 아파트 창에 반사되는 수많은 작은 불빛에 눈이 부셨다.

늦은 밤, 민철은 거실에 사진들을 잔뜩 늘어놓고 하나씩 점검했다. 흑백사진과 이번 캐나다 여행에서 찍은 사진, 지난번 사하라 사막에서 찍은 사진들이 서로 다른 아름다움을 보여주고 있었다. 그제야 생각이 난 듯 가방을 열고 브로치가 든 작은 상자를 보며 웃는 모습이 평화롭게 보인다.

장미 꽃바구니를 든 한 할머니가 현관 앞에서 벨을 누르고 서있다. 안에서 성혜의 목소리가 들려온다.

"누구세요?"

"꽃 배달이에요."

성혜가 문을 여니 꽃바구니를 든 배달 할머니가 밝게 웃으며 꽃바구니를 그녀에게 건네준다.

"좋은 일이 있나 보네요? 향기롭네요."

"감사합니다. 수고하세요."

웃으며 가는 할머니를 보내고 현관문을 닫은 뒤 꽃바구니에 있는 작은 상자와 쪽지를 꺼냈다.

작은 상자를 열고 코발트빛 예쁜 브로치를 꺼내며 웃던 성혜가 쪽지를 펴 읽더니 이내 굳은 표정으로 태워버린다.

피아노 대회가 열리는 연주회장 안에서 초록빛 연주복을 입은 지윤이가 연주를 하고 있다. 딸의 연주를 보며 성혜는 불안해했다.
모든 연주자들의 연주가 끝나고 심사위원들이 심사를 진행하고 있었다.
심사하는 동안에 찬조 출연자가 나와 연주를 했다. 사회자가 호명한 연주자는 한국의 피아니스트로 카네기홀에서 독주회를 열었던 성혜의 동창이었다.
'그래. 성공해서 왔구나. 축하해.'
성혜는 현재 미국에서 활동 중인 친구의 연주를 열심히 경청했다. 친구는 성혜가 부러워할 정도로 훌륭한 연주를 했다. 연주가 끝나자 우레와 같은 박수 소리가 났고 그녀 또한 아낌없이 박수를 보내주었다.
마침내 심사 결과를 발표했다. 지윤이는 초등부에서 은상을 차지했다. 지윤이는 트로피를 안고 활짝 웃으며 성혜에게 안겼다.
그날 밤, 성혜는 지윤이와 함께 피아노 대회에서 받은 상패와 트로피를 테이블에 놓고 형석을 기다렸다.
"아빠는 이렇게 매일 늦어? 다른 아빠들은 잠잘 때 뽀뽀도 해준다는데……."
지윤이의 눈꺼풀이 자꾸 내려왔다. 아빠에게 보여준다며 잠이 와도 버티던 딸은 열 시가 넘자 거실에서 잠들어버렸다. 성혜는 딸을 안아다 침대에 눕히고 나왔다.
그날 밤에도 형석은 성혜의 기다림을 아는지 모르는지 열두 시가 되어서 들어왔다.

"당신 아직 자지 않았네. 오늘 지윤이 피아노 대회 어땠어?"

"은상 탔어요. 아빠에게 보여준다며 기다리다가 잠이 들어서 안아다 눕혔어요."

"잘했네. 그건 당신 닮았네. 피아노 잘 치는 거."

"……"

"내가 당신에게 빠진 건 졸업연주회 때였지. 내 짝이라고 생각했는데 지금 생각해보면 아닌 것도 같고."

"……"

"연주회 끝나고 당신에게 꽃다발을 전해준 국문학과 선배였다던 그 청년…… 당신 생각나나?"

"……"

성혜는 형석이 침대로 가 쓰러지는 것을 보고만 있다. 가을이라는 계절 탓인지 더 외로워보였다. 잠이 든 그를 바라보다가 거실로 나와 민철이 사는 앞 동을 바라보았다. 그 어둠 속에서 서로 눈이 마주쳐 지나가고 있었다.

남이섬의 늦가을에는 한들거리는 코스모스가 지천으로 피었다. 은행나무가 쭉 서있는 길은 노란 길이 되고 하늘은 더없이 맑고 높았다. 남이섬을 빙 돌게 되어있는 그 길에 단풍잎이 예쁜 빨강으로 강물 위에 비쳐지는 풍경은 어떤 그림보다 더 아름다웠다. 두 사람은 마주 보며 마냥 즐거운 모습이었다.

코스모스가 피어있는 곳 가까이에 거룻배가 잔잔한 물살에 흔들리고 있었다. 그가 카메라 앵글을 거룻배에 고정하고 찍는 것을 성혜가 바라보고 있었다.

"강바람이 상쾌하다."

"맞아요. 민철 씨."

"내게만 불러줄래? 님이 오시는지."

"다 들어요. 나중에 음악실로 오면 불러줄게요."

"약속한 거다."

성혜는 환하게 웃으며 고개를 끄덕였다. 하루가 어떻게 가는 줄도 모르고 즐기다가 겨우 마지막 배를 타고 섬에서 나왔다. 민철은 늦은 시간에 성혜를 그녀의 집 앞에 내려주고 돌아갔다.

어느 목요일 오후, 성혜가 음악실에서 정리를 하고 있는데 예고도 없이 문을 두드리며 민철이 들어왔다.

"웬일이세요? 퇴근하지 않고……."

"약속 잊지 않았지?"

"무슨 약속……. 아!"

그제야 생각이 나는지 그녀가 피아노 앞에 가서 앉았다. 책을 찾더니 피아노를 치며 '님이 오시는지'를 부르기 시작했다.

노래가 끝나자 박수를 치며 민철이 뒤로 돌아와 성혜를 꼭 안는다.

그때 현미가 음악실 문을 열고 들어오다가 재빨리 나가버린다. 성혜가 그의 팔을 풀고 뛰어나가 보았지만 계단으로 내려갔는지 보이지 않았다.

"어떡해요?"

"뭘. 우리가 잘못한 건 아니잖아."

"그래도……."

"같이 밥 먹으며 털어놓아야지. 괜한 소문이 나기 전에."

"현미가 누구에게 말할 그런 애는 아니에요."

"내일 퇴근길에 만나는 곳에서 기다려."

"알았어요. 우리도 퇴근해요."

성혜가 음악실 문을 잠그고 두 사람은 긴 복도를 지나 교무실로 갔다. 현미는 이미 퇴근했는지 보이지 않았고 부장 선생님들만 남아있었다.

다음 날 퇴근길에 성혜는 현미와 함께 민철을 기다렸다. 깜박이를 켜고 다가오는 그의 차 뒷좌석에 같이 타고 시내를 벗어나 양평으로 갔다. 도중에 강가에 있는 한정식 집 앞에 차를 세우고 세 사람은 조촐하지만 집밥 같은 맛있는 저녁식사를 했다. 식사를 하고 세 사람은 강가를 걸었다.

"성혜야. 너 그 노래 지금이 부를 때다."

"무슨 노래?"

"님이 오시는지."

"성혜 씨 맞아요. 우리만 있으니 그 노래 다시 듣고 싶다."

성혜가 강가에 서서 노래를 불렀다. 강 위로 노을이 불타고 있었다. 피아노를 전공했지만 그녀의 노래 실력도 만만치 않았다.

"언제부터죠? 나 빼고 둘이 만난 건?"

"맞춰 봐."

"봄에 시골에서 우리 엄마 온 날? 남산으로 벚꽃 구경하러 간……."

"응. 기억력도 좋아요."

"너. 날 놀리고."

현미가 그녀에게 다가가 곱게 눈을 흘기고 말했다.

"아무튼 잘 됐다. 그리고 우연이라기엔 너무 기막히게 같은 학교 교사로 다시 만나게 된 것도."

"아주 특별한 인연입니다."

민철이 들으라는 듯 큰 소리로 말했다. 그들은 그렇게 모두가 인정하는 서로 아껴주는 사이가 되었다. 최소한 군인 나형석이 등장하기 전까지는…….

나형석은 성악 전공한 동생의 졸업연주회 때 무대에 선 성혜를 보고 마음을 송두리째 빼앗겨버렸다. 그러나 직업군인으로 자주 이동하는 탓에 그녀를 만날 수 없었다. 휴가를 맞아 성혜가 있는 학교를 수소문해 퇴근길의 그녀를 지프차에 태워 백주에 납치를 했다. 정말 어처구니없는 행동이었다.

그렇게 젊은 두 사람은 생이별을 하고 오랫동안 만나지 못하고 있다가 지윤이가 놀이터에서 다치는 그 순간에 만나게 되었다.

겨울방학 날, 모든 교사들이 교무실에 앉아서 교장 선생님을 기다리고 있었다. 교감 선생님과 함께 교무실로 들어오신 교장 선생님은 모두에게 자리에 앉으라고 하셨다.

"방학 중에 학생들에게 자주 연락하고 보살펴주십시오. 그리고 심 선생님이 다음 주에 인사동 갤러리에서 사진전을 여니 관람하시고 격려해주시기 바랍니다. 저도 첫날 테이프 커팅식에 참석하겠습니다."

교장 선생님의 말씀이 끝나자 모든 교사들은 민철에게 박수를 보내며 환호했다. 그가 환히 웃는 얼굴로 인사를 했다.

인사동 미술관에서 열리는 사진전시회에서 일간지 문화부 기자의 인터뷰에 응하는 민철의 모습이 텔레비전을 통해 보도되었다.

현미가 깜짝 놀라서 숟가락을 떨어뜨렸다.

"당신 아는 사진작가야?"

"네. 예전에 같은 동료 교사였지요."

"결혼 전이구나? 사랑했나 봐. 그리 깜짝 놀라는 걸 보니."

"내가 아니고 내 친구랑 정말 사랑했었죠."

"당신 친구? 성혜 씨로구나?"

현미는 대답 대신 고개를 끄덕였다. 고맙게도 남편은 더 이상 묻지 않았다.

심민철은 인물 위주로 사진을 찍지 않고 그냥 자연 그대로를 지향하는 작가라고 자신을 소개했는데 그의 말대로 그의 사진들에는 풍경뿐 사람이 찍혀있지 않았다. 사하라 사막, 나이아가라 폭포, 밴쿠버 아름다운 그 섬의 숲속에서도 그는 철저히 자연만을 고집했다.

미술관 입구 쪽이 시끄러워지더니 반 학생들이 우르르 몰려와 웃고 떠든다. 민철도 같이 웃고 있다.

"너희들 공분 어떡하고?"

"선생님. 공분 매일 하는 건데요 뭐. 선생님 사진전은 몇 년마다 열리는지 아는 친구?"

"저요. 저요. 삼 년입니다."

"맞습니다."

"알았다. 선생님이 피자 쏠게."

"와아, 선생님 멋쟁이."

그렇게 가까운 피자집에서 피자 파티가 열리고 학생들도 그도 한껏 기분이 좋았다. 학생들을 보내고 미술관으로 다시 돌아온 그는 다시 사진 앞에 서있다. 사하라 사막에서 찍은 사진들의 모래 빛은 찍는 각도에 따라서인지, 해가 뜨는 시간에 따라서인지 각각 다른 빛으로 황홀했다.

성혜의 휴대폰이 울린다.

"텔레비전에서 민철 씨 인터뷰 나오더라. 인사동에서 사진전을 한대."

"정말 사진작가인가 보다."

"우리 인사동 잘 가잖니? 내일 갈까?"
"나 못 가."
"왜? 민철 씨가 널 잡아먹기라도 한대?"
"……"
"나 간다."
"혼자 가."
"기집애. 그럼 갔다 와서 전화할게."
성혜가 휴대폰을 끄고 창가로 가서 그의 아파트를 보며 서있다. 손에 들린 찻잔이 흔들리자 두 손으로 꼭 움켜쥐는 모습이 애처롭다.

모자를 쓰고 스카프를 두른 현미가 인사동 미술관에 들어와 선글라스를 낀 채 사진전을 둘러보고 있다. 오래된 흑백사진 속 뒷모습이 성혜가 분명했다. 현미가 천천히 발걸음을 옮기는데 다가오는 발자국 소리가 들린다.
"현미 씨?"
"……"
"오랜만입니다."
"네. 텔레비전에서 보고……."
"맞습니다."
민철과 현미는 함께 근처의 찻집으로 갔다. 현미는 찔레꽃 차를 마시고 그는 커피를 마셨다. 찻집 안에는 우리나라 가락이 조용히 흐르고 있었다.
"성혜는 잘 사는 겁니까?"
"네. 딸 하나 있어요. 이번 피아노 대회에서 은상을 탔어요."

"성혜를 닮아 피아노를 잘 치나 봅니다."

"그럼요. 오직 딸에게 올인하는 걸요."

"그렇군요."

"그 사진 속 성혜, 이제 놔주세요. 뭐라 말할 순 없지만 민철 씨 생각만큼 그리 아름다운 삶은 아니니까요."

"나만큼 아프며 살진 않겠지요."

"잘 알아요. 민철 씨가 아직 혼자라는 걸 알고 성혜가 얼마나 울었는지 몰라요. 제가 알아보고 말했거든요."

"……"

"이제 너무 많은 시간들이 지나갔어요. 두 사람 다……. 지윤이 아빠가 밉네요."

그는 현미의 말을 들으며 말없이 사진전 도록만 어루만진다. 두 사람 사이에 어색한 침묵이 흐르자 현미가 일어났다. 그도 일어나 전시장으로 되돌아갔다.

현미는 인사동 골목길을 걸으며 성혜에게 전화로 상황을 자세히 설명했다.

천사의 커튼보다

　인사동 사진전 마지막 날, 관람객이 모두 돌아가고 난 뒤 사진을 정리하고 있는데 성혜가 들어섰다. 그녀는 아직 떼어내지 못한 마지막 흑백사진 앞에 서서 움직이지 못했다. 그 사진은 남이섬에서 거룻배를 바라보던 자신의 뒷모습이었다. 민철은 떼어낸 사진들을 정리하며 돌아보지도 않은 채 말했다.
　"끝났습니다."
　자리에 얼어붙은 듯 구두 소리도 나지 않고 대답이 없자 고개를 들고 보았다. 그 앞에 성혜가 서서 놀란 눈으로 바라보고 있었다. 두 사람은 서로 바라만 볼 뿐 한 마디 말도 할 수 없었다. 그러다 성혜가 무너지듯이 주저앉자 그가 다가와 그녀를 끌어안았다. 그러고는 하염없이 눈물을 흘리고 있는 그녀의 등을 토닥여주었다. 한동안 울음을 그치지 못하던 그녀가 천천히 진정되어 갔다. 어둠이 밀려오는 시각이지만 그들은 그렇게 앉아있었다.
　"좋은 사람 만나야지요."
　"……"

그녀의 입술에 손가락을 가져다 대는 그의 행동에 성혜는 더욱 서럽게 울었다.
잠시 후 성혜는 그의 품에서 빠져나오며 목례를 하고 비틀거리며 걸어갔다. 민철은 그녀가 가는 것을 보면서 어둠 속에서 움직이지 않고 오래도록 서있었다.

열두 시가 지나 가져 온 사진을 거실에 두고 긴 의자에 누워버리는 민철의 모습에 피곤함이 역력하다. 몇 시간 전에 무너지듯 주저앉아서 울어버리던 그녀 생각이 나서 그는 굵은 눈물을 뚝뚝 흘리고 말았다.
"불쌍한 사람."
서재 책장 한쪽에 있던 위스키를 가져와 냉동실에서 얼음을 꺼내 잔에 넣고 위스키를 마시기 시작했다.
그는 사진 속 성혜의 얼굴을 쓰다듬으며 혼잣말로 중얼거렸다.
'미안하다. 미안해. 세상 끝까지 가서라도 찾아야 했었는데…….'
아예 위스키를 병째로 마시다가 그만 주저앉아 통곡하는 그의 모습이 안타깝기만 하다.

사진전이 끝나고 민철은 겨울방학을 이용해 핀란드로 오로라 여행을 가기로 했다. 그는 인천공항에서 북극에 가장 가깝다는 이발로 공항으로 가기 위해 핀 에어에 탑승했다.
헬싱키에서 국내선으로 바꿔 타고 이발로 공항에 도착했다. 국제공항인데도 아주 작고 아담했다. 활주로가 두 개 있었는데 어느 작은 시골의 공항 같은 분위기였다. 그는 간단한 여행용 가방과 카메라 가방을 들고 공항을 빠져나갔다. 그곳에서 오로라를 잘 볼 수 있는 칵슬라우타넨이라는 이글루 호텔에 들어갔다.

천장이 특수 유리로 만들어진 이글루는 핀란드의 숲속에 지어졌다. 눈 덮인 숲속은 어느 동화 속의 마을에 온 느낌을 주었다. 침엽수가 한 줄로 늘어선 것이 마치 군대의 사열하는 모습을 연상시켰다. 그 모습이 눈 속에서 평화로움으로 다가왔다. 숲속의 고요함이 그의 온몸에 전해지고 있었다.

이글루의 벽난로에 장작을 넣으며 잠시 너무 행복하다는 생각을 하다가 그만 깜빡 잠이 들어버렸다.

산타할아버지가 루돌프를 타고 다니며 세계의 착한 아이들에게만 선물을 준다는 그 산타마을이 이곳에 있었다. 어렸을 때 긴 양말을 걸어놓고 설핏 잠이 들면 아버지와 어머니가 넣어주던 선물을 생각해내곤 그는 행복한 얼굴이 되었다.

다음 날, 그는 이발로 공항에서 성혜를 맞이하고 있었다. 그녀가 비행기에서 내려 두리번거리다가 그가 손을 높이 들자 어린아이처럼 달려와 안겼다. 모자에 모직 스카프를 두른 그가 그녀의 어깨를 안고 이내 공항을 빠져나왔다.

잠시 후 루돌프 썰매를 타고 그가 묵고 있는 이글루 호텔에 도착했다. 그리고 얼음 예배당으로 가서 몇 사람이 참석한 가운데 조촐한 결혼식을 올렸다.

민철은 그녀에게 사파이어 반지를 끼워주고 나서 입맞춤을 했다. 웨딩드레스 위에 모자까지 달린 하얀 망토를 입은 성혜는 너무 아름다웠다. 두 사람의 결혼식이 끝난 후 통나무집으로 숙소를 옮겼다.

그녀는 웨딩드레스를 평상복으로 갈아입고 민철과 함께 얼음 레스토랑으로 갔다. 그곳에서 가장 맛있다는 순록 스테이크에 적색 와인을 곁들여 먹었다.

그런 다음 두 사람은 통나무집에서 눈을 맞으며 자연스레 서로 기대어 스파를 하면서 행복해했다. 민철은 불꽃이 튀는 벽난로 앞에서 그녀의 얼굴을 두 손으로 감싸 안으며 입맞춤을 했다. 그는 성혜를 안고 잠자리에 들어 그들만의 귀하고 아름다운 시간을 보냈다.

다음 날 아침까지 그들은 푹 잤다. 너무 추운 북극 지방이라서 두 사람은 온종일 통나무집 안에서 시간을 보냈다.

점심식사 후 두 사람은 순록 썰매를 타고 전나무와 자작나무가 하얀 눈을 온통 뒤집어쓴 숲속을 달렸다.

저녁식사 후에는 '천사의 커튼'이라 불리는 오로라를 보기 위해 방한복에 모자까지 완전히 차려입고 알람이 울리길 기다리고 있었다. 오로라가 보이면 관광객들에게 알려주는 신호였다. 그는 카메라와 삼각대를 들고 그녀와 함께 마주 보며 행복해했다.

알람이 울리고 모든 관광객들은 카메라와 삼각대를 들고 나왔다. 행운이었다. 산 저쪽에서 하얀 실같이 보이던 오로라가 두 사람을 축복이라도 하는 듯 다가왔다. 천사의 커튼은 그들의 머리 위에서 한 시간 동안이나 그렇게 아름답게 피어나다가 사라지다가를 반복하며 매직 쇼를 했다. 그녀가 어린아이처럼 기뻐하는 모습에 그도 덩달아 그녀의 손을 잡고 빙빙 돌려주다가 그만 손을 놓쳐버렸다.

그녀의 외마디 소리가 들리고 성혜는 사라져버렸다.

꿈이었다. 서러운 꿈이었다. 그가 일어나 주위를 둘러보니 이글루 호텔에서 오로라도 보지 못하고 사진도 찍지 못하고 깊은 잠에 빠져 있었던 자신을 발견했다.

그는 더 꿈꾸고 싶었다. 그녀와 세상 끝까지라도 같이 날아가고 싶었다. 그는 돌아온 현실 세계에서 아주 큰 소리로 서럽게 울었다.

이번 이발로 여행에서 그는 오로라를 찍을 수 있었다. 그곳에서 삼 일을 더 묵었고 꿈에서처럼 고맙게도 천사의 커튼은 다시 그를 위한 쇼를 펼쳐주었다.

그가 혼자서 얼음낚시를 하다가 잡아올린 물고기가 그의 마음에 외치는 소리가 들려오는 것 같았다. 그는 물고기를 얼음 구멍 속으로 다시 돌려보냈다.

헬싱키로 돌아온 일요일 아침, 민철은 템펠리아우키오 교회, 일명 암석 교회에 갔다. 밴프에서 고백한 것을 이행하지 못하고 있었는데 이젠 경건하게 오직 그분만을 섬기기로 스스로에게 다짐했다.

그는 새로운 한 해를 맞이하러 헬싱키에서 핀 에어를 타고 인천공항으로 돌아왔다.

그는 집으로 돌아오자 부엌과 서재에 숨겨둔 술병들을 다 찾아냈다. 세계여행을 다니며 모았던 술잔들도 다 꺼내어 정리했다. 혼자 살면서 왜 숨겨두었는지 자신도 모를 일이었다. 그리고 그동안 찍어온 오로라 사진을 매년 천문 사진을 공모하는 국제사진전에 내기로 결정하고 규격에 맞추기 위해 늦도록 작업을 했다.

오로라가 천사의 커튼이라는 말이 충분히 이해되었고 그 아름다움에 푹 빠져 버린 민철은 퇴근 후 곧장 돌아와 작업에 몰두했다.

꽃샘잎샘 바람이 불던 어느 토요일 오후, 민철은 덕수궁으로 사진을 찍으러 갔다. 덕수궁을 나와 돌담길로 걸어가면서 자주 보았던 서양식

건물이 그의 시선을 잡아끌었다. 아니 그의 마음을 송두리째 앗아가 버렸다. 붉은 벽돌로 지은 교회를 여러 각도에서 찍기 시작했다.

  그는 마치 자석에 끌리듯 교회 마당으로 들어섰고 초대 미국인 선교사 아펜젤러 동상 앞에 섰다. 그리고 고꾸라지듯 그 자리에 주저앉았다. 마음이 평안해지고 있었다.

  다음 날 오전에 민철은 교회의 맨 뒷자리에 머뭇거리며 앉았다. 그는 이미 마음으로 온전히 그분을 영접했고 누가 뭐라던 그분의 제자가 되었다.

  그날 이후 주일마다 정동교회를 찾았다. 그 누구도 빼앗아갈 수 없는 마음의 평안을 누리게 되었다.

  그는 오로라 사진을 공모전에 응모했다. 한가한 마음이 되었고 다시 찾아온 봄이 반가웠다. 아파트의 나무들이 가지마다 연둣빛으로 봄을 기꺼워했다.

  성혜와 현미는 아직 찬바람이 부는 삼월이지만 안양 수리산으로 변산바람꽃을 보러 가고 있었다. 성혜는 수리산 성당을 지나 올라가다가 주차장에 차를 세웠다. 눈이 녹아서 졸졸 흐르는 시냇가에 버들강아지가 실눈을 뜨고 초봄을 기꺼워했다.

  한참을 오르니 변산바람꽃이 그려진 큰 안내 표지판이 보였다. 그 안내판 뒤로 길이 나 있었다. 그리 평탄한 길은 아니었다. 올라가다가 성혜는 긴 막대기를 주워 잡고 힘겹게 올라갔다.

  많은 사진작가들이 출사를 나와 변산바람꽃을 찍고 있었다. 아직 수줍은 듯 얼굴을 가리고 꽃대만 올라온 분홍노루귀도 있었다.

  노루귀의 꽃대에 아침 이슬이 맺혀있다. 성혜는 노루귀의 숨 막히는 아름다움을 보았다.

앙상한 가지를 흔들며 봄바람이 지나가고 있었다. 아직 찬바람이 도는 수리산 골짜기에서 두 사람은 다시 민철을 만날 수 있었다.

"성혜야. 저기 민철 씨야."

"오늘이 무슨 날인데 왔을까?"

"그러게…… 우릴 봤어. 이쪽으로 온다."

"우리 내려가자."

성혜가 애써 그를 보지 않으려고 험한 골짜기를 먼저 내려가다가 돌부리에 걸려 넘어지고 말았다.

그녀는 넘어져 일어나지 못하고 어쩔 줄 몰라 했다. 민철이 성혜에게 다가와 손을 내밀었지만 꼼짝도 할 수 없었다.

"현미 씨. 이 카메라 받아줘요. 내가 업고 내려가야 할 것 같아서……."

"네."

현미는 그가 주는 카메라를 받아들며 아파하는 성혜를 보았다. 아무래도 다리가 어찌 된 모양이었다. 한참을 망설이다 그의 등에 업힌 성혜가 너무 아픈지 얼굴을 심하게 찡그렸다.

민철은 그녀를 차에 태우고 안양의 정형외과로 갔다. 현미는 민철의 카메라를 옆자리에 싣고 성혜 차를 운전해 뒤따라갔다.

엑스레이를 찍어보니 그녀의 오른쪽 무릎 아래 **뼈**가 부러져 있었다. 우선 부러진 **뼈**를 맞추고 무릎 아래로 통 깁스를 했다. 통증을 완화시키는 주사를 맞고 성혜는 미안해하며 웃었다.

"지금 너 웃음이 나오니?"

"미안해."

"이만하길 다행이지."

"미안해요. 민철 씨. 놀라셨죠?"

"아니야. 나 보고 놀라 급히 내려가다가……."

"……그런데 평일인데 왔어요?"

현미가 궁금한 얼굴로 물었다.

"개교기념일이어서 바람 쐬러 나왔습니다."

"그러셨군요. 성혜야. 너 운전하지 못하니까 내가 운전할게. 뒤에 타."

"알았어."

세 사람은 병원에서 나와 헤어졌다. 현미가 성혜의 아파트로 차를 몰고 갔고 민철이 천천히 그 뒤를 따라갔다. 지하 주차장에 주차를 하고 현미가 성혜를 부축해 엘리베이터를 기다렸다.

두 사람이 엘리베이터 안으로 들어가는 것을 보고야 민철도 자신의 아파트로 향했다.

성혜가 부축을 받고 들어오자 지윤이가 놀라 달려왔다.

"엄마 다쳤어?"

"응. 산에서 내려오다가 다쳤단다."

"아빠한테 알려야겠네."

"아냐. 오실 알 텐데. 엄마 침대에 누워야겠다."

"네. 엄마."

지윤이가 침대로 가서 이불을 젖혀주었다. 성혜가 누웠고 현미가 그런 그녀를 근심 어린 눈으로 바라보았다.

"너 그만 가봐."

"밥만 해놓고 갈게. 너 자유롭지 못하잖아."

"고마워."

현미는 부엌으로 가서 쌀을 씻어 전기밥솥에 안쳤다. 그리고 냉장고 야채 칸에서 여러 가지 채소를 꺼내 그녀가 할 수 있는 음식들을 조리했다.

저녁 준비를 마치고 성혜가 누워있는 침대 곁으로 다가갔지만 이미 잠이 든 후였다.

"지윤아, 나 간다. 외할머니께 전화 드려라. 엄마. 당분간 일 못하신다."

"네, 그럴게요."

"내일 올게. 문단속해라."

"네."

현미가 조용히 나가 집으로 돌아갔다. 성혜가 잠에서 일어나지 않자 지윤이가 외할머니에게 전화를 했다.

"할머니. 저예요."

"지윤이가 전화를 하고 무슨 일 있구나?"

"엄마가 아파요. 깁스하고 잠이 들었는데 아빠도 아직 오지 않고 무서워요. 할머니."

"내가 곧 가마."

"네. 할머니."

지윤이는 그제야 밝은 얼굴이 되었다. 지윤이가 잠자는 엄마 곁에 앉아있을 때 아파트의 초인종이 울렸다.

"지윤아. 할머니다."

"네. 나가요."

지윤이가 밝은 목소리로 달려나가 현관문을 열어주었다. 외할머니는 잠자는 성혜 곁으로 다가가 손을 잡고 바라보았다.

그제야 그녀가 잠에서 깨어나 주위를 살펴보았다.

"어머니도 왔네? 현미 이모는 갔구나?"

"네. 엄마. 할머니한테 전화하라고 했어요."

"잘 했다. 너 밥 먹었니?"

"아직요. 현미 이모가 밥이랑 반찬도 해놓고 가셨어요."

"지윤이가 배고프겠다. 할머니가 차려줄게. 너도 먹어야지?"

"나도 배고파."

성혜가 침대 곁에 있는 목발을 짚고 식탁으로 걸어갔다. 어머니가 어느새 식탁 위에 한 상 가득 차려놓았다. 성혜와 지윤이는 늦은 저녁 식사를 하면서 재미있게 이야기를 나누었다.

그때 현관문이 열리고 형석이 들어왔다. 다른 날에 비하면 이른 퇴근이었다. 세 사람 모두 밥 먹는 것을 멈추고 형석을 맞이했다. 형석은 성혜가 목발 짚는 것을 보며 놀랐다.

"왜 어떻게 된 거야?"

"현미랑 산에서 내려오다가 넘어져서요."

"나 서방. 식사는 했능가?"

"장모님도 오시고. 네, 전 먹었습니다."

"아빠. 다녀오셨어요?"

"그래. 아빠는 씻어야겠다. 가서 마저 먹어."

형석이 안방으로 들어가고 그들은 다시 식탁에 앉아 웃으며 식사를 했다.

모두들 잠자리에 들었다. 성혜도 얼굴만 씻고 침대로 들어갔다. 자는 줄로만 알았던 형석이 그녀에게 말을 걸었다.

"아직 날씨도 찬데 웬 산이야?"

"안양 수리산예요. 그곳에 변산바람꽃이 피었다고 해서."
"당신이 뭐 식물학자야? 산엔 아직도 눈이 녹지도 않았어."
"네. 그런데 변산바람꽃은 너무 예뻤어요."
"늘 조심하고 다녀. 오래 갈 거 같은데?"
"삼 개월 정도 갈 거라네요."
"그럴 거야. 오늘 어쩐지 일찍 들어오고 싶더라."
"어서 주무세요."
"자자. 불 끈다."
형석이 일어나서 불을 끄고 누웠다. 밖에 봄비가 오는지 유리창에 속살거리는 소리가 들리는 듯했다.
형석이 코를 골며 잠이 깊이 들었고 성혜는 어둠 속에서 귀를 기울이고 있었다.

늦은 밤이 되었는데도 민철은 잠들지 못했다. 밖으로 나와 맞은편의 성혜 아파트를 바라보았다.
불이 켜 있었다. 수리산에서 자신을 보고 급히 내려가던 그녀의 뒷모습이 생각났다. 그리고 이내 주저앉았던 모습도 생각났다. 다리가 부러지다니…… 얼마나 아팠을까? 손을 내밀어도 아파서 그의 손도 잡지 못하던 그녀의 고통스런 얼굴이 떠올랐다. 이제는 마음이 아파도 술도 마시지 못하기에 그는 대신 집으로 돌아와 그녀의 얼굴을 어루만지며 기도했다. 그녀의 아픔이 속히 치유되도록 기도하는 수밖에 도리가 없었다.

아침에 어머니가 밥을 하고 반찬을 만들어 형석에게 아침상을 차려주었고 지윤이도 아빠랑 같이 식사를 하고 현관을 나섰다. 성혜가 일어나서 그들을 배웅했다.

"잘 다녀와요."

"장모님, 출근하겠습니다."

"나 서방. 잘 갔다오게."

"엄마. 지윤이도 학교 가요."

"응. 차 조심하고 다녀오렴."

"네. 엄마. 할머니, 다녀오겠습니다."

"그래."

그렇게 배웅을 마치고 성혜는 어머니랑 밥을 먹기 시작했다. 오랜만에 어머니가 차려준 식탁은 정말 맛있었다. 가끔씩 통증이 오는지 얼굴을 찌푸리는 모습이다.

"많이 아프니?"

"가끔 통증이……. 어머니. 나 오랜만에 맛있는 밥 먹었어. 고마워요."

"사실은 오늘이 나 여고 동창회 날."

"어머니 외출할 일 있으면 다녀오세요."

"갔다 와도 될까?"

"그럼요. 재밌게 놀다오세요."

"빨리 올게. 광화문에서 만나기로…… 세종대왕 동상 앞에서 12시."

성혜는 목발을 짚고 방으로 들어가 핸드백에서 돈을 꺼내 어머니가 화장을 하는 방으로 들어갔다. 그리고 어머니 핸드백에 몰래 넣었다.

육십 대 후반인 어머니도 화장을 하고 차려입으니 나이가 무색할 만큼 아름다웠다.

어머니 뒷모습을 바라보며 성혜는 아파트 베란다에서 손을 흔들었다.

거실에 앉아서 어제 일을 생각해 보았다. 산에서 만난 그가 내민 손을 잡지 못한 건 자신이 불쌍하게 보일까 봐 그랬다. 혼자서는 일어나지도 못한 골절이었지만 그의 도움을 거절하고 싶었다. 짧은 찰나의 시간이 그렇게 지나가고 그녀는 그의 등에 업힐 수밖에 없었다.

오래전 구절초가 골짜기 가득 피어있던 그 산의 어둠 속에서도 성혜는 그의 넓은 등에 업혔었다. 어제 업혀서 산을 내려올 때 그에게서 구절초 향기가 나는 듯했다. 산의 내리막길에서 그는 조심스럽게 내려갔고 주차장까지 안정적인 걸음걸이로 걸어갔다. 그의 차 뒷좌석에 누워서 성혜는 눈을 감았다. 그가 언제 녹음을 한 건지 그녀가 부르던 '님이 오시는지' 가 조용하게 흘러나왔다.

"생각나니?"

"……"

"강가에서 부르던 노래. 아무도 모르게 녹음해 두었어. 이렇게 가끔 듣는다."

"……이제 날 잊어도 좋아요."

"아니. 난 널 사랑한 걸 후회한 적 없었다. 하지만 더 이상 사랑으로 마음 아프긴 싫어."

"……"

"여름방학 때, 그리고 겨울방학 때 그 장엄한 자연 속에서 난 그분을 만났다. 개구쟁이 시절 선물을 받으러 갔던 교회가 생각났고 이젠 그분을 나의 마지막 사랑으로, 영원한 사랑으로 받아들였다."

"……"

"이제 겨우 몇 달인데 난 한없는 평안을 느껴. 앞으로의 내 삶은 그분 손에 붙잡힌 바 되었다."

"……네. 잘 했어요. 나도 오래전에 영접했어요."
"내 아파트 팔기로 했다. 가까이에서 널 보는 거 너무 마음 아파."
"……"
"아파트가 팔리면 학교 가까이에 오피스텔을 마련해서 이사하려고 해."
"네."
"잘 살아야 한다. 아프지 말고……. 널 위해 늘 기도할게."
"고마워요."
"아니, 이 세상에서 널 만난 걸 늘 고맙게 생각한다. 같은 서울에서 산다는 것만으로도 내겐 큰 위로가 돼."
"이런 모습 미안해요."
"내가 너와 이야기할 수 있어서 좋아. 넌 아프지만 날 이해하겠니?"
"……내가 짐이 되긴 싫어요."
"짐이 아니야. 넌 내겐 기쁨이야."

병원에 도착했고 그는 정말 소중하게 그녀를 안아주고 감싸주었다. 병원에 들어가서 의사 앞에서도, 통 깁스를 할 때도 그녀 곁에 서서 손을 꼭 잡아주었다. 목발을 짚고 병원을 나올 때도 그는 한순간도 그녀의 손을 놓지 않았다. 그의 진심이 성혜의 마음을 더 아프게 했다. 이젠 다 지나간 사랑이었다. 과거형 사랑이었다.

두 사람이 서로에게 애틋한 마음인 것을 알고 있는 현미는 아무 말도 할 수 없었다.

현미는 민철에게 목례를 하고 성혜의 차를 운전해 집으로 돌아올 때도 그의 시선이 자신을 따라오고 있음을 느낄 수 있었다.

벨 소리가 들리자 성혜가 천천히 걸어가서 문을 열었다. 현미가 르네브 꽃을 들고 들어왔다.

"또 왔니?"
"아픈데 와야지. 뭐 청소라도 할까?"
"되었네요. 어머니가 오셨단다."
"어디 가셨니? 안 계시네?"
"여고 동창회라고 외출하셨어."
"재밌겠다. 늙어서 동창회 하면……."
"그렇지? 여자들 그 수다."
"못 말리지 뭐."
꽃병을 찾아 르네브를 꽂는 현미에게 미안함을 느끼며 말했다.
"미안해. 현미야."
"별말을 다 한다. 어제 남편 일찍 들어왔니?"
"비교적."
"뭐래?"
"뭐. 아직 산에 눈이 녹지 않았다고 조심해야 한다더라."
"다행이다. 난 니가 조금은 걱정되더라."
"민철 씨가 명함 줘서 받았는데 너 전화번호 줄까?"
"아니. 난 아니야."
"……서로 마음만 아프지."
현미가 커피를 내렸고 커피를 마시며 둘이서 향기로운 시간을 보냈다.
"성혜야. 우리 점심으로 중국음식 시킬까?"
"그래. 난 삼선짜장. 넌?"
"그럼 난 삼선짬뽕이다."
"우리 오늘 맛있게 먹자."
"전화기 옆에 있는 상가 책자 가져와."

"알았어."

현미가 탁자 위에 있는 상가 책자를 가져왔고 거기에 동그라미 해 놓은 중국집에 시켰다.

"정말 오랜만이다. 그치?"

"응. 우리 학생 때 짜장면 하나로 둘이 나눠먹던 생각이 난다."

"가난한 그 시절."

점심시간에 그들은 평소에 성혜가 즐겨먹는 중국음식을 시켰다. 곧 벨이 울리고 음식이 배달되었다. 두 사람은 경쟁하듯 맛있게 식사를 했고 부드러운 카푸치노를 마시며 이야기를 나누었다.

"너 어제 민철 씨 차 타고 가면서 무슨 이야기 했니? 내릴 때 얼굴이 환하더라."

"응. 아파트 내놨대. 팔리면 학교 근처 오피스텔로 간다고."

"왜? 가끔 니 얼굴도 보면 좋을 텐데."

"아니? 그는 이제 하나님을 영접했대. 더 이상 아프긴 싫단다."

"그 말도 맞네. 그럼 널 놓아주는 거다."

"그동안 내가 잔인한 거지? 내 생각만 하고 산 거잖아."

"뭐 일부러 그런 것도 아닌데. 아무튼 민철 씨가 마음을 단단히 먹은 거 같아 좋다."

"그래. 참 좋은 사람이었는데……."

"……."

성혜는 끝내 눈물을 흘리고 말았다. 눈물 어린 눈으로 창문을 바라보는 그녀가 가여웠다.

"이제껏 마음을 짓눌렀던 바윗장은 멀리 던지렴."

현미가 소리 없이 눈물을 흘리는 그녀를 꼭 안아주었다.

지윤이가 돌아왔고 냉장고 문을 열어 우유와 토스트 한 조각을 먹고는 피아노 학원에 간다며 나갔다.

"다녀오겠습니다."

"그래. 잘 갔다 와. 현미야. 너도 가 봐. 그런데 소식은 없니?"

"그러게. 결혼이 늦었는데 나도 그이도 기다려. 오늘은 열심히 만들도록 해야지."

"기집애."

성혜가 그녀의 농담에 킥 웃으며 말했다.

"나. 갈게."

"그래. 고마웠어."

목발을 짚고 현관까지 배웅 나온 그녀가 정답게 웃어주었다.

어머니는 저녁 때가 다 되어서야 집으로 돌아오셨다. 엘리베이터 앞에서 한 남자가 서성이는 것이 보였는데 그 남자는 성혜 어머니를 보더니 놀란 듯 다른 곳으로 가버렸다. 머리를 갸웃거리며 아파트의 지하상가로 찬거리를 사러 갔는데, 그곳에서 그 남자와 마주치고 말았다.

"자네……. 심 선생 아닌가?"

"네. 어머님."

"이럴 수가……. 우리 성혜랑 같은 아파트 단지에 사네."

"그렇습니다."

"장을 자네가 보는가? 안사람은 아픈가 보구만."

"……먼저 가보겠습니다."

민철이 먼저 자리를 뜨자 성혜 어머니도 지하상가를 나와 빠른 걸음으로 돌아왔다.

어머니는 식탁 위에 사온 찬거리를 놓고 성혜 앞으로 다가갔다.

"너. 민철이랑 같은 아파트 단지에 산다며?"
"응. 상가에서 만났나 보네."
"얘 봐. 나 서방 알면 큰일 난다. 너."
"큰일 날 거 없어. 그 사람 아파트 내놨대. 팔리면 곧 이사 간대요."
"그걸 어떻게 아는 거야?"
"지난해에 이사 왔어. 아직 결혼도 하지 않았고. 사진작가도 되었대. 그래서 방학 때마다 해외여행을 한다고 그랬어. 사진 찍으러 다니더라고."
"뭐? 아직도 미혼이래?"
"응. 더는 마음 아프며 살지 않을 거래. 그래서 이사 간대."
"하이고…… 그런 사람도 없다."
"그리고 교회도 다닌다나. 요즘 마음이 평안하다고 말했어."
"자세히도 아네."
"사실 나 어제 현미랑 산에 갔는데 거기에 사진 찍으러 왔더라고. 내가 그 사람 보고 놀라서 급히 내려오다가 다리가 부러진 거야. 민철 씨가 산에서부터 나를 업고 병원 치료 마칠 때까지 옆에 있었어. 엄마."
"참 기가 막히다. 엄마는 순간 나쁜 생각이 들더라."
"아냐, 엄마. 날 위해 기도하겠대. 이제는 마지막 사랑은 하나님께 바치며 산다고 그랬어."
"그런 사람도 없다. 나 서방 알면 안 된다. 그냥 잘 지나갔으면 좋겠다."
"염려 말아요. 좋은 사람인걸."
성혜가 어머니 앞에서 눈물을 글썽였다. 어머니는 그녀를 안아주며 등을 토닥여주었다.
"인연이 아닌 거라고 생각해. 너도 심 선생도 불쌍하다."

"……"

"어서 눈물 그쳐라. 나 서방 너 아프다고 빨리 들어올라."

"알았어. 엄마."

성혜가 얼굴을 씻고 나오는데 형석이 들어왔다. 어쩜 어머니의 말이 꼭 맞을까?

"장모님. 다녀왔습니다."

"응 수고했네. 우선 씻고 나오게. 내가 외출하고 와 식사 준비가 덜 되었네."

"괜찮습니다. 간식 먹었습니다."

"일찍 왔네요?"

"당신이 아픈데 이때라도 빨리 들어와야지."

안방으로 들어가 옷을 갈아입고 나오더니 성혜에게 다가가 어깨를 두드려주고 욕실로 들어가더니 이내 시원한 물소리가 들려왔다.

그녀의 집을 알지만 마냥 서성이다가 집으로 돌아왔던 민철은 머리로는 그녀를 잊자 했지만 마음은 그게 아니었다. 엘리베이터에서, 때론 아파트 길에서, 지하상가에서, 성혜를 그리워하며 서성이던 날들…….

오래전 성혜가 사라지고 난 어느 날, 성혜의 집을 찾아간 민철의 등을 두드려주며 내 딸을 잊고 용서하라던 그녀의 어머니를 다시 만나게 될 줄은 몰랐다. 저녁도 굶고 어둠 속에서 그는 침대에 오래도록 누워있었다. 어제 통증으로 아파하던 그녀의 얼굴이 눈앞에서 아른거렸다. 늦은 시각, 그는 바바리를 걸치고 아파트 숲길을 걸으며 깊은 생각에 잠겼다.

아름다운 봄 오월이 왔는데도 성혜는 외출을 하지 못하고 어머니와 거실에 앉아 들어오는 눈부신 햇빛을 보기만 했다. 오월에 장미꽃이 피어나고 아파트 안은 향기로 가득 찼다. 그녀는 아직도 깁스를 풀지 않아 목발을 짚고 다니는 중이었다.

목요일에 현미가 민철의 문자를 가지고 집으로 왔다. '토요일에 이사 가는데 괜찮다면 내일 저녁식사를 같이하고 싶다'는 그의 문자였다. 오후 6시에 아파트 지하 주차장 성혜네 아파트로 올라가는 엘리베이터 입구에서 기다린다고 했다.

"너 이대로 헤어질래? 식사라도 할래?"

"……"

"식사는 괜찮잖니?"

"나. 자신이 없어서 그래. 그에게 다시 빠질까 봐."

"넌 다시 빠질 수 없어. 지윤이 때문에라도."

"그럴까?"

"문자 보낸다. 승낙이라고."

"……"

금요일 오후에 어머니는 지윤이가 할아버지 보고 싶다 조르자 잠시 집으로 가서 혼자 집에 있었다. 금요일 오후 6시가 되기 전 성혜는 옅은 화장을 하고 손에 작은 손가방을 들고 엘리베이터에 올랐다.

민철도 서성거리다가 엘리베이터가 올라가는 것을 보고 안도의 숨을 내쉬었다. 엘리베이터가 내려와 멈추자 정장 차림의 그가 내리는 성혜의 손을 잡아주었다.

"나와 줘서 고맙다."

"……"

"아직도 다리가 불편하구나. 뒤에 탈래?"

"네."

차 뒷좌석 문을 열고 그녀가 타는 것을 도와주었다. 목발은 트렁크에 넣고 차는 지하 주차장을 빠져나갔다.

차는 강변로를 달리다 그랜드 워커힐 호텔 한식집 〈온달〉로 들어가는 주차장으로 천천히 들어갔다. 〈온달〉의 세미룸에서 두 사람은 마지막 만찬을 했다.

"……"

"……"

둘 다 말없이 그저 조용히 음식을 먹을 뿐이다. 그는 최고의 요리를 예약했다. 다시는 이런 기회가 없을 거라 생각했을 것이다. 성혜도 그런 분위기를 알 수 있었다. 식사가 끝나고 전통차를 마신 후 두 사람은 천천히 〈온달〉에서 빠져나왔다.

강변북로를 달리던 차는 남산을 향해 돌다가 두 사람의 아파트로 천천히 들어갔다.

아파트 주차장에 도착한 민철이 차 안에 보관하던 두 개의 보석 상자를 꺼내 그녀 손바닥에 올려놓았다. 두 사람이 함께 맞춘 커플링 반지와 백금에 사파이어를 세팅한 반지였다. 놀란 눈으로 그를 보자 조용히 말했다.

"너와 나눠 가질 반지였잖아. 하나는 내가 가졌다. 다른 반지는 꿈속에서 네게 준 결혼반지였다. 커플링보다 조금 크게 만들었어."

"나 받지 못해요."

그녀의 목소리에 울음이 섞여 있었다. 민철은 그녀의 빈 손가락에 사파이어 반지를 끼워주었다. 침묵의 시간이 지나고 성혜가 자동차 문을 열었다. 민철은 트렁크에서 목발을 꺼내와 그녀에게 내밀었고 엘리베이터의 버튼을 눌렀다. 엘리베이터가 내려와 문이 활짝 열렸다.

"아프지 말고 잘 살아."

"네. 좋은 사람 만나요."

그렇게 두 사람은 헤어지고 집으로 돌아온 그녀는 깊이 감추어 놓은 상자를 꺼냈다. 그 속에는 민철이 돌려준 오페라 티켓과 브로치가 있었다. 손에 끼워준 사파이어 반지와 커플링도 상자 속에 넣었다.

토요일 오전, 맞은편 민철네 아파트에 이삿짐 사다리차가 왔고 바쁘게 움직이는 사람들 모습이 보였다.

'잘 가요.'

그는 차에 오르기 전에 성혜 아파트 쪽을 향해 손을 흔들었다. 그리고 차에 올라 천천히 움직이기 시작했고 그 뒤를 커다란 이삿짐 차가 뒤따라갔다.

꿈길, 길은 없었다

유월이 되고 첫 주일이었다. 성혜는 목발을 짚고 아파트 앞 상가 2층에 있는 교회로 향했다. 발을 다친 후로 계단 오르기가 여의치 않아 쉬고 있었는데 오월부터 아니, 그가 떠난 후로 다시 나가고 있었다.

젊은 목사님의 말씀이 그녀의 마음을 아프게 흔들었다. 예배를 어떻게 드렸는지도 모를 지경이었다. 성도들이 다 가고 나서야 그녀는 천천히 교회를 빠져나갔다.

월요일 오전에 현미가 들이닥쳤다. 어머니는 아파트 안에 장이 선다며 나가고 없었다. 현미는 커피를 내려 가져오더니 그녀 앞에 마주 앉아서 질문을 해대기 시작했다.

"금요일에 어디서 저녁 먹었니?"

"그랜드 워커힐 〈온달〉이라는 곳."

"와. 거기 리모델링 하고 다시 열었다고 하던데?"

"그렇더라. 실내도 잘 꾸며 놨고."

"민철 씨가 한 풀고 이사 갔구나."

"……"

"뭐라고 말 좀 해봐. 난 삼 일 동안 궁금해서 혼났다."
"뭐가 그렇게 궁금하니?"
"뭐, 죽기까지 기다린다거나. 이혼하고 나랑 살자거나."
"얘는 선생님이 그런 말을 하니. 아프지 말고 잘 살라고 하더라."
"선생님이라서 우리 같은 소인배하고는 다르지."
"옛날에 맞춘 커플링 주더라. 자기 거는 손가락에 끼고."
"하이고 순정파다, 정말."
현미의 그 말에 성혜는 눈물을 보인다.
"너 또 그러니. 이젠 그 사람 잊어라."
"그래야지. 엄마가 민철 씨랑 지하상가에서 정면으로 마주치던 날, 나한테 와서 걱정했어."
"……"
"엄마한테 그가 결혼도 하지 않았다는 얘기를 했더니 인연이 아닌 거라고 하시더라."

성혜 어머니가 장을 봐 와서, 함께 점심식사 준비를 했다. 어머니는 갓 솎아낸 열무를 성혜와 현미에게 다듬게 했다.
"어머니, 맛있겠어요."
"그럴 것 같아 샀지. 현미도 국 끓으면 저녁 식탁에 올리게 조금 가져가."
"그러면 너무 감사하죠."
"너도 우리 성혜도 교사 생활만 해서 남 시키는 것만 잘하지. 뭐라도 똑 부러지게 잘하는 게 있어야지."
"엄만 또 그 소리다."
"알았어. 다듬기는 잘 하고 있지?"

"네."

성혜와 현미가 동시에 대답하자 어머니는 멸치로 육수를 내면서 웃으셨다.

구수한 된장국에 채소로 차려진 식탁이었다.

현미는 성혜 어머니가 보온병에 담아준 된장국을 들고 환히 웃으며 인사를 했다.

"고맙습니다. 어머니. 잘 먹겠습니다. 그이가 시골 사람이라 참 좋아하겠어요."

"그래. 언제든지 또 와."

"네. 그래도 되나요?"

"그만 가보세요. 현미 씨."

"간다. 가."

현미가 웃으며 손을 흔들었다. 성혜는 어머니와 수박을 먹으며 민철의 근황을 알려주었다.

"엄마. 어제 민철 씨 이사 갔어."

"잘 했네. 엄마 마음이 조마조마했어."

어머니는 성혜의 등을 어루만지며 두드려주었다.

유월 중순 경에 성혜는 동네 병원에서 깁스를 풀었다. 날아갈 것 같았다. 어머니도 집으로 돌아가셨고 오랜만에 건강한 다리로 아파트 나무 숲 사이를 걸어보았다.

이사 와 여러 가지 일들로 분주해지자, 민철은 올해 여름방학에는 외국 여행 대신 지리산을 걸어서 답사하며 사진을 찍기로 마음먹었다.

기차를 타고 천천히 다니며, 금지역에서 내려 섬진강을 끼고 오래전에 들렀던 얕은 강가로 걸어갔다. 강 언덕에 쇤 고사리가 온 팔을 벌리고 서 있었다. 민철은 밀짚모자를 쓰고 카메라로 도도히 흐르는 섬진강을 찍었다. 사진을 찍는 그 손에 커플링 반지가 보인다. 언젠가 재첩을 주웠던 그 얕은 강은 여전히 맑게 흐르고 있었다.

그림 같은 풍경을 찍고 다시 발걸음을 돌려 마을버스를 타고 남원으로 들어갔다. 정류장에서 택시를 타고 매동마을로 갔다. 사과 과수원이 있는 그 마을에서 하룻밤을 묵기로 했다.

산채나물에 된장국의 소박한 식사는 그의 마음을 푸근하게 만들었다.

다음 날 아침, 민박집 아주머니는 걸어서 지리산의 풍경을 찍는다는 민철의 말에 주먹밥을 싸주었다. 인심이 후한 시골 아주머니의 아름다운 마음이었다.

지리산 둘레길을 걸으며 오래된 느티나무 아래서 장기를 두는 할아버지들에게 사진을 찍어도 되는지 양해를 구하고 몇 컷을 찍었다. 그리고 약주 값으로 그 고마움을 표시했다.

소나기가 오더니 어느새 운무에 산허리가 보이지 않았다. 정감 있는 지리산이었다.

소나기가 지나간 후 보니 아무도 봐주지 않는 깊은 산속에 핀 산나리가 아름다웠다. 그동안 외국 여행을 고집했던 자신이 부끄러웠다.

다음 사진전은 지리산 봄, 여름, 가을, 겨울, 이렇게 사계절의 민낯을 담기로 했다.

남원에서 유명하다는 추어탕을 먹고 남원역에서 서울로 가는 야간 열차를 탔다. 오랜 여행으로 지친 그는 곧 잠이 들었다. 새벽에 택시에서 내린 그는 녹초가 되어 오피스텔에 들어서자마자 그대로 거실 바닥에 쓰러져 잠이 들었다.

밤이 다 되어 배가 고파 잠에서 깼다. 그는 샤워를 하고 저녁식사를 하기 위해 집을 나섰다. 혼자 밥 먹는 것이 익숙한 그도 오늘은 사람이 그리웠다. 서너 숟가락을 뜨고 거리를 돌아다녔다.

오피스텔로 돌아와 십자가와 마주 보고 있는 성혜의 사진 앞에서 혼잣말을 했다.

'나 지리산 갔었다. 평화로웠어. 늙어서 너랑 매동마을에서 살고 싶다.'

그녀의 얼굴을 사랑의 손길로 쓰다듬고 나서 암실로 들어갔다.

민철은 현미를 통해 일방적으로 약속을 통보해왔다. 성혜는 토요일 오후에 미장원에서 얼굴 마사지를 받았다. 오랜만에 손톱 화장도 하고 드라이를 하며 들뜬 자신의 모습이 약간 어색했다.

성혜는 거실을 초조한 듯 왔다 갔다 했다. 시계는 이미 일곱 시를 넘었다. 지윤이의 피아노 치는 소리가 멈추자 그녀는 지윤이의 방으로 들어갔다.

"엄마, 나 잘래."

지윤이가 피곤한지 오늘은 일찍 잠자리에 들었다. 딸에게 이불을 덮어주며 불을 끄고 나왔다.

어제 제주 출장 간 형석이 보낸 문자 '오늘 제주공항에서 폭우로 비행기 뜨지 못한다'는 문자를 확인하고 삭제했다.

언제나 만났던 경복궁 그 자리에서 서성이던 민철은 자주 시계를 보았다. 시계는 이미 아홉 시를 넘어 열 시를 향하고 있었다. 성혜는 마치 달려가는 것처럼 보이는 시계를 보며 안방으로 뛰어가 하얀 원피스에 코발트빛 브로치를 달고 까치발로 현관을 빠져나갔다.

아파트를 빠져나온 차는 경복궁 그 자리를 향하지만 장대비로 길이

엉망이었다. 성혜가 비상등을 켰고 차 안의 시계는 이미 열 시를 훌쩍 지나 있었다. 시계를 보다가 고개를 들자, 차 창문 밖으로 주위를 두리번거리는 민철의 얼굴이 보였다. 성혜의 볼 위로 눈물이 주르륵 흐른다. 그녀는 천천히 운전하며 민철 앞을 지나갔다. 그의 앞을 지나며 백미러로 그가 쓴 우산 위에 장대비가 쏟아지는 것을 보며 혼잣말을 했다.

'고마워요. 아직도 날 사랑한다는 걸 알아요. 나도 여전히 당신을 잊지 못해요. 그러나…… 이미 우린 길이 다른 걸요. 밤마다 꿈길에서 스치고 싶었는데 내 꿈속에 길은 없었어요.'

백미러에서 사라지는 그의 모습에 브레이크를 밟고 운전대에 얼굴을 묻은 그녀의 어깨가 들썩이기 시작했다. 어둠 속에서 장대비를 쓸어내는 무심한 와이퍼만 오랫동안 움직이고 있었다.

심민철. 그가 올해의 천문사진전 오로라부문에서 '천사의 커튼'이라 불리는 작품으로 입상하였다는 소식이 전해졌다. 핀란드에서 찍은 그 사진은 오묘한 연둣빛이 잘 드러나 있었다. 며칠을 더 머무르면서 오로라를 보았을 때의 그 기쁨은 말로 다 할 수 없었다. 그 귀한 사진으로 민철은 세계적인 사진작가로 인정받게 된 것이다.

방송사에서 민철의 학교로 찾아와 종례 중인 그와 인터뷰를 했다. 학생들의 환호에 민철도 기쁨을 감추지 못했다. 남학생들의 함성은 교실이 떠나갈 정도였다.

"선생님 축하합니다."

"저도요."

"저도요."

"저도."

"저도."

담임 선생님의 밝은 얼굴에서 반 아이들은 '나도, 나도' 하며 기뻐해 주었다.

"우리 피자 시킬까?"

"우와, 우리 선생님 멋쟁이."

"반장이 주문해라. 넉넉하게!"

아이들의 함성은 집으로 가던 다른 반 아이들의 발걸음까지 붙잡았다. 무슨 일인가 하며 유리창 너머로 바라보았다.

피자와 콜라를 시켰다. 반 아이들과 둘러앉아서 같이 피자를 먹으며 민철은 그동안 울적했던 마음이 다 사라지는 것 같았다. 방송사의 피디도 카메라맨도 다 같이 맛있게 피자를 먹었다. 아이들과 밝게 웃는 장면도 찍었는데 그의 손가락에는 여전히 커플링이 있었다.

방송사 피디가 조심스럽게 물었다.

"심 선생님은 미혼이라 들었는데 결혼하셨나 봅니다."

"……"

"우리 선생님은 골드 미스터. 값비싼 분입니다."

"……"

"아, 네."

방송사 피디와 일행은 피자 파티가 끝나자 학생들보다 먼저 교실을 떠났다. 아이들이 모두 돌아가고 난 뒤 민철은 교무실로 갔다.

교무실 문을 열고 들어서니 선생님들과 교장 선생님, 교감 선생님이 일어나 뜨겁게 박수를 치며 맞아주었다. 교장 선생님이 손을 내밀어 악수를 청하셨고 민철의 손을 꼭 쥐어주셨다.

"축하합니다!"

"고맙습니다. 교장 선생님."
민철을 둘러싸고 모두 악수를 했다.
"이번 금요일에 모두 저녁식사 같이 합시다. 놀부인 내가 쏘겠습니다."
교장 선생님의 정말 파격적인 말씀에 모두 환호했다.
"와. 멋지십니다. 교장 선생님."
"이런 날도 오는군요."
"그럼요. 심 선생님이 우리 학교의 이름을 빛내줬으니까요. 당연히 내가 삽니다."
교장 선생님은 평소와 달리 좋은 형님 같은 그런 모습이었다.
금요일이 되어 학교 가까운 한식집에서 저녁식사를 하고 있었다. 민철 옆에 이제 갓 대학을 나온 미술 선생님이 앉아서 그에게 맥주를 권했다.
"선생님은 정말 대단하세요."
"……"
민철은 아무 말도 하지 않고 그녀에게 맥주잔을 건네었다. 김다희는 서울 굴지의 사립학교 이사장의 손녀였다. 그녀는 임용고시로 공립학교를 택했고 올봄에 초임으로 민철이 근무하는 학교로 부임했다.
"선생님. 축하드려요. 이젠 세계적인 사진작가가 되셨네요."
"고맙습니다. 김 선생님."
그는 더 이상 맥주를 마시지 않았다. 그가 하나님을 영접한 후부터 불문율로 정해진 것들이 있었다. 술은 맥주 한 잔으로 정했다. 담배는 원래 피우지 않았다.

현관문을 열고 들어서니 어두컴컴했다. 그냥 그대로 서 있었다. 얼마나 지났을까?

거실의 불을 켜고 한성혜의 사진 앞으로 다가가 그녀의 얼굴을 쓰다듬으며 혼잣말을 했다.

"나 이제야 사진작가가 되었다. 함께 기뻐해 주면 안 되겠니?"

"……"

성혜가 환히 웃으며 "축하해!" 하는 듯했다.

"고마워."

그가 사진의 성혜에게 입맞춤하고 안방으로 들어가 그대로 누워버렸다.

심민철의 인터뷰가 주간 문화계 뉴스로 나올 때 학생들에게 둘러싸인 민철을 보았다. 해맑은 아이들과 함께 웃는 그를 보며 마음이 놓였다. 그러나 아직도 커플 반지를 낀 왼쪽 손가락을 보고 성혜는 그만 울컥했다.

"이제는 날 잊어요. 민철 씨 당신의 삶을 살아요."

그때 휴대폰이 울렸다. 현미다.

"성혜야. 너 뉴스 보고 있니? 민철 씨 나왔네."

"응. 보고 있다."

"사진작가로 새로운 전기를 맞은 것 같다. 아직도 반지는 여전히 끼고."

"……"

"그 고집 나도 모르겠다. 넌 좋겠다. 그치?"

"……"

"끊자. 나 혼자만 지껄이는데."

"……"

성혜도 휴대폰을 눌렀다.

지난 해 장대비 속에서 그를 만나지 못하고 돌아와서 몸살로 앓아누웠었다. 여름을 탄다며 한 달 동안 친정엄마는 성혜를 돌보아주었다. 걱정

스러운 얼굴로 링거를 맞고 있는 성혜를 안쓰러워했다. 엄마는 한의원에서 한약을 달여와 아침저녁으로 시간 맞춰 마시라 성화를 했다. 엄마는 딸의 마음을 전혀 눈치 채지 못하고, 그 속마음도 알 수 있어 애달아했다.

초가을이 되어서야 성혜는 자리에서 일어났다. 그녀의 눈이 퀭했다. 오래 비워둔 친정집으로 엄마가 돌아가던 날, 성혜는 빈 아파트에서 목 놓아 울었다.

그녀의 마음을 헤아리지도 못하고 형석이 술에 취해 그녀를 덮쳤을 때 눈물로 그를 받아주었다.

'그래요. 당신이 날 사랑한 대가를 혹독하게 치르는데 내 맘을 어떻게 할 수 없었어요.'

성혜가 마음속으로 중얼거렸다. 곁에서 잠든 그의 얼굴을 보며 눈물을 방울방울 흘리고 있었다. 심민철, 나형석, 자신을 사랑한 두 남자 모두 불쌍해 보였다.

잘못된 단추는 풀어서 다시 끼우면 되지만 우리 세 사람은 너무 꼬여서 풀 수조차 없음을 서러워했다.

사진전 시상식은 런던에서 있었다. 민철은 혼자 런던으로 갔다. 그곳에서 그는 버킹엄 궁전의 근위병 교대식을 보았다. 인산인해를 이룬 사람들 사이에서 근위병들은 곰털모자를 쓰고 빨강 윗옷을 입고 멋진 교대식을 했다. 군악대의 황금빛 투구도 멋있었다. 빨간 이층버스를 타고 런던 시내를 그냥 돌아다녔다.

코벤트 가든에 들렀다. 명품관도 있고 갤러리도 많았다. 한 곳에 들어가니 피카소의 그림이 그를 반겼다. 장수한 피카소는 많은 재산을 가지고, 아마도 자신이 그리고자 했던 모든 것들을 다 그려냈을 것이다. 길거리가 무대인 곳. 그 길거리는 아직 인정받지 못한 예술가들의 작지만 화려한 무대인지도 모르겠다. 젊음을 확실히 보여주고 있었다. 다 해진 청바지를 입고 바이올린 연주를 하는 사람 앞에 모자가 거꾸로 놓여 있었다. 꼬마 소년이 동전을 조심스레 놓고 엄마에게 웃으며 돌아가는 모양이 앙증맞았다.

시상식을 끝낸 다음 날 서울로 향하는 한국 국적의 비행기 안에서 그는 몸을 구기듯이 하고 앉아서 눈을 감았다. 이내 깊은 잠에 빠져들었다. 이제는 외국 여행도 피곤하기만 할 뿐이었다.

인천공항에서 택시를 타고 오피스텔에 들어서자 폭죽이 터지고 누나와 매형과 조카 예은이가 반갑게 맞아주었다.

"삼촌, 축하드려요."

예은이가 그의 품에 안기며 맑고 고운 목소리로 말했다. 명랑한 목소리가 듣기 좋았다. 그가 꼭 안아주었다. 누나와 매형에게도 목례를 했다. 안방으로 들어가 캐주얼한 차림으로 바꿔 입고 나왔다.

그들은 민철과 함께 집 가까이에 있는 음식집으로 갔다. 며칠 만에 먹는 구수한 된장찌개가 무척 맛있었다. 예은이는 갈비를 실컷 먹고 나서야 민철에게 묻기 시작했다.

"삼촌, 런던 좋았어요?"

"응. 좋더라. 그래도 난 서울이 좋아."

"난 싫어. 나도 외국 여행이나 실컷 다녔으면 좋겠다."

"삼촌은 한국이 좋더라. 집 나가면 개고생이라는 말도 있다, 너?"

"그래도 난 집에서 탈출하고 싶다. 엄마 잔소리도 그렇고."

"너 삼촌한테 못 할 말 할 말 다 하고 있어. 집에 가서 보자."

"피. 누가 무섭대? 이젠 나도 애가 아니라고요."

예은이가 삼촌을 보며 환히 웃었다. 아빠가 고개를 끄덕여주었다.

"아빠도 내 편이다."

"그라믄. 하나뿐인 내 딸 아이가?"

남편의 말에 상미가 그의 팔을 살짝 꼬집었다. 그가 과장되게 큰 소리로 "아얏" 하며 외마디 소리를 질렀다.

"엄만 왜 그래. 아빠 아프잖아?"

"하이고 나만 외톨이다. 부녀지간에 쿵짝이 맞아서."

"누나도 예은이한테 잘해줘. 이제 금방 시집가잖아. 근데 너 사귀는 사람 없니?"

"아직은. 내 눈에 콩깍지가 씌지 않아서요."

"대학 졸업반인데. 그러면 되나?"

"어디 삼촌 같은 사람 있으면 좋겠다."

"너? 그만해."

"알았어요."

상미가 갑자기 목소리 톤을 높였다. 남동생이 결혼도 하지 못한 것에 대한 여러 가지 복잡한 마음이 늘 마음 한쪽을 짓누르고 있었다. 친정 부모님이 돌아가시면서도 평안히 가지 못한 것에 대한 죄스러움이 컸다. 분위기가 돌변하자 모두 일어나 서둘러 각자의 집으로 돌아갔다.

집으로 돌아온 민철은 가방에서 상장을 꺼내 성혜 앞에 들어 보였다. 그는 거실 탁자 위에 놓고 안방으로 들어가 누웠다. 그리고 옷도 벗지 않고 잠들어버렸다.

집에 돌아온 상미는 남편과 침대에 누워서 이야기를 하고 있었다.

"여보, 정말 우리 동생 같은 남자가 어디 또 있을까?"

"없다. 나도 그런 몬 산다."

"하이고 성혜가 갑자기 납치되던 날, 난 결혼식 청첩장까지 일가친척들한테 보내고 들떠있었는데……."

"나도 안다. 처남이 정신 놓고 찾아다닌 거."

"내가 완전히 죄인 되어 맘껏 기뻐하지도 못했었어요."

"내도 눈앞에서 니가 납치당하믄 그냥 있겠나?"

"맞아요. 눈 뜨고 당한 민철이 심정을 이해 못 하는 건 아닌데…… 이제 그만 잊고 새 사람 만나 결혼했으면 해요."

"그렇제. 처남만 보믄 마, 내도 마음이 아프다."

"그러게요. 지금 또 어떻게 하고 있는지 원."

"자자. 괜히 처남 얘긴 꺼내 가지고."

"네. 자요."

상미는 돌아누워서 말없이 창문으로 기웃거리는 달을 보고 있다.

깊은 밤 깨어난 민철은 암실로 들어가 오로라의 원판을 찾아 한 장을 사진으로 인화하기 시작했다. 학교에 기증하려는 마음에서였다.

핀란드에서 만난 오로라에 생각이 미치자 민철은 환하게 웃었다. 그는 반지를 어루만지며 중얼거렸다.

'내가 그곳에서 결혼식을 했지? 그리운 너.'

암실을 나오자 뿌연 안개 속으로 이미 새벽이 오고 있었다. 그날까지 휴가여서 샤워를 마친 그는 다시 침대로 들어갔고 이내 푹 잠이 들었다.

꿈이었다. 성혜와 남이섬에서 거룻배에 누워 하늘을 올려다보고 있었다. 봄바람이 그녀의 머리칼을 날려 민철의 얼굴을 간지럽게 했다.

그렇게 밤이 오고 하늘엔 별들이 총총히 박혀있었다. 추운지 그녀가 그의 품으로 파고들자 꼭 안아주었다. 그녀를 안았다는 기쁨에 눈을 떠보니 자신의 침대였다.

일어나 세수를 하고 밖으로 나왔다. 오피스텔을 나와 가로수 아래로 걸어가는 그의 뒷모습에 비가 내리고 있었다.

다가올 지윤이의 피아노 경연대회에는 전국의 학생들이 참여할 것이다. 이제 중등부 자유곡을 암보로 연주해야 하기 때문에 마음이 바쁘다. 경연대회를 앞두고 손목이 아프고 온몸이 아픈데도 지윤은 불평 한 마디 하지 않았다.

피아노 연습으로 이웃에게 민폐를 끼칠까 싶어서 성혜는 피아노 방에 방음부스를 만들었다. 방음부스 설치를 마치고 일하던 사람들이 돌아가자 성혜는 심호흡을 하고 피아노 의자에 앉아 쇼팽의 '즉흥 환상곡'을 치기 시작했다.

쇼팽의 여러 곡들을 좋아하지만 그녀는 특히 이 곡을 사랑했다. 곡의 일부분에 가사를 붙였는데 참 아름다웠다. 성혜는 그만 피아노 건반 위에 머리를 묻었다.

얼마나 지났을까? 초인종 소리가 들렸다. 성혜는 눈물을 닦고 천천히 걸어나갔다. 피아노 학원에 가야 하기 때문에 지윤이가 하교하면서 집에 들렀다.

"엄마. 피아노가 집을 가졌다. 참 좋아요. 엄마."

"아빠께 고맙다는 인사 잊지 마."

"네. 당장 전화할게요. 연습하고 나면 너무 늦으니까."

"그러렴."

"아빠. 방음부스 고맙습니다."

성혜는 아빠에게 전화하는 지윤이의 목소리를 들으며 미소를 지었다. 간식을 챙기러 부엌으로 갔다.

"먼저 씻으렴. 그리고 간식 먹자."

"네. 엄마."

딸이 샤워를 하고 머리를 말리며 부엌으로 왔다. 참 좋은 나이, 빛나는 나이였다. 성혜는 딸을 보면서 그런 생각이 들자 피식 웃었다. 딸이 간식을 먹는 동안 옆에서 머리를 완전히 말려주었다.

"엄마. 나를 늘 도와줘서 고마워요."

"어떤 어머니든 다 그래."

"아니야. 꼭 그렇진 않아요."

"그렇지 않은 엄마는 자녀에게 원하는 다른 뭐가 있겠지. 사실 피아니스트의 길이 험하잖아."

"난 피아노가 어렸을 때부터 좋았어."

"일찍 집을 떠나서 유학도 가야 하고……."

"엄마. 꼭 오스트리아 빈 국립음악대학으로 갈 거예요."

"그럼 어서 연습하러 가야지. 우리 공주님?"

"맞아. 갈게요."

"잘 다녀와."

지윤이가 현관문으로 나서자 딸의 등을 두드려주었다.

나형석은 퇴근 후 딸이 좋아하는 아이스크림을 사서 곧장 집으로 돌아왔다. 아파트 문을 열고 들어서자 피아노를 치던 성혜가 방음부스에서 나오며 웃는다.

"이거 지윤이 아이스크림이야."

"주세요."

"연습하러 갔나?"

"그럼요. 이제 며칠 남지 않았거든요. 식사해야죠?"

"응. 씻고 나올게."

"네, 식탁으로 와요."

성혜는 부엌으로 가 레인지에 불을 붙였다. 얼큰 순두부찌개가 끓고 있고 성혜는 계란 하나를 그 속에 넣어 반숙이 되길 기다리고 있었다.

안방에서 형석이 샤워를 하고 나왔다. 사장이 되고 나서는 더 잦은 외식으로 함께 저녁밥을 먹을 기회가 잘 오지 않았다.

마주 보고 앉아서 식사를 하기 시작했다. 정갈한 음식이 하얀 접시 위에 적당하게 놓여 있었다.

"역시 집밥이 최고야. 당신 음식 솜씨도 많이 나아졌어."

"……"

"처음엔 정말 먹기 힘들었다고. 당신도 알고 있었는지 모르지만."

"밥도 할 줄 모르던 시절이었죠."

나형석은 모처럼 성혜와 밥을 먹으면서 옛이야기를 하고 웃었다. 나형석은 자신이 불같이 사랑한 아내와 살면서도 그리 행복하지 않았다. 그녀는 언제나 다른 생각에 사로잡혀 있는 것 같았다. 성혜의 영혼은 가혹하리만치 자신을 거부하고 있음에 형석은 늘 마음 한쪽이 공허했다. 아마 두 사람은 그렇게 평행선을 걷다가 이 세상을 떠날지도 모른다는 생각에 빠졌다.

저녁식사를 마치고 그들은 거실에서 이야기를 나누었다. 거실에 놓인 방음부스에 눈이 간 형석이 물었다.

"지윤이가 정말 세계적인 피아니스트가 될까?"

"그럼요. 나완 다르더라고요. 아예 피아노를 친구처럼 아끼고 푹 빠졌어요."

"음악 선생인 당신이 본 거라면 틀림없는데……."

"빈 음대로 조기 유학도 가능할 것 같아요."

"거긴 몇 살 때부터 갈 수 있나?"

"만 15세에 입학 가능해요. 그건 너무 어리고 여고 졸업하기 전에 가능하다면 보내야죠."

"지윤이도 가고 싶어 할까?"

"그럼요. 가고 싶어 해요."

"딸 하나 있는 거 잃어버리겠다. 유학 가면 우리랑은 끝인데."

"그냥 지윤이가 가고 싶은 길로 보내요. 우리 마음 비우고."

"그래야지 뭐."

말을 하는 형석의 옆모습에서 성혜는 쓸쓸함을 느꼈다.

열 시가 되어 지윤이가 집으로 돌아왔다. 딸의 얼굴에 피곤함이 묻어났다.

"지윤이 너무 힘들지 않니?"

"아빠, 조금 피곤해서요. 그래도 내가 좋아서 피아노 치는 건데. 엄마도 아빠도 나를 밀어주시니 너무 고맙습니다."

"깜빡했네. 아빠가 너 좋아하는 아이스크림 사오셨단다."

"주세요, 엄마."

"그래. 잠깐 기다려."

성혜는 작은 그릇에 아이스크림을 떠서 담은 뒤 아예 아이스크림을 통째로 가져왔다.

"맛있게 먹어라."

"네. 아빠 고맙습니다."

"우리 딸 좋아하니 아빠도 기쁘다."

지윤이가 아빠에게 아이스크림을 한 숟가락 떠 입에 넣어주었다. 성혜는 그 모습을 보며 이런 것이 사람 사는 모습이 아닐까 하고 생각했다.

다음 날 아침, 등교하기 전에 지윤이가 피아노를 치고 있었다. 성혜는 작은 피아노 소리에 만족했다. 피아노 치는 사람은 좋아서 치지만 다른 사람들은 소음으로 생각하기 때문이었다.

"일찍 일어났구나? 뭐라도 먹고 가야지."

"네. 엄마. 우유에 켈로그 주세요."

피아노 경연대회에서 암보로 치기 때문에 딸은 엄마를 돌아보지도 않고 대답했다.

"그 곡 끝나면 나와."

"네."

이미 형석은 간단히 요기를 하고 운전기사가 도착할 시간이라며 현관문을 나서고 있었다.

"다녀와요."

"오늘 점심 때 나올래?"

"왜요?"

"회사 근처에 근사한 레스토랑이 생겼는데 당신이 좋아하는 메뉴더라."

"갈게요. 회사 사람들 마주치지 않을까요?"

"마주치면 어때? 기다린다."

"네."

형석이 손을 흔들며 나갔다.

"엄마. 나 학교 가야 해요."

"그래. 아빠 가셔서."

성혜는 식탁에서 딸과 마주 앉아 같이 아침을 먹었다.

"옷 갈아입고 내려와. 엄마 먼저 시동 걸고 있을게."

"와. 엄마가 오늘은 데려다주고 좋은 일 있어?"

"아니. 너 요즘 안쓰러워서 그래. 피아노 연습 때문에."

"내가 좋아서 치는 건데 뭐. 아무튼 기분 좋다."

"지윤아. 아파트 현관 앞에 차 댈게. 거기로 나와."

성혜는 수수한 차림으로 서둘러 내려갔고 딸은 방으로 들어갔다.

성혜가 아파트 현관 앞에서 딸을 기다리고 있었다. 지윤이가 환한 웃음으로 달려와 엄마 옆 좌석에 앉는다.

"엄마. 너무 좋아요."

"그럼 가끔 태워다 줄까?"

"아니. 아빠 말이 학생 때는 고생해야 한대."

"맞다. 아빤 그런 분이야."

"군인 정신이 투철한 분이니까."

성혜는 그가 완벽한 군인이었음을 알지만 그녀에게 준 뼈아픈 상처를 잊지 못했다. 그래서 그를 용서하지 못하고 그렇게 어정쩡한 결혼생활을 이어오고 있는 것이다.

차는 어느새 지윤이 학교 앞에 도착했다.

"내려요. 공주님."

"벌써? 와, 빠르다. 엄마 고맙습니다."

차 문을 열고 내려 지윤이가 교문으로 걸어들어간다. 성혜는 그런 딸의 뒷모습을 바라보았다.

'그래. 좋은 시절이다. 네 꿈을 펼쳐라.'

그녀는 차 시동을 걸었다. 돌아오는 길에 일부러 남산을 돌아 천천히 집으로 왔다.

성혜가 정성껏 화장을 한 후 형석에게 출발한다는 카톡을 보냈다. 이내 형석으로부터 레스토랑 이름과 성혜 이름으로 예약되어 있음을 알려주는 답신이 왔다.

성혜는 택시를 타고 레스토랑 근처에서 내려 밝은 햇살로 가득 찬 레스토랑 안으로 들어갔다. 먼저 와서 기다리던 형석이 손을 들었다. 그의 앞자리로 다가가자, 형석이 일어나 의자를 빼고 자리에 앉는 것을 도와주었다.

'언제부터인가? 그가 나에게 다정다감하게 변한 것은?'

성혜는 그의 행동이 진심이라는 것을 느낄 수 있었다.

"뭐 먹을래?"

"차림표 있나요?"

곁에 있던 종업원이 얼른 그녀에게 차림표를 건네주었다. 성혜는 좋아하는 도미찜과 야채샐러드를 시켰고, 형석은 보리굴비정식을 시켰다.

상 위에 가득 음식이 정갈하게 차려졌고 두 사람은 여느 부부와 다름없이 점심을 먹었다.

"지윤이가 이번 피아노 경연대회에서 좋은 성적을 올리면 여고 때는 빈으로 보내야겠어요."

"그렇게나 빨리?"

"지윤이도 가고 싶다 하고 그 학교는 만 15세 이상이면 입학이 가능하다네요."

"……"

"당신은 보내기 싫은 거죠? 하나뿐인 딸이라서?"

"혼자 가서 견딜 수 있을까 걱정이지."

"당찬 아이니까. 언젠가 집을 떠나야 하잖아요."

"음. 피아노 대회 성적 나오고 난 다음 셋이 얘기해 봅시다."

"네."

두 사람은 맛있게 식사하고 후식으로 나온 시원한 오미자 차를 마셨다. 형석이 그녀의 허리를 감싸고 레스토랑을 나왔다. 점심시간이 조금 남아 있어서 두 사람은 청계천으로 걸어갔다.

다슬기 모양의 구조물을 지나 첫 번째 다리인 광통교로 들어섰다. 거기에는 커다란 돌에 거꾸로 새겨진 그림이 박혀있었다.

"여긴 그림이 거꾸로 있어요."

"맞네. 왜 그랬을까?"

그들은 돌다리를 건너가서 그 그림의 유래에 대한 글을 읽기 시작했다. 조선시대 이성계의 아들이 아버지가 후처인 신덕왕후 강 씨를 사랑한 것에 대한 보복(?)이랄까? 적개심으로 이렇게 만들었다고 기록되어 있었다. 이성계가 죽자 신덕왕후의 무덤인 정릉을 다른 곳으로 옮기고, 그 무덤의 석물로 광통교를 다시 놓을 때 사용했다는 것이다. 자신의 분노를 표출했다는 다른 말로 이해되었다. 그 아들이 왕자의 난을 일으켜 다른 형제들을 죽이고 조선 3대 왕으로 등극한 태종이다.

"남자들도 차암, 말하자면 자신의 계모인데 그렇게까지 했어야 마음이 풀렸을까요?"

"왕 그 자리가 어떤 자린데……, 어린 이복동생에게 순순히 주겠어?"

"하긴, 그 자리 때문에 동서고금을 막론하고 피비린내 나는 싸움이 계속되는 거죠."

형석이 시계를 들여다보았다. 성혜가 그의 팔을 풀고 말했다.

"시간이…… 얼른 들어가 봐요. 나 덕수궁도 돌고 갈게요."

"응. 그럼 나 들어간다."

형석이 그녀에게 눈인사하고 총총히 그 자리를 떠났다. 오늘은 그의 뒷모습이 듬직해 보였다. 맞다. 그는 언제나 저만치에서 성혜의 사랑을 기다리고 있었는지도 모르겠다.

사무실로 돌아온 형석이 청계천을 바라보니 저만치 아래로 성혜가 보였다. 그녀가 발길을 옮기는 대로 형석의 눈길이 따라간다. 그는 생각에 잠긴다. 그녀의 마음 아픔이 자신이 저지른 잘못된 행동 때문임을 인식하고 자책하면서 술로 의지한 세월이 안타까웠다.

네 꿈을 펼쳐라

　삼십 대 후반에 성혜는 개신교 문을 스스로 두드렸고 그렇게 그 곁을 떠나지 않았다. 어느 날, 그는 성혜를 더 이상 외롭지 않도록 자신이 다가가 끌어안아야 된다고 생각했다.
　그녀는 그 후로 조금씩 달라지기 시작했다. 형석도 퇴근 시간이 빨라지고 있었다. 성혜가 좋아하는 장미를 샀고 어느 때에는 화려한 르네브 꽃향기로 그녀를 감싸주었다.
　권위 있는 음악 공연이 있으면 로열석으로 예매했고 그렇게 자신이 변하기 시작하자 성혜도 호응하기 시작했다.
　이제까지 술로, 그리고 접대다 뭐다 하며 가정을 등한시하며 밖으로 돌던 것이 미안했다. 휴일이면 회사 동료들과 등산을 하면서 시간을 보낸 것도 후회가 되었다.
　성혜는 주일마다 교회 찬양대 반주자로 섬겼고 형석은 그녀와 같이 교회에 다니기 시작했다. 가정에서 충실한 남편으로, 아버지로 거듭났다. 교회에서도 좋은 성도로 변화되고 있었다.
　성혜는 덕수궁 가는 길을 혼자 걷고 있었다. 형석은 사무실을 나가며

비서에게 말했다.

"나 잠깐 외출한다. 급한 일이 있으면 카톡 해."

"네. 사장님."

비서가 인사를 하며 대답했고 그는 서둘러 사무실을 떠났다.

그녀는 이미 덕수궁에 들어간 것 같았다. 초입에 있는 찻집의 연못가에 놓인 자리에 혼자 앉아서 커피를 마시는 성혜의 모습이 보였다.

형석도 찻집에 들어가 주문한 커피를 들고 그녀 가까이로 갔다. 그녀는 눈이 휘둥그레지며 말없이 웃어주었다. 형석이 앉아서 향기로운 커피를 한 모금 마셨다.

"회사에서 또 나왔네요?"

"응. 당신이 혼자 들어가서."

"……"

"누가 당신을 납치할까 봐."

"납치는 당신이 잘하는 거죠."

"뭐? 맞다."

형석이 크게 웃으며 그녀를 바라보았다. 커피를 다 마시고 두 사람은 나란히 덕수궁을 둘러보았다. 서울 한가운데 있어도 얼마나 평화로운 풍경인지 그녀가 형석의 팔을 꼭 잡았다.

그가 바라보았다. 여전히 사랑스러운 얼굴이다.

만약 다시 태어나 프러포즈를 한다면 옛날의 그 무지막지한 납치가 아닌 그녀에게 걸맞은 평화롭고 아름다운 기억으로 남을 그런 청혼을 하고 싶다는 생각이 들었다.

그녀의 마음속에 아직까지도 살아 움직이는 그 남자가 부러웠다. 자신은 몸만 가졌을 뿐, 영혼은 언제나 자유롭게 그 남자와 함께 있는 그녀가 미울 정도로 부러웠다.

두 사람은 석조전을 돌아 은행잎이 물들어가는 은행나무 아래 긴 의자로 가서 앉았다. 평일이기 때문일까? 관광객들도 없었다.

아마 교대식이 끝나서일 거다. 외국 관광객들은 화려한 의상을 입고 교대식을 하는 것을 보고 즐거워했다. 교대식이 끝나면 관복을 입은 사람들과 나란히 사진을 찍으며 좋아했다. 그들이 썰물처럼 빠져나간 덕수궁은 한가로웠다.

"카톡!"

그의 휴대폰에서 소리가 났다. 형석이 일어나자 그녀도 덩달아 일어나 덕수궁을 빠져나왔다.

택시 문을 열어주고 그는 회사로 돌아갔다.

피아노 학원으로 간 성혜는 선생님과 이야기를 나누었다.

"이번 경연대회에서 좋은 성적을 내면 본인도 가고 싶어하는 빈으로 갈 수 있을까요?"

"실력은 되지만 아직 어려서요."

"여고 재학 중에 보낼까 해서요."

"그럼요. 그때는 보내도 돼요. 충분히 잘 할 수 있을 거예요."

"네. 고맙습니다."

"지윤이가 피아노를 사랑하는 건 특별해요."

"……"

"떡잎부터 다르다는 말 있죠? 그런 아입니다."

"고맙습니다."

"제가 지윤이를 만난 게 행운이죠."

"경연대회 끝나고 함께 식사해요."
"네. 고맙습니다."
성혜는 딸이 모두에게 사랑받고 인정받는 것에 마음이 뿌듯했다.

집에 돌아와 편한 옷으로 갈아입고 방음부스로 들어가 피아노 뚜껑을 열었다. 피아노가 그녀에게 말을 걸었다.
"성혜야. 너 생각나니?"
"뭘?"
"너 여고 때 경연대회에서 실수하니까 그냥 피아노 치다 말고 내려왔잖아."
"창피하게 그걸 다 기억하고 있니?"
"그리고 그 이후로 열심히 치지 않았지. 음대에 갈 정도로만 치더라."
"맞아. 난 그날 이후 자신감을 잃어버렸다."
"난 너랑 더 친하고 싶었어."
"지윤이가 내 대신 피아노를 사랑하니 빚을 갚는 마음이란다."
"그렇긴 해. 네 집으로 와서 난 정말 좋았단다."
"딸아이가 피아노를 너무 좋아해서 네 목소리를 들어 좋았다."
"……"
"고마워. 네가 할머니가 되어도 난 네 곁에서 지켜보고 있을게."
"그렇게 하렴."
전국 중고등부 피아노 경연대회 본선이 열리는 날이었다.
무대 뒤에서 긴장한 지윤이의 손을 토닥이며 성혜는 마음을 안정시키려고 애쓰고 있었다.
지윤이의 차례가 왔고 성혜가 딸에게 속삭였다.

"평소처럼 마음 편하게 즐겨."

"네. 엄마."

무대 뒤에서 성혜는 조마조마한 마음을 진정시키면서 지윤이의 연주를 듣고 있었다. 연습 때보다 더 잘 치고 있었다.

자신이 고등학교 때 실패한 경험 때문에 실상은 성혜가 더 마음 졸이며 듣고 있었다. 딸의 연주는 완벽했고 우레와 같은 박수 소리가 오랫동안 들려왔다. 성혜는 흐르는 눈물을 얼른 훔치고 달려오는 딸을 꼭 끌어안았다.

"내 딸. 정말 잘했다."

"정말? 나 너무 떨려서 혼났어. 엄마."

"그랬구나. 참 잘 쳤단다. 수고했다."

"다행이다. 휴."

지윤이는 크게 한숨을 몰아쉬었다. 팔을 풀고 성혜는 자리에 딸을 앉혔다. 자신도 눈을 감고 몸을 의자에 맡기듯이 앉아버렸다.

중등부 시상이 이어졌다. 맨 마지막 대상으로 호명된 지윤이가 뛸 듯이 좋아했다. 지윤이는 성혜에게 눈인사를 하고 무대로 걸어 나갔다.

많은 관객들 속에 형석이 기분 좋은 얼굴로 박수를 치고 있었다. 피아노 선생님도 보였다.

지윤이는 아무도 바라보지 못하고 대상을 받은 손을 떨고 있었다. 관객들은 썰물처럼 빠져나갔다. 연주회장 밖에서 형석은 성혜에게 카톡을 보냈다.

피아노 선생님도 다른 곳에서 기다리고 있었다.

성혜가 지윤이의 손을 잡고 밖으로 걸어가 형석과 만났고 멀리서 머뭇거리고 서 있는 피아노 선생님을 보았다.

"지윤아. 저기 선생님 계셔. 가서 모시고 와."

"인사만 하고 우리끼리 가면 안 될까?"

"그동안 수고하셨는데 같이 식사해요."

"엄마. 선생님 모시고 온다."

"응."

지윤이가 선생님에게 뛰어가 사양하는 손을 끌다시피 붙잡고 다가왔다.

"지윤이 정말 탁월했어요."

"다 선생님 덕분입니다."

"워낙 피아노를 사랑해서요."

선생님은 성혜에게 인사를 하며 말했다.

"지윤이 피아노 선생님."

성혜가 형석에게 소개하자 서로 인사를 했다.

"지윤이 아빱니다."

"네. 처음 뵙겠습니다."

"아빠. 오늘 맛있는 거 사줘요."

"그럼. 예약해놨단다."

형석이 주차장에서 차를 몰고 나와 여의도 63빌딩으로 향했다. 지윤이가 좋아하는 이탈리아 음식점이었다. 지윤이가 형석의 팔을 끼고 앞장서 걸어갔다.

"아빠. 언제 예약했어요?"

"응. 어제 했어. 지윤이가 대상이 아니라 입상만 해도 여기 오려고 했단다."

"와. 역시 우리 아빠 최고다."

종업원이 예약자 이름을 묻자 형석이 대답했다.
"나지윤 이름으로 창가 쪽으로 예약했어요."
"내 이름이네."
지윤이가 더 좋아했다.
"네. 이리 오십시오."
그들은 종업원의 뒤를 따라 창가에 앉았다. 창밖으로 한강이 유유히 흐르고 있었다. 유람선이 화려한 불빛으로 치장을 하고 지나가고 있었다.
식사 후 차를 마시다가 피아노 선생님은 화장을 고친다며 슬며시 자리에서 일어나 나갔다.
오랜만에 온 가족이 오순도순 이야기꽃을 피웠다.
"엄마. 선생님 안 오시네?"
"아까 가신 거야. 우리끼리 좋은 시간 보내라는 선생님의 퇴장이었단다."
"응. 그랬구나. 현미 이모는?"
"아가 가져서 요즘 조심한단다. 그래서 오지 못했어."
"네."
지윤이가 졸음이 오는지 하품을 한다. 그동안의 피곤이 몰려오는 것 같았다. 그들은 여의도를 빠져나와 집으로 돌아왔다.
그날 밤, 성혜 아파트 유리창에는 일찍 불이 꺼지고 깊은 어둠 속으로 빠져 들어갔다.
지윤이는 경연대회에서 대상을 수상하고 친구들의 부러움을 한 몸에 받았다.
사월의 교정에 그 화려한 벚꽃들이 꽃보라로 흩날리고 있었다.
지윤이는 음악 선생님으로부터 특별한 사랑을 받았지만 그냥 평범한 아이로 학교생활을 하고 있었다.

벌써 중3! 어쩌면 사춘기로 힘들어 했을 때인데도 오로지 피아노에만 매달려 있었다.

성혜는 오스트리아 국립학교를 알아보았다.

지윤이가 피아노에 천부적인 소질이 있다고 판단해 피아노 학원 선생님과 상의했다.

"어머님. 유학 보내실 수 있다면 보내셔요. 한국 무대가 좁은 것 같아요."

성혜가 근심 어린 말투로 조심스럽게 말했다.

"너무 어린 것 같아서요."

"아닙니다. 충분히 외국 생활 감당할 수 있어요. 얼마나 당찬 아인데요."

"네, 상의해 볼게요."

"그러세요. 틀림없이 성공할 거예요."

"과찬입니다. 선생님 고맙습니다."

성혜는 피아노 학원에서 돌아오는 길에 현미네 아파트로 차를 몰았다. 아파트 상가 꽃집에서 그녀가 좋아하는 르네브와 안개꽃을 한 아름 샀다.

현미네 아파트 문 앞에서 초인종을 누르자 작은 화면에 나온 그녀가 반가움에 문을 열었다.

"얘는……"

"놀랐니?"

"그럼. 전화도 없이."

"그래야 재밌지. 자. 받아. 식물학자님."

"고마워."

현미는 성혜를 끌어안았다. 오랜 친구로 서로의 마음을 터놓고 말할 수 있는 것이 얼마나 행복하고 좋은지 모른다.

현미는 크리스털 기다란 꽃병에 꽃을 꽂았고 거실 안은 향기로 가득 찼다.

"향기롭다."

"너랑 나랑 모두 앞으로 남은 삶은 이렇게 향기로 충만했으면."

"그럴 수 있을까?"

"물론이지. 이번에 지윤이도 대상을 받았고 니 남편도 직장에서 승승장구하고."

"응. 맞아. 그런데 나는 왜 자꾸만 혼자라는 느낌이 들까?"

"……앞으론 행복할 일만 남았다고 생각하렴."

"지금 피아노 학원에서 오는 길이야. 지윤이 빈 유학 나도 생각을 해 봤어."

"그래?"

"선생님도 보낼 수 있다면 보내라고. 내가 못 견딜 것 같아서 망설여진다."

"넌 그분을 믿잖니? 지윤이 앞날을 위해서 결단을 해야겠구나?"

"그게…… 고등학교 재학 중 보내야 할 것 같아."

"네가 감당하기엔 벅찰 수 있겠네."

"오늘 밤에 상의해야지. 그 사람은 아마 동의할 것 같아."

"참 내가 왜 이리 앉아 있니? 너 뭐 마실래? 커피? 홍차?"

"나 커피."

현미와 같이 성혜는 부엌으로 가고 있었다. 결혼 후 너무 오랜만의 임신이라 친정엄마도 한약을 지어왔고 시어머니도 몸에 좋다는 것으로 부엌은 넘쳐났다.

"아이도 늦게 가져야겠구나?"

"그러게. 부엌이 넘친다."

"좋겠다."

성혜는 인제에서 임신해 정말 눈물로 보냈던 지난날이 생각나 눈시울이 붉어졌다. 그녀는 얼른 화장실로 가서 물을 틀어놓고 생각을 털어버리려 고개를 흔들었다.

커피를 내리고 한참을 기다려도 성혜는 나오지 않았고 현미는 그냥 기다리고 있었다.

얼마나 지났을까? 성혜의 눈가가 붉어져 나왔다.

현미는 말없이 가장 화려한 찻잔에 커피를 따라 건네주었다. 성혜의 아픔을 알고 있지만 굳이 묻지 않았다. 둘 다 말없이 차를 마시고 성혜는 집으로 향했다.

푸르른 4월, 서울을 온통 꽃 대궐로 만들어 놓았다. 아마 지자체별로 서로 경쟁하듯 아름답게 만드는 것 같았다. 개나리는 피고 지고 있었다.

벚꽃도 피고 목련도 피고 철쭉도 피고 갖가지 꽃들로 서울은 향기롭고 아름다웠다. 사람의 나이로 친다면 스무 살 때쯤일 것 같았다.

나형석은 꽃집에 들러 장미꽃을 한 아름 안고 일찍 귀가했다. 현관문을 열고 들어서자 부엌에서 식사 준비를 하던 성혜가 나왔다.

그가 내민 장미를 안고 환하게 웃어주었다. 베란다에서 백자 항아리를 가져와 장미를 꽂고 듬뿍 물을 부었다.

형석이 샤워를 하고 산뜻한 모습으로 나왔다. 거실은 장미 향기로 가득 찼다.

"지윤인 오늘 늦나?"
"아니 올 시간인데 먼저 상의할 게 있어요."
"뭔데?"
"지윤이 빈으로 보낼까 해서요."
"아직은 어리지 않을까?"
"나도 그 생각 때문에. 오늘 피아노 선생님도 보낼 수 있으면 빨리 보내는 게 좋을 것 같다고 해서."
"당신이 지윤이 없이 지낼 수 있겠어? 나야 회사일로 바쁘지만."
"이젠 봉사활동을 구체적으로 해야지요."
"우선 지윤이 오면 의논합시다. 본인 의사가 더 중요하잖소."
"네."

벨 소리가 들리고 이내 지윤이가 문을 열고 들어왔다. 형석을 보고 환히 웃으며 와 안긴다. 성혜가 부엌으로 가서 식탁을 차리기 시작하고 지윤이는 샤워를 하러 들어갔다.

된장을 풀어서 쑥국을 끓였고 상큼한 봄나물이 초록빛으로 놓여 있었다. 형석이 좋아하는 굴비를 굽고 나니 상이 다 차려졌다.

"맛있는 냄새가 난다. 지윤아 어서 와 밥 먹자."
"네. 곧 나가요."

지윤이의 목소리가 들리고 곧바로 식탁으로 왔다. 정말 예쁜 나이다. 성혜가 딸을 보며 마음속으로 감탄을 하고 있었다.

'정말 예쁘구나. 내 딸이어서가 아니고.'
"엄마. 와! 아빠가 좋아하는 굴비네?"
"응. 하나씩 먹으려고 세 마리 구웠다."
"아빠. 일주일에 하루는 다 함께 저녁식사 해요. 너무 좋아요."

"노력해 볼게."

다 함께 식사를 하고 거실에 앉아 있을 때 성혜가 딸기 접시를 내온다. 성혜가 눈짓을 하자 형석이 말하기 시작했다.

"지윤아."

"네. 아빠."

"너 피아노 언제까지 칠 거야?"

"내 꿈은 유명한 피아니스트가 되어 세계를 돌아다니며 연주하는 건데?"

"그럼 아빠 엄마 자주 못 보는데?"

"그렇긴 하지만…… 모두 다 같이 연주 여행 하면 되지 뭐."

"그건 무리고. 너 유학은 생각해 봤니?"

"유학? 가면 좋죠. 사실은 엄마가 울까 봐 말을 못 했어요."

그때 성혜가 말했다.

"네 꿈을 펼치렴. 엄마 걱정은 하지 마."

"그래도 돼?"

"그럼. 어느 나라로?"

"오스트리아나 독일이나 이태리. 뭐 미국도 괜찮고."

"언어가 문제네. 빈은 독일어 쓴다는데. 넌 영어도 잘 못하잖아."

"맞아요, 아빠. 독일어 학원에서 회화 위주로 공부하고 갔으면 해요."

"그래. 그럼 그렇게 하자. 고등학교 2학년 때 가는 걸로."

"아빠 엄마. 고맙습니다."

지윤이는 아빠와 엄마를 안아주며 볼을 비볐다.

현미가 카톡을 보내왔는데 출산으로 어젯밤 같이 갔던 산부인과에서 딸을 낳았다고 했다.

성혜는 카톡으로 '축하한다. 곧 갈게.' 하고 답장을 보냈다.

식구 모두 나간 뒤 성혜는 화사한 옷차림으로 차를 몰고 나갔다. 꽃집에서 난 화분을 미리 보내서 홀가분하게 현미의 방을 두드렸다.

온돌방으로 제법 넓은 방에는 현미 어머니가 와 계셨다.

성혜를 보고는 어설프게 웃으시더니 이내 손짓으로 들어오라고 했다.

"현미야. 고생했다."

"너 정말 고생했더라. 나는 진통을 견디다 못해 제왕절개로 아이를 낳았어."

"그랬구나. 수고했다. 엄마란 위대하지."

"맞아."

"우유 먹이니?"

"아니. 내 젖으로 키우려고. 요즘 아이들은 우유로 키워서 들이받는다잖아."

"애는……, 젖이 많이 나오면 좋지. 어머님도 걱정 많으셨겠네요."

"같이 날밤 샜다."

"그러셨어요? 이젠 좀 쉬세요. 제가 있을게요."

"그럴래?"

현미 어머니는 방 한쪽에 펼쳐진 이부자리 속으로 들어가서 돌아누웠다. 그리고 이내 작은 코고는 소리가 들려왔다.

"정말 피곤하셨나 보다."

"그럼 나이도 많으신 데다 진통을 계속해도 출산을 못 하니 엄마가 수술하라고 내 딸 잡겠다고."

"그랬구나. 너도 좀 쉬어라."

네 꿈을 펼쳐라

"그래야겠다. 나도……."

현미도 스르르 잠이 들었다. 점심시간이 되어 현미가 식사를 하러 일어났다.

병원에 있을 동안에는 우유를 먹이고 퇴원 후에는 엄마 젖을 먹이기로 했다.

성혜는 아기 얼굴을 보고 싶어서 신생아실로 가서 산모 이름을 말했다.

하얀 천으로 둘러싼 현미의 딸아이가 눈을 감은 채 유리창 너머로 첫인사를 했다.

'성혜 이모다. 이젠 자주 보겠구나. 널 만나서 기뻐.'

그녀는 생명의 경이로움에 다시 놀랐다. 자신이 겪은 출산에서 그 뭐라 표현하지 못한 아픔이 되살아나고 있었다.

그리고 지윤이를 안고 한없이 울었던 것도 생각났다. 출산 때가 되어서야 서울로 올 수 있었던 게 생각나서 목이 아파왔다.

세상은 초록빛으로 가득하고 현미 딸 하은이의 백일이 되었다.

"성혜야. 다음 주 목요일에 우리 집으로 와."

"그래. 무슨 일이니?"

"하은이 백일이야."

"나 좀 봐. 벌써 그렇게 되었구나. 꼭 갈게."

그녀의 초대에 성혜는 우선 보석상으로 가서 금반지를 사고 예쁜 아이 옷도 샀다.

목요일에 성혜는 출근하는 형석에게 말했다.

"현미 딸 백일이어서 외출하려고요."

"잘 다녀와. 현미 씨 늦게 경사 났네."

"네."

형석이 출근하고 그녀는 바람처럼 현미에게 달려가고 있었다. 현미 어머니는 아파트 경비실 앞에서 백일 떡을 나눠주고 계셨다.

"어서 와. 기다리고 있단다."

"네. 어머니. 그런데 뭐하고 계세요?"

그 말에 그저 웃으셨다. 성혜는 목례를 하고 엘리베이터 안으로 들어갔다.

"그래. 나간다."

초인종 소리에 현미가 나왔고 둘은 서로 반가워하며 안으로 들어갔다.

"어머니 떡 나누시더라?"

"응. 옛날에 백일 떡은 백 사람에게 나눠준다며 그리하신다."

"그렇구나. 참 좋은 풍경이다. 사랑을 나누는 거잖아."

"맞다."

"하은이 아빤?"

"출근했어. 조퇴한다고."

"그래? 하긴 얼마만인데."

그때 방에서 하은이의 울음소리가 들려왔고 두 사람은 웃으며 들어갔다.

"공주님 쉬하셨어?"

현미가 익숙한 손놀림으로 기저귀를 갈아주었다. 하은이가 기분이 좋은지 방긋 웃어주었다. 그 모습에 현미도 까르르 넘어갔다.

"그래. 좋을 때다. 정말 인형처럼 예쁘다."

"바보가 된다. 너도 경험했겠지만."

"맞다. 형석 씬 미워도 지윤인 예뻤단다."
"눈에 넣어도 아프지 않다는 말 실감하는 중이야."
"알았어. 세상을 다 얻은 느낌이지?"
"맞아. 너무 좋다."
"딩동."
"엄마다. 이제 다 돌리셨나 보다."

두 사람은 현관문 가까이로 갔고 현미가 문을 열었다. 현미 어머니의 바구니에는 떡이 한 개도 남아 있지 않았다.

"엄마. 하나도 남지 않았네?"
"그럼. 요새도 아직 풍습이 남아 있다며 할머니들이 반갑게 가져갔고 젊은 엄마들도 좋아하더라."
"와. 하은 할머니. 대단하다."
"수고하셨어요."
"커피 한 잔 탈까? 엄마가 좋아하는 믹스로?"
"좋아. 마시고 싶다."

현미 어머니는 거실 의자에 몸을 깊숙이 넣고 눈을 감았다. 부엌으로 들어간 현미는 커피를 타고 과일도 깎았다. 거실로 커피와 과일을 가지고 왔는데도 현미 어머니는 선잠을 깨지 않았다.

두 사람은 하은이가 있는 방으로 들어갔다. 성혜가 들고 온 쇼핑백을 내밀었다.

"하은이 꺼."
"고마워."

선물로 사온 하얀 원피스는 참 예뻤다. 현미가 성혜를 끌어안았다. 금반지도 하은이의 손가락에 끼워 주고 크기를 조절해 주었다. 현미 어머니가 사온 금팔찌가 통통한 팔에 잘 맞았다.
 방문을 열고 현미 어머니가 들어섰고 하은이를 보고 웃어주었다.
 "엄마, 커피 다 식었겠네."
 "응. 내가 레인지에 돌려 마셨다."
 "잠이 드신 거 같아서 방으로 들어왔어요."
 "됐다. 어서 준비하자."
 세 사람은 백일상을 차리기 시작했다. 조촐한 가족만의 모임이었다. 오후에 하은이 아빠가 집에 왔고 현미네 친정식구들이 한꺼번에 몰려와 오랜만에 집안이 시끌벅적했다.
 성혜는 조용히 현미네 집을 빠져나왔다.

 다음 날 오전에 현미가 전화했다.
 "어제 슬그머니 나가더라."
 "응. 저녁밥을 해야 해서."
 "너 가는 거 봤어. 다른 일 없지?"
 "그럼. 하은이 더 크면 자유롭게 만나."
 "알았다. 하은이 또 운다."
 현미가 급하게 휴대폰을 껐고 성혜는 빙그레 웃었다.
 성혜는 초여름의 빛난 햇빛이 비치는 덕수궁을 혼자 찾았다. 입구에는 하얀 매발톱꽃이 피어 있었고 모란도 환하게 피어 있었다.
 연못 옆에 있는 찻집에서 커피 한 잔을 사들고 천천히 걸었다. 그곳은 예전이나 다름없이 한가해서 좋았다.
 고종이 가배를 마시던 곳 앞으로 수많은 모란이 피어 있었다. 어울리지 않을 것 같은 소나무 아래로 여러 가지 빛깔의 모란이 다투어 피어

있었다.

예전에 비해 개체 수가 적어졌다는 생각이 들지만 그래도 모란은 한 껏 제 아름다움을 뽐내며 봄바람 속에서 환하게 피어 있었다.

여고시절에 외웠던 김영랑 시인의 '모란이 피기까지는'을 마음속으로 외우며 바라보았다. 성혜는 늘 그 작품의 마지막 연을 좋아했다.

"나는 아직 기다리고 있을 테요. 찬란한 슬픔의 봄을."

성혜는 조선 궁궐의 굴뚝이 너무 아름다워서 폰으로 사진을 찍었다. 작은 문을 지나 철쭉꽃이 진 오솔길을 걸었다.

석조전 뒤를 돌아 나와 미술관 앞을 지나 걸었다. 아직 피어나지 못한 배롱나무가 꽃송이들을 달고 솟아오르는 분수를 보고 있었다.

봄이 자리를 내주며 이제 완연한 초여름 속에 와 있었다. 하늘을 바라보았다. 궁궐 뒤로 높은 빌딩이 어지러워 다시 한적한 풍경 속 궁궐로 시선을 돌렸다.

석조전 맞은편 등나무 두 그루가 있는 곳에 있는 의자에 앉았다. 하나는 보랏빛, 하나는 하얀빛 등나무였다.

어느 날 늦봄에 만난 하얀빛 등나무가 너무 좋아서 현미와 탄성을 질렀던 곳이다. 아직 등나무도 피어나지 않았고 길게 꽃송이만 늘어뜨리고 있었다.

춥고 어두운 겨울이 지나니 이렇게 화려한 봄이 세상을 밝게 만들고 초여름이 오고 있었다. 성혜는 집으로 가려고 일어났다.

슬픔의 찬란한 봄이 그녀를 끌어당기는 곳이 있었다. 영국대사관 골목을 끼고 도니 작은 조선 기와집이 나타났다.

아마 덕수궁이 축소되어서 어렵게 보존되고 있는 듯했다. 그곳을 지나 성공회 꽃길로 나왔다.

어느 날 오후 성혜는 지하철 5호선을 타려고 광화문역으로 걸어가고 있었다. 걷는 동안 바라다 보이는 이순신 장군 동상 있는 곳을 오래도록 보았다.

그곳에는 오래전 〈러브 스토리〉를 본 영화관도 사라지고…… 서울은 재빠른 변신 하고 있었다.

그나마 궁궐들이 있고 남산이 있어서 좋았다. 그리고 유유히 흐르는 한강이 있어 좋은 서울이다.

지하철에서 내리니 초록비가 내리고 있었다. 아주 가느다란 비를 맞으며 아파트 지하상가에 있는 야채가게로 갔다. 쑥이 있었다.

"아줌마. 쑥 한 근 주세요."
"예. 쑥 향이 너무 좋드랑께요."
"어디서 온 건가요?"
"거문도에서 올라온 해풍을 맞고 자란 쑥이라더만요이."
"거문도가 어디에 있는 섬이래요?"
"나도 모르는디요이. 남쪽이라던가?"
"네. 한 근 주세요."

성혜는 된장을 풀어 쑥국을 끓이려 한다. 옷을 갈아입고 먼저 인터넷으로 가서 거문도를 입력했다.

거문도 영국군 묘지가 있었다. 6·25 때 여기가 전쟁터였나? 성혜는 아래로 살펴 내려갔다. 6·25가 아니고 1885년 조선 말기에 조선 정부의 허락도 받지 않고 무단 상륙한 영국 함대가 주둔했던 곳이었다. 약 2년 동안 주둔해 있었으며 섬이 두 개로 갈라졌다. 그들은 이곳을 해밀턴 항이라 불렀고 영국 수병이 죽으면 그곳에 묻었다.

그들은 오래지 않아 철수했다. 거문도는 역사 속에서 슬픔의 땅이고 하마터면 우리나라 섬이 아닌 다른 나라의 영토가 될 뻔했던 사실을 알 수 있었다.

처음엔 영국 수병의 무덤이 12기였는데 지금은 2기만 남아 있고 1903년에 거문도를 지나던 영국 아비온 호 수병의 사망으로 나무십자가가 1기 더 보존되어 있었다.

해가 지지 않는 나라 영국, 신사의 나라 영국이 우리나라 남쪽 섬에 저지른 만행을 성혜는 몰랐었다.

이제는 어떠하든지 무덤을 거두어가야 할 것이다. 우리나라 사람들은 무덤을 잘못 만지면 큰일 난다고 믿으니까 영국인들이 자신들의 선조 뼈를 거두어야 하지 않을까? 성혜는 잠시 그런 생각을 해봤다.

아직까지도 남아 있는 일본 신사터에서 발견된 일본 문양이 살아 있는 돌도 치워야 할 것이다.

거문도는 슬픔과 치욕의 섬이었다. 해풍을 맞고 자란 쑥이 슬퍼 보여 그녀는 그냥 쓰레기통 속으로 던져버렸다.

저녁식사도 거르고 불도 켜지 않은 채 거실 긴 의자에 누웠다.

지윤이가 학원에서 돌아왔다. 고등학생이 되어 독일어 학원까지 다니고 있으니 얼마나 쉬고 싶을 것인가! 며칠 전에 양념해 놓은 더덕을 꺼내 살짝 번철에다 구웠다. 지윤이는 좋아하는 더덕구이를 보더니 입꼬리가 귀에 걸린다.

"더덕이구나? 엄마 언제 만들었어요?"

"며칠 전 경동시장에서 사왔지. 너 좋아하잖아."

"엄마가 해주는 음식 중에서 더덕구이가 제일 좋아요."

"그래. 실컷 먹어라."

성혜는 식탁 의자를 당겨 앉는 지윤이 앞에 더덕을 담은 하얀 접시를 내밀었다. 배가 고팠는지 맛있게 먹어댄다. 성혜는 딸과 마주 앉아 밥을 먹기 시작했다.

"엄마, 나 빈에 가면 이런 음식도 먹지 못하잖아요. 음식이 제일 문제다."

"꿈을 위해서라면 그런 건 포기해야지. 그치?"

"네. 그래도 아쉽다. 엄마랑 살 수도 없고."

"크면 다 엄마 곁을 떠나는 거지. 넌 조금 일찍 떠날 뿐이야."

성혜는 얼른 일어나 시원한 물을 가지러 냉장고로 갔다. 그녀도 지윤이를 멀리 보내야 한다는 것이 마음에 걸렸다.

그래도 딸이 원하는 빈 유학을 결정한 이상 따를 수밖에 없었다. 물을 꺼내면서 그녀는 재빨리 눈물을 훔쳤다.

유리컵에 물을 따라 식탁 위에 놓았다. 딸은 물을 마시며 언제 그런 말을 했을까 싶을 정도로 해맑게 웃었다.

딸이 내려놓은 유리컵 속에 있는 작은 흔들림을 바라보았다. 그녀의 마음이 더 힘 있게 흔들리고 있었다.

고등학생이 된 딸은 피아노 콩쿠르에서 또 금상을 받았다. 지윤이는 예술 고등학교로 진학을 했는데 선생님이 부모님과 면담을 하고 싶다고 연락을 해오셨다.

"엄마. 오늘 올 거야?"

"가야지. 무슨 말씀을 하실지 궁금하네."

"나도 엄마."

"엄마가 면담 끝나고 기다릴까? 같이 집으로 오자."

"네. 엄마. 나 먼저 가요."

지윤이가 아빠와 집을 나섰다.

그날 오후에 성혜는 학교에서 선생님과 마주 앉았다. 예쁜 찻잔에 담긴 허브티가 향기로웠다.

"지윤 어머님, 만나 뵙게 되어 반갑습니다."

"네. 저도 반갑습니다."

"혹시, Y음대 출신이신가요?"

"그렇습니다."

선생님은 앞에 메모한 쪽지를 보면서 말했다.

"성함이 맞네요. 선배님이세요. 졸업연주회 때 봤어요."

"네에? 오래전 일인데······."

"사파이어 빛 의상 인상 깊었지요."

"기억력 참 좋으시네요."

"선배님, 그 당시 제가 일 학년이었어요. 이미란입니다."

"이미란! 피아노 잘 친다고 소문난 그 이미란? 이럴 수가······ 반가워요."

"말씀 놓으세요, 선배님. 그런데 피아노를 그만두셨군요."

"음악 선생을 하다가 결혼으로 그만두었죠."

"그러셨구나. 편하게 말 놓으세요, 선배님."

"지윤이는 피아노에 대한 열정이 대단해요."

"네. 알아요. 그래서 한국에도 좋은 선생님이 계시지만 제 사촌이 빈에 있어서요."

"빈에? 언제 갔는데요?"

"네. 거기서 제 사촌은 바이올린을 전공하고 작은 현악 팀에 있어요."

"그렇구나."

"한국에서 유학 오는 학생들을 잘 가르치고 적응하게 하는 데 앞장섭니다."

"지윤이도 내년에 빈으로 보내려고 독일어를 배우고 있어요."

"먼저 생각하고 계셨네요. 사실 유학 보내실 의향이 있으신지 알아보려고 뵙자고 했어요."

"잘 되었네요. 부탁해요."

"선배님 딸인데……, 제가 좋은 결실 맺도록 주선해 보겠습니다."

성혜는 분위기를 바꾸어 말을 놓는다.

"결혼은 했어?"

"네. 피아노 전공한 오스트리아 사람하고요. 아이는 아직 없고요. 두 사람 다 음악에 푹 빠져 살아요."

"좋겠네. 지윤이에게 특별히 신경 써 줘서 고마워."

"그럴 만한 아인 걸요. 선배님 딸이라 더 좋아요. 한국 출신으로 피아노 국제 콩쿠르에서 두각을 나타내야지요."

"그럼……. 지윤이는 열심히 할 아이지."

"지윤이에게 한번 기대해 보죠."

두 사람이 이야기하는 동안 향기로운 허브티가 다 식어버렸다.

소나기, 경복궁에 내리다

지윤이가 창 너머로 엄마가 일어나 인사하는 것을 보고 손을 흔든다. 모녀는 함께 운동장으로 걸어 나왔다.
"선생님이 뭐라고 하셔?"
"너 유학 보낼 의향이 있느냐고 하셨어."
"그런 말씀을 왜?"
"동생이 빈에서 바이올린으로 유학 갔다가 오스트리아에서 살고 있대."
"좋겠다."
"알고 보니 이 선생님이 엄마 후배더라."
"어떻게 알았어?"
"엄마가 졸업연주회 때 입은 연주복 색깔까지 기억하더라."
"와, 대단하시다."
"그때 일 학년……. 도와주겠단다. 너에게 기대가 많으셔."
"엄마, 나 정말 잘 할게. 연습 시간도 더 늘리고 최선을 다할게."
"그래. 넌 내게 보석이야. 집에 가서 밥 먹고 학원 가야지?"
"네. 어서 가요."

성혜가 운전석에 앉자 지윤이 옆자리에 앉는다. 운동장을 미끄러지듯이 빠져나와 거리로 나섰다.

그 후로 지윤의 빈 유학은 날개 단 듯이 일사천리로 진행되었다. 여름 휴가차 나온 선생님 사촌 여동생 부부와 이미란 선생님, 지윤이, 그리고 성혜 내외가 덕수궁이 내려다보이는 곳에서 점심식사 약속을 했다.

지윤이와 성혜 부부가 먼저 나가서 기다렸다. 이 선생님과 사촌 여동생 부부가 약속 시간에 맞춰 음식점으로 들어왔다.

그들은 서로 인사를 나누었다.

깔끔한 한정식으로 식사를 마치고 시원한 오미자차를 마셨다. 이 선생님의 사촌 여동생 남편은 지윤이의 연주를 듣고 싶어 했다.

형석은 회사로 돌아갔고 나머지 사람들은 이 선생님을 따라 학교로 갔다. 피아노실에서 지윤이가 쇼팽을 연주하자 모두 숨을 죽이고 들었다.

연주가 끝나자 이 선생님의 사촌 여동생 부부는 만족한 얼굴이 되었고 특히 사촌 여동생 남편은 "브라보!"를 외치며 크게 박수를 쳤다.

이 선생님도 엄지를 들어 보이며 환히 웃어주었다. 그들 부부는 서로 이야기하며 밝은 얼굴이 되었다.

"지윤이를 저희에게 보내주시면 최선을 다해 보살필게요."

"그래 주면 너무 고맙지요. 가능성이 있을까요?"

"그럼요. 그 나이에…… 연습 많이 하나 봐요."

"피아노에 푹 빠져 살아요."

"좋은 현상이네요. 학교에 알아보려면 연주를 폰에라도 녹화해 가져갈게요."

"네. 언제…… 다시 뵐까요?"

"아닙니다. 저희들 시간이 많지 않아서요. 지윤아. 지금 자신 있는

곡으로 연주 한 곡 더 해볼래?"
"네. 그럴게요."
지윤이가 피아노 앞에 앉더니 심호흡을 했다.
"너무 긴장하지 말고 아까처럼……."
"네."
지윤이는 천천히 물결치듯, 때로는 열정적으로 피아노 연주에 빠져들었다.

그들과 헤어져 집으로 돌아온 지윤이는 피곤했는지 단잠에 빠져들었다. 성혜는 딸의 연주에 놀라며 바로 폰으로 담아간 그들에게서 희망을 보았다.
퇴근해 돌아온 형석에게 잘될 것 같다며 폰에 영상으로 담았다는 이야기를 했다.
"그래? 지윤인 내년에 빈으로 가겠네. 우리 둘만 남기고."
"조금 일찍 우리 곁을 떠나는 거지요."
"나 배고프다."
"네. 어서 씻고 나와요."
형석은 오랜만에 기분 좋은 얼굴로 말하는 성혜를 보고 엄마의 마음을 알 수 있었다.
'그래. 엄마는 위대하지. 자녀들의 꿈을 같이 꾸어준다지.'
샤워를 끝내고 형석은 딸의 방문을 열어보았다. 지윤이는 단잠에 빠져 있었다.
"어서 와요. 지윤이 오늘 피아노를 두 번이나 치고 오더니 곯아떨어졌어요."

"힘들었나 보다."

형석이 방문을 닫고 식탁 의자에 앉았다. 그가 좋아하는 오이냉국에 얼음까지 띄워있었다. 마주 앉은 성혜는 형석이 수저를 들자 때를 맞추어 식사하기 시작했다.

"내년부턴 우리 두 사람만 먹겠구나. 당신이 쓸쓸할 것 같다."

"지난해부터 각오한 거예요. 이제는 섬김으로 살아야지요."

"그래. 딸은 언젠가 사랑하는 사람과 함께 떠나잖아."

"맞아요. 사랑하는 사람."

성혜의 목소리가 슬프게 들렸다. 형석이가 아차! 하는 얼굴이 되었다.

"물을 가져와야겠네."

그녀가 슬그머니 자리에서 일어났다.

식사를 마치고 과일을 먹고 있을 때 지윤이가 방문을 열고 나왔다.

"아빠. 오늘 일찍 오셨네?"

"오늘은 피곤하더라."

"밥 먹을래?"

"싫어. 엄마, 과일만 먹을래요. 수박 시원하겠다."

지윤이는 하얀 접시에 담긴 수박을 하나 집어 들었다.

"엄마. 빈에도 이리 맛있는 수박 있을까?"

"나도 모르지 빈엔 가보지 못해서. 내년에 모두 가보자."

"그래. 내년 휴가는 빈이다. 지윤이도 데려다줘야 하니까."

"그래요. 엄마."

그렇게 여름방학이 지나가고 있었다.

그 시각, 심민철은 증도에서 이국적인 해변 풍경을 카메라에 담기에 여념이 없었다. 그날 오후 바다에 소나기가 쏟아졌다.

　해수욕을 즐기던 많은 사람들이 함성인지 환호성인지 모를 소리를 지르며 한꺼번에 우르르 그들의 숙소로 달려갔다.

　그는 카메라를 가방에 넣고 이국적인 파라솔 아래로 천천히 걸어갔다. 그곳에 앉아서 바다 위로 쏟아지는 소나기를 바라보았다.

　얼마나 지났을까? 먹구름 속에 해가 비치고 틴들 현상이 나타났다. 얼른 카메라를 꺼내 바다와 먹구름과 비치는 해를 여러 컷 연이어 찍었다.

　그의 손가락 반지에 물방울이 떨어져 반짝이고 있었다. 성혜가 바다 위로 환하게 웃으며 걸어오고 있었다.

　해를 등지고 하얀 원피스에 코발트빛 브로치를 하고 그들이 사랑했던 그 시절의 아름다운 모습으로 다가왔다.

　"성혜야! 성혜야!"

　민철이 일어나서 그녀에게 달음질쳐 갔다. 사나운 파도가 으르렁거리며 덮쳤고 한순간에 성혜는 사라져버렸다.

　그는 파도 속에 오래도록 서있었다. 언제 그랬냐는 듯 소나기가 지나가고 붉은 노을이 서쪽 바다로 지기 시작했다.

　민철은 첫사랑이자 마지막 사랑인 성혜를 지금도 애타게 그리워한다.

　지리한 장마가 계속되었다. 민철은 증도의 다리를 건너 서해고속도로로 차를 몰아 서울로 향했다.

　바다 위로 걸어오는 성혜가 사라지고 그는 몇 년 동안 보지 못한 그녀가 사무치게 그리웠다.

　경복궁 근정전 그 자리에 서있을 것만 같은 환상 속에서 그는 비가 세차게 앞 유리창을 두드리는 걸 윈도 브러시로 연신 닦아냈다.

　경복궁 근정전 앞에 소나기가 쏟아지고 있었다. 성혜는 비닐우산을 쓰고 혼자서 돌 위를 천천히 걸어가고 있었다.

빗방울도 아름답다 느끼며 초록빛 사이로 걸어가고 있었다. 경회루가 보인다. 연못 위로 쏟아지던 빗줄기가 연꽃 무리의 그 시퍼런 넓은 잎사귀에도 쏟아지고 있었다.

왼쪽으로 돌아 명성왕후가 시해된 장소에 섰다. 조선 말 암흑기에 일본의 낭인들은 한밤중에 경복궁에 난입했다.

건청궁에 무례하게 침입해 여러 명의 상궁들과 명성왕후를 살해했다. 그것도 모자라 명성왕후를 불살라버렸다. 그 끔찍한 장소로 성혜가 발걸음을 옮기고 있었다. 명성왕후의 눈물일까? 그리 세차게 소나기가 내리는 것은…….

성혜도 울고 있었다. 같은 서울 하늘 아래 살면서 서로 다른 길을 걸어가야만 했던 지난날이 서러워 그녀는 빗줄기 속에서 엉엉 울어버렸다.

그때 휴대폰이 울렸다. 현미의 이름이 뜨고 계속 신호음이 들려왔다. 성혜가 휴대폰을 꺼버리고 걸어가는데 문자가 왔다.

"빗속에서 뭐하니? 경복궁이지?"

문자에 답도 하지 않았다. 그녀는 전국의 항아리를 구경했다. 어릴 때 장독대에 있던 항아리를 윤기 흐르게 닦아내던 할머니가 생각났다.

한여름, 장독대 앞에 피어나던 채송화와 봉숭아, 그리고 장독대 옆으로 피어나던 하얀 접시꽃과 빨강 접시꽃이 생각났다.

우산을 젖혀 소나기를 맞았다. 장독대 앞으로 언제 만들었는지 인공 수로가 나 있었다.

수로가 넘치며 흐르고 그녀는 자경전으로 발걸음을 옮겼다. 자경전의 꽃담은 늘 그녀의 마음을 잡아당긴다.

우리나라 궁궐답게 꽃들이 자경전 담을 화려하게 수놓고 있었다.

마지막으로 그녀가 발걸음을 옮긴 곳은 교태전으로 왕비의 침전으로 사용되었던 곳이다.

그곳에 있는 아미산 굴뚝은 아름다워 늘 들르는 곳이었다. 옆으로 난 문 주위의 꽃담은 예쁘게 그녀를 반겨주었다.

그곳에서 오래전에 '너를 왕비처럼 사랑하고 죽음까지도 함께할 거야' 했던 그의 목소리가 들려오는 듯했다.

아미산 정원은 아담하고 우리나라 들꽃들이 피어있었다. 소나기에 흠뻑 젖어서 꽃 아래로 빗방울이 맺혀있었다.

아미산 옆으로 난 작은 문으로 그가 걸어오고 있었다. 이제 이십 대 그 청년은 사십 대 중년이 되어 그녀 앞으로 다가오고 있었다.

성혜가 뒷걸음질을 치고 있었다. 그러나 그가 성큼성큼 다가와서 성혜를 안았고 떨고 있는 그녀를 안고 오래도록 입맞춤을 했다.

성혜의 얼굴에 눈물인지 빗물인지 흐르고 있었다. 그가 던진 우산과 성혜의 우산은 교태전 뒷마당 하얀 흙 위에 덩그러니 놓여있었다.

"여기에 와 있었니?"

민철이 그녀의 얼굴을 들여다보며 혼잣말로 중얼거렸다. 사무치게 그리운 사람이었다. 서로가 아직도 사랑하고 있었다.

그래서 여름날 소나기 속에서 어쩌다 마주치는 것이다. 그녀의 납치 결혼 후 지금까지 민철은 결혼을 하지 않고 있었다.

그녀와 결혼식을 앞두고 맞춘 결혼반지를 스스로 넷째 손가락에 끼고 성혜를 애타게 그리워했다.

이제 성혜를 놔줘도 좋으련만 흐르는 세월 속에서 민철은 더욱 그녀를 그리워하고 있었다.

"나 배고프다. 넌?"

"괜찮아요."

"차 가지고 왔니?"

"네."

"차에 가 있어. 내가 간단하게 커피와 샌드위치 사 올게."

두 사람은 주차장으로 걸어와 성혜가 차의 운전석으로 들어갔고 그는 어디론가 뛰어갔다.

운전석에 앉아서 그녀는 생각에 잠겨 있었다. 마치 오랜 영화 필름이 돌아가는 것처럼 순식간에 머릿속을 헤집고 추억들이 지나갔다.

얼마 후 그는 커피 두 잔과 따끈한 빵을 들고 왔다. 샌드위치가 아니라 평소에 그녀가 좋아하던 부드러운 빵을 내민 순간 눈물이 핑 돌았다.

"고마워요."

그녀의 목소리가 떨려나오자 민철이 어깨를 다독여주었다. 두 사람은 천천히 비 오는 오후를 보냈다.

시간은 쏜살같이 지나 비도 그치고 맑은 오후의 하늘이 되었다.

"갈게요."

"그래. 잘 가. 이렇게라도 만나니 고맙다."

"……"

그가 차에서 내리자 성혜는 시동을 걸고 천천히 경복궁 주차장을 빠져나갔다. 민철은 그녀의 차가 경복궁 옆문으로 사라질 때까지 바라보고 있었다.

민철은 오피스텔로 돌아와 사진실로 들어갔다. 거기에 증도의 해변이 인화되어 걸려있었다.

소금 꽃이 피었고, 숲길에서 만난 들꽃이 소스라치며 놀라는 모습도 있었다. 밝은 분홍빛 해당화가 바닷바람에 흔들리며 피어있었다.

그는 암실을 나와 빗속에서 떨고 있던 성혜를 생각해냈다. 그리 시간이 흘렀는데도 미련하게 잊지 못하는 제 자신이 안타까웠다.

성혜가 집으로 돌아와 젖은 원피스를 벗고 샤워실로 들어갔다. 세차게 물을 틀어놓고 마치 빗속에서처럼 쏟아지는 물속에 서있었다.
그가 오래도록 입맞춤을 한 그녀의 입술을 두 손으로 소중하게 만지며 울고 있었다. 그가 내민 손가락에 지금도 끼고 있는 반지가 선명하게 떠올랐다.
"어떡해. 어떡해."
그가 너무 불쌍해서 그만 엉엉 큰 소리로 울고 말았다. 성혜는 몸이 덜덜 떨려 와서 샤워를 마치고 곧장 침대로 가서 누웠다.
그리고 침대 전기 스위치를 누르고 잠들었는데 형석이 퇴근해 집으로 돌아왔는데도 일어나지 못하고 누워있었다.
이제는 가정을 돌아보기 시작한 형석이 고마웠지만 그래도 그녀의 마음속에는 항상 민철을 향한 그리움이 자리 잡고 있었다.
형석이 옷을 갈아입고 어설프게 식사 준비를 하다가 이내 중단하고 성혜와 함께 밖으로 나왔다.
성혜는 형석과 김포의 작은 바닷가 어시장에 가서 갓 잡아 올린 생선을 샀다.
근처의 음식점에서 그 생선으로 매운탕을 끓여 달라 부탁하고 창가에 앉아 기다렸다.
얼마 후에 매콤한 매운탕이 그들 앞에 놓였고 형석이 맛있게 먹기 시작했다.
그의 모습을 보며 성혜도 수저를 들었다. 그렇게 저녁식사를 하고 바다가 보이는 해변도로를 달렸다.

　바닷바람이 시원하게 아직도 긴 머리칼을 고집하는 성혜의 머리칼을 날리고 있었다.

　형석이 그녀의 흩날리는 머리칼을 어루만져 주었다. 순간적으로 몸을 움츠리다가 바로 태연하게 그의 손길을 거부하지 않았다.

　그런 성혜를 흘낏 바라보던 형석은 한 바닷가에서 차를 세웠다. 끝자락만 남은 해는 노을만 남긴 채 사방이 어두워졌다.

　두 사람은 각자 생각에 잠겨서 말없이 바다를 바라보았다. 그리고 바람이 차가워지자 그 해안선을 따라 돌다 집으로 돌아왔다.

　집에 돌아와서 얼마 지나지 않아 지윤이가 피아노 학원에서 돌아왔다.

　"엄마. 나 배고파."

　"그래. 엄마가 빨리 차릴게. 어서 씻고 나오렴."

　성혜는 부엌으로 가서 간단하게 식사를 차리고 있었다. 힘차게 물소리가 끝나고 시원한 얼굴로 지윤이가 나와서 식탁에 앉았다.

　잘 익은 열무김치가 맛있게 보였다. 뜨거운 국은 옆으로 밀어놓고 밥을 먹었다. 식사를 끝낸 지윤이는 거실에서 수박을 먹고 있는 형석 곁으로 가 앉았다.

　그러더니 설거지를 하는 성혜에게 다가가 뒤에서 그녀를 끌어안았다.

　"뭐가 필요한 모양이구나?"

　"엄만 너무 잘 안다. 수박 없어요?"

　"설거지 끝나면 가져갈게. 아빠랑 얘기하고 있어."

　"네. 엄마."

　성혜는 냉장고를 열고 수박 반 통을 꺼내 잘라 하얀 접시에 담아 내왔다. 지윤이가 가져온 수박 한 쪽을 형석에게 건넨다.

"너 요즘 피아노 연습 게을리하지 않는 거지?"

"그럼요. 아빠. 내년에 빈으로 가니까 더 열심히 연습하고 있어요."

"그래야지. 엄마랑 아빠랑 너를 보내고 외롭게 살 걸 알면서 보내는 거야."

"자주 연락할게요."

지윤이가 형석의 목을 끌어안고 볼에 뽀뽀한 다음 곁에 있는 성혜도 안아준다.

"……"

"지윤아. 엄마가 피곤하다. 자야겠구나."

"알았어. 엄마. 나도 요즘 피곤해요."

지윤이가 먼저 방으로 들어갔고 성혜는 현관문을 다시 확인하고 거실 등을 끄고 방으로 들어갔다.

먼저 침대에 들어간 형석은 이미 낮은 숨소리를 내며 잠들어 있었다. 퇴근하고 다시 김포 바닷가를 운전하고 돌아와 피곤했던 모양이다.

불을 끄고 그의 곁에 누워서 잠을 청했지만 낮잠을 잔 때문인지 잠이 오지 않았고 경복궁에서 민철이 끼고 있던 반지가 더 또렷하게 생각났다.

지금까지 얼마나 많은 날들이 지났는데. '불쌍한 사람.' 그녀가 몸을 뒤척이며 혼잣말로 중얼거렸다.

새벽에야 잠이 들었던 성혜는 형석의 출근 준비하는 소리에 소스라치며 놀라 일어났다.

"당신 늦게 잤나 봐. 나 출근한다."

"미안해요."

"괜찮아. 회사에서 간단히 커피라도 마시지 뭐."

"……"
"지윤아. 어서 나와. 가자."
"네. 아빠. 잠깐만요."
지윤이가 교복을 입고 나오며 엄마를 보며 싱긋 웃어주었다.
"엄마 피곤했나 봐. 내가 흔들어도 모르고 자던데?"
"그랬어? 미안해."
"그럴 수도 있지 뭐. 아빠랑 나랑 가고 나서 푹 주무셔요."
"……"
성혜는 마치 무슨 큰 비밀이라도 들킨 사람처럼 멋쩍은 얼굴로 엘리베이터 앞까지 두 사람을 배웅하고 돌아섰다.

가을이 소리 없이 다가오는 어느 오후였다. 성혜는 충무로역에서 내려 '서울문학의 집'을 향해 골목길을 걸어가고 있었다. 좁은 골목길의 빨강 고무통에도 가을은 향기로 피어나고 있었다.
고가도로 아래를 지나 올라가는 길가로 보랏빛 벌개미취가 흐드러지게 피어나고 있었다. 문학의 집 앞에 있는 나무 덱에 늘어뜨린 단풍나무는 점점 붉은 빛으로 물들어가고 있었다.
그 아래 커피숍에서 카푸치노를 한 잔 들고 덱 위로 올라갔다. 의자 두 개가 약간 지저분해 보여서 그녀는 다시 내려갔다.
커피숍을 지나 산림문학관 앞에 햇살이 놀고 있는 의자에 앉아 커피를 마시며 남산 숲을 바라보았다. 요즘 부쩍 외로운 건 왜일까?
주일에는 여전히 찬양대 반주를 하고 형석과 같이 봉사도 하는데 그녀는 마음이 아파오는 걸 견디기 어려웠다.
산림문학관 앞 잔디 위로 고추잠자리 서너 마리가 성혜 주위를 빙빙 돌다가 하늘로 솟구쳐 올라갔다.

시골 학교 운동장에 가을이 될 무렵이면 빨강 고추잠자리가 떼 지어 나르곤 하던 풍경이 떠올랐다.

'그 시절이 좋았는데 이젠 다시 오지 않아.'

그녀는 산림문학관을 나와 유스호스텔 길로 접어들어 남산을 향해 걸어갔다.

울창한 숲의 향기가 그녀를 감싸주었다.

성혜는 아주 천천히 남산 길을 걸어갔다. 이제 막 단풍이 물들기 시작하는 수많은 나무들 속에 푸른빛 소나무가 청청하게 서있었고 아기단풍은 붉은빛으로 물들고 있었다.

휴대폰을 열어 시간을 보니 지윤이가 학교에서 돌아올 시각이 되었다. 서둘러 옷을 갈아입고 거실에 앉아 있는데 지윤이가 문을 열고 들어왔다.

"엄마. 나 배고파요."

"그래. 간식 먹고 학원 가야지."

"네. 옷 갈아입고 나올게요."

"고생이다."

"아니, 난 고생이라고 생각한 적 없어요. 내 꿈을 펼치려 노력하는 거예요."

"말도 예쁘게 한다."

"엄마 딸이잖아."

지윤이가 엄마를 향해 환하게 웃으며 방으로 들어갔다. 컵에 우유와 좋아하는 빵 두 개를 접시에 담아내왔다.

딸은 간식을 먹은 다음 엄마를 안아주며 현관문을 나섰다. 성혜가 베란다로 가서 내려다보니 단발머리의 지윤이가 달려가고 있었다.

시간은 정말 화살처럼 가버리고 겨울방학이 되었다. 이제 봄이면 딸은 빈으로 가야 한다. 그곳에서 이 선생의 사촌 여동생 부부의 도움으로 유학 생활이 시작될 것이다.

회사 사무실에서 덕수궁을 바라보던 형석은 덕수궁에 햇빛이 비켜가는 풍경을 오래도록 바라보고 서있었다.

올 지윤이 겨울방학 때에는 서해로 가족 모두 여행을 가기로 다짐을 했다. 바쁘다는 핑계로 겨울 여행은 한 번도 하지 못했다.

오늘은 퇴근을 빨리해 성혜와 딸아이에게 말을 해야겠다고 생각했다. 형석은 소공동에 있는 백화점에 들러 스카프를 골랐다.

한 번도 사주지 않았던 화려한 긴 스카프가 그의 손에 들려있다.

"사십대 중반인데 잘 어울릴까요?"

"그럼요. 코트가 대체로 검정색이니까 잘 어울릴 거예요."

"본인이 싫다면 바꿀 수도 있지요?"

"그럼요. 영수증을 가지고 오시면 바로 교환해 드립니다."

여종업원은 예쁘게 포장해 그에게 건네주었다. 자신의 가방에 선물을 넣는 형석의 기분은 날아갈 것 같았다.

그가 자신의 아파트 지하 주차장으로 들어가면서 백미러로 보니 시장바구니를 들고 가는 성혜의 모습이 보였다.

장바구니가 무거운 듯 손을 바꿔 들었다. 주차장에서 엘리베이터의 버튼을 눌러 타고 올라가는데 일층에서 엘리베이터가 멈추었다. 문이 열리자 성혜가 깜짝 놀라더니 곧바로 웃으며 엘리베이터 안으로 들어선다.

"시장 갔나 보다."

"찬거리 사오는데 오늘 일찍 퇴근했네요? 아직 밥도 앉히지 않았는데……."

"배고프지 않아. 천천히 해도 돼."

"알았어요."

엘리베이터가 서고 형석이 시장바구니를 들고 앞장서 걸어가고 그 뒤를 성혜가 따르고 있다.

형석이 시장바구니를 싱크대 위에 놓고 방으로 들어가자 성혜가 사온 찬거리를 다듬기 시작했다.

더덕 껍질을 까고 갈치조림 할 무와 갈치도 손질했다. 작은 멸치와 견과류를 넣고 멸치볶음도 했다. 점차 유학 갈 날이 다가오는 지윤이에게 제철 음식을 해 먹이고 싶었다.

뒤에서 형석이 그녀의 허리를 끌어안았다. 씻고 나온 그에게서 풍기는 톡 쏘는 스킨 냄새가 싫진 않았다.

"나 바빠요."

"그래도 손 씻고 돌아봐."

"뭔데?"

형석이 그녀에게 환하게 웃으며 그녀의 손에 선물 상자를 쥐여준다. 상자를 열고 긴 스카프를 본 성혜가 환히 웃었다.

"고마워요. 그렇잖아도 긴 스카프를 갖고 싶었는데."

성혜의 젖어드는 목소리에 형석은 당황했다. 저리 약하고 순한 여자를 그동안 돌보지 못한 자신이 못나 보였다.

그는 아무 말 없이 성혜를 그저 끌어안아 주었다. 얼마나 지났을까? 그녀가 형석을 조용히 밀치며 얼른 방으로 들어갔다.

눈물을 훔치고 옷장을 열어 그녀의 검정 코트에 걸쳐놓으니 잘 어울리는 정말 화려한 색상이었다.

딸이 집으로 돌아와 모두 저녁식사를 하는데 형석이 말했다.

"우리 서해안으로 겨울 여행 떠나자."

"아빠 정말요?"

"그럼. 아빠가 생각해 봤는데 늘 바쁘다는 핑계로 눈 여행을 하지 못했잖아?"

"엄마. 우리 가요."

"서해안은 폭설이 많던데?"

"그럼 어때? 변산 쪽에는 숙박시설도 잘 되어 있던데."

"가자. 엄마."

"다 같이 가자."

딸은 엄마의 손을 흔들며 말했다.

"이번 주일 지나고 월요일에 아빠 랜드로버로 가자."

"엄마. 우린 랜드로버 못 타봤는데 꼭 가는 거지?"

"그래. 가보자. 폭설에 꼼짝 못 해도."

식사를 마치고 훈훈한 분위기에서 가족이 모여앉아 이야기꽃을 피웠다. 험한 산도 다닐 수 있는 랜드로버를 샀지만 자신도 겨우 두세 번 정도만 타고 주차장에 세워놓았는데 그 군청색 차를 타고 달리고 싶었다.

랜드로버를 몰고 가는 형석의 얼굴이 기분 좋게 빛나고 있었다. 그 옆의 성혜도 밝은 표정이다. 뒤에 앉은 지윤이는 친구와 신나게 카톡을 하고 있었다.

서해안고속도로에서 김제 나들길로 접어든 형석은 천천히 차를 몰아 변산반도로 향했다. 해안 도로를 따라가다 보니 멀리 새만금 방조제가 보였다. 어마어마한 공사비와 시간이 필요했던 큰 공사로 땅은 넓혔는지 몰라도 아름다운 갯벌은 사라지고 없었다. 새만금 방조제 안에는 서해로 흐르지 못한 동진강과 만경강 강물이 소스라쳐 새파랗게 기절하고 울부짖는 듯했다.

성혜는 그 풍경을 마음으로 받아들였다. 채석강이 있는 대명리조트에 예약한 그들은 바다가 보이는 방으로 들어갔고 바다를 보자 지윤이가 큰 소리로 탄성을 질렀다.

"엄마. 너무 아름다워. 우리나라에도 이런 곳이 있었네요."

"방방곡곡 아름다운 곳들이 숨어있을 거야. 우리가 서울에서만 살아 그래."

"우리도 여행 많이 다녀, 엄마."

"이제 아빠가 시간을 내볼게."

"네. 아빠."

그들 세 가족이 쓰기에는 넓은 방이었다. 바다가 보이는 창가에서 성혜는 해가 붉은 홍보석으로 빛나며 빠지는 풍경을 오래도록 바라보았다.

어느새 어둠이 찾아왔고 그들은 식당으로 내려가 젓갈백반과 뽕잎 고등어백반을 먹었다.

"엄마. 맛은 있는데 짜다 그치?"

"우리 입맛에 그렇지만 맞는 여행객들도 있을 거야. 그러니 이렇게 팔겠지."

"그럴까? 아빠, 나 피곤해. 자고 싶어요."

"아침부터 서둘러 나왔더니 그러네. 가요."

"일어나자. 지윤아. 아빠도 하품 나오려 한다."

"네."

방으로 돌아왔다. 지윤이가 씻고 나와서 인사하고 자러 들어갔다. 형석이 성혜를 바라보며 일어났다.

문을 다시 확인하고 형석이 씻으러 들어갔고 그녀는 거실의 불을 끄고 창가로 갔다. 함박눈이다. 폭설이었다. 나가서 걷고 싶었다.

'내일 아침에 걸어봐야지' 하고 마음을 다잡는다. 그가 샤워를 마치고 나와 창가의 성혜를 안아주며 입맞춤을 했다.

밖에는 바다 위로 함박눈이 한없이 쏟아지고 멀리 가로등은 뿌옇게 빛나고 있었다.

아침에 온 세상은 폭설로 눈꽃 나라가 되어 있었다. 지윤이가 방문을 두드리며 소리쳤다.

"엄마. 일어나 봐. 눈이 장난 아니게 많이 왔어."

"알았어. 곧 나갈게."

두 사람은 깜박 잠들어 있어서 허둥지둥 일어났다. 성혜가 먼저 씻고 나와 거실로 나가자 지윤이가 엄마를 창가로 데리고 갔다.

바다 위로 함박눈이 또 쏟아지고 있었다. 바다가 아니라 눈밭이었다. 텔레비전을 켜자 호남 서해안 지방은 폭설로 교통이 두절되었다고 생중계를 하는 아나운서도 순식간에 눈사람이 되어버렸다.

아침식사를 하고 돌아온 지윤이는 거실에서 텔레비전을 본다며 긴 의자에 누워버렸다.

"엄마하고 아빠하고 데이트해요. 엄마가 그랬잖아. 폭설도 좋다고."

"나가지 않을 거야? 엄마랑 아빠만 나간다. 멋있는데."

"다녀오세요."

"왜?"

"두 분이 나가서 점심 드시고 오세요. 나는 엄마가 가지고 온 누룽지 끓여 먹을래요."

"알았다."

두 사람은 걷기로 했다. 방으로 들어가서 열이 나는 조끼로 무장을 하고 두툼한 모자 달린 오리털 외투를 입었다. 형석은 가방에서 아이젠을 꺼내 두 사람의 등산화에 끼우고 리조트 정문으로 나와 채석강으로 걸어가기 시작했다.

오전에 물이 나가서 채석강 가까이로 걸어갈 수 있었다. 거기에 방파제가 있어서 두 사람은 걸어갔다.

위도로 가는 여객선도 눈을 뒤집어쓴 채 발이 묶여 있었다. 되돌아 걸으면서 형석이 그녀의 어깨를 감싸주었다.

대명리조트 맞은편에 마을이 있는데 숨소리조차 들리지 않는 듯 모든 것이 적막했다. 논의 벼를 벤 자리에 소복하게 눈이 쌓여 있었다.

멀리 소나무가 가지마다 동화에 나오는 것처럼 눈꽃을 달고 있었다. 사람 발자국도 없는 채석강의 눈꽃 여행은 황량한 아름다움이었다.

형석이 뒤돌아보니 성혜가 얼굴을 들어 함박눈을 맞고 있었다. 아내가 그리 어린아이처럼 좋아하자 그도 빙그레 웃었다.

형석은 다가가 성혜의 얼굴에 입맞춤하고 자신의 품 안에 안았다. 두 사람은 눈보라 속에서 오래도록 서있었다.

그는 변산반도를 검색할 때 본 내소사가 생각났다. 그는 가까운 곳에 위치한 내소사의 전나무 숲을 보려고 성혜에게 랜드로버에 타라고 말했다.

"어디 가요?"

"응. 여기 가까운 곳에 내소사가 있는데 전나무 숲이 있대."

"이 눈보라 속을 뚫고?"

"그럼. 이 차는 어디든 간다."

그는 머플러를 풀고 성혜도 모직 스카프를 풀었다. 차는 변산반도를 돌아가고 있었다. 아주 조심스럽게.

오른쪽으로 펼쳐진 바다 위로 내리는 함박눈은 정말 굵은 떡가루처럼 나풀거리며 내려왔다.

성혜는 차 안이 더워 두꺼운 옷을 벗었다. 그도 차를 멈추고 모자 달린 반코트를 벗어 뒷좌석에 던졌다.

"이제 살 만하다."

"맞아요."

내소사로 가는 길, 멀리 바다가 눈보라 속에 으르렁거리며 출렁이고 있었다.

곰소 염전 위에도 함박눈이 아주 소복하게 쌓여있었다. 형석이 기분 좋은 얼굴로 내소사 입구에 차를 주차했고 옷을 다시 입으며 차에서 나가며 말했다.

"우리 저 길은 걸어보자."

"네."

성혜도 옷을 입고 차문을 열고 나갔다. 싸늘하고 신선한 공기가 볼에 다가왔다.

전나무가 길 양쪽으로 도열하듯 그렇게 서있었다. 눈이 많이 쌓여 걷기도 힘들었고 사방은 설국이 되어 있었다.

전나무 끝에 아스라이 내소사가 보였다. 두 사람은 눈이 너무 깊어 걸을 수 없음을 알고 되돌아서 주위를 살피는데 토끼 한 마리가 눈 속에 파묻혀 꼼짝도 못 하고 있었다.

"저기 토끼예요."

"어디? 어디?"

형석이 성혜 곁으로 다가와 바라본다. 아마 배가 고파서 나왔다가 함박눈에 갇힌 게 분명했다.

두 사람이 다가가자 토끼는 도망가려 하지만 더 눈 속에 빠질 뿐이었다. 성혜가 귀를 잡고 토끼를 눈 속에서 꺼내 품에 안았다. 그리고 아예 코트 속으로 집어넣자 토끼가 더욱 성혜의 품속으로 파고들었다.

내소사를 나와 채석강으로 가다가 성혜는 잠깐 차를 세우고 토끼를 꺼내 조심스럽게 놓아주었다. 토끼가 뛰어가다가 한 번 뒤돌아 성혜를 바라보고 이내 산속으로 사라져갔다.

곰소를 지나며 한 식당에 들러 점심식사를 했는데 노릇하게 구워 나온 얇은 생선이 참 맛있었다. 김장김치도 동치미도 모두 모두 맛이 좋았다.

"이건 무슨 생선일까요?"

"글쎄……."

"아줌마에게 물어봐야지."

성혜는 솔잎차를 가지고 온 아주머니에게 물어보았다.

"이 생선 이름이 뭐죠?"

"전라도에선 박대라 하는디요이."

"네. 아주 담백하고 맛있네요."

"당신 그 맛에 빠졌다. 우리 사 가자."

"그럴까요?"

"여기 지다려요이. 나가 싸게 가서 사 올랑께요."

형석이 지갑에서 십만 원을 꺼냈고 아주머니가 나가더니 노랑 봉지에 박대를 싸 가지고 왔다. 성혜가 풀어보니 두 두름이었다.

"한 두름은 형님네 드려요. 집으로 가면서 먼저 들러요."
"그러자. 누나도 생선 좋아해."

식당을 나와 두 사람은 채석강으로 갔다. 어느새 눈은 그치고 아주 푸른 빛의 하늘이 나왔다. 오랜만에 본 하늘빛이었다.

대명리조트에 도착해 숙소로 올라가니 지윤이가 텔레비전을 보다가 반색을 한다.

"엄마. 나 심심해서 혼났어."
"그러니까 아빠가 같이 가자고 했잖아."
"배도 고프고. 누룽지는 금세 소화가 돼서."
"여긴 바닷가야. 횟집에 가보자. 옷 갈아입고 내려가자."
"네. 아빠 최고다."

두 사람은 옷을 갈아입고 지윤이와 격포 수산시장으로 천천히 내려갔다. 내려가다 자꾸 미끄러지자 성혜도 지윤이도 형석의 양쪽에 매달려 내려갔다. 그 모습이 우스꽝스러웠다.

눈보라로 바다에 나가지 못해 며칠 동안 고기잡이를 못 했지만 찾아오는 사람이 없어서 식당의 큰 수조 안에는 물고기들이 유유히 헤엄치고 있었다.

형석이 도미를 주문했고 오랜만에 손님을 맞은 주인장은 환하게 웃으며 수조에서 뜰채로 도미를 꺼내 부엌으로 가져갔다.

그들 앞에 차려진 도미 회와 여러 가지 어패류, 귀한 백합이 은박지에 싸인 채 찜으로 나왔다. 처음에는 못 먹겠다던 지윤이도 도미회가 맛있다며 잘 먹는 바람에 접시가 바닥을 보였다.

"엄마. 겨울바다도 멋있지만 먹는 것도 푸짐해서 좋아요."
"지윤이가 좋았구나?"

"네. 전라도 음식이 맛있어요."

지윤이가 엄마를 보고 말했다. 성혜 가족은 식당을 나와 숙소로 돌아가면서 해가 서서히 서쪽으로 지는 것을 바라보았다.

눈이 그치고 노랑 주홍빛으로 물든 노을이 그들에게 환상의 풍경을 선사했다.

민철은 늦잠을 자고 카메라를 챙겨 정읍의 내장산을 향해 가고 있었다. 사진작가 김영조의 사진전에서 고향인 내장산 겨울 풍경을 보고 언젠가 가보리라 생각했었다.

그동안은 오래전, 만추 때 고생을 한 기억 때문에 오지 않았다.

겨울 내장산의 풍경은 얼마나 고요하고 흠이 없는지 길가 가로수 가지마다 함박눈이 꽃을 피우고 있었다.

봄에는 벚꽃이 만개하여 꽃보라로 지고 가을에는 단풍을 구경하는 인파로 사람들을 불러들였다.

겨울이라 쉬 어두워져 그는 입구에서 저녁식사를 하고 호텔로 들어가 따뜻한 욕조에 들어가 피로를 풀었다.

물속에서 나와 침대로 들어가 푹 잠에 빠져 해가 중천에 뜰 때까지 자고 일어났다. 겨울 내장산의 경이로운 아름다움, 숨 막히게 깨끗한 저 겨울 산, 또 하늘은 얼마나 높은지 코발트빛으로 빛나고 있었다.

정읍 시내에서 아침 겸 점심 겸 식사를 하고 그는 서울로 향했다. 그의 차 안에서는 성혜 노래가 흘러나왔다. 민철은 경부고속도로 상행선 금강휴게소에 들어가 차를 천천히 몰며 빈 자리를 찾고 있었다.

주차를 하고 밖으로 나와 하늘을 바라보았다. 하늘은 맑고 높았다. 그는 선글라스를 썼다. 금강이 흐르고 그 뒤의 산들은 온통 하얀색으로 빛나 보였다.

그는 커피를 사들고 금강이 보이는 곳으로 가 따뜻한 커피를 마시며 행복한 얼굴이 되었다. 바라다보이는 금강, 강물은 꽁꽁 얼었고 그 위에 하얗게 눈이 쌓여 있었다. 순백의 자연을 보고 그도 마음이 깨끗해지는 기분이었다.

이층 창가에 앉아 가족과 차를 마시던 성혜가 그의 뒷모습을 알아보았다. 체크 머플러를 두르고 강을 바라보던 그가 돌아섰다. 그녀는 머리 위 커다란 선글라스를 다시 내리며 모자를 깊이 눌러쓰고 그가 강가를 떠날 때까지 움직이지 않았다. 그녀의 눈동자는 선글라스 속에서 그만 따라다녔다. 성혜는 그가 성큼성큼 사라지고 나서도 한참을 더 머물다 그곳을 떠났다.

성혜는 아직도 혼자인 그 뒷모습에 눈물이 났다. 이 무슨 마음 아픔인가? 그녀의 마음속에서 심연을 울리는 소리가 아우성 되어 그녀를 뒤흔들어 놓았다.

뒷자리에 앉아 있던 지윤이의 낮은 코고는 소리에 성혜가 그만 웃고 말았다. 그제야 형석도 그녀를 바라보며 함께 웃었다.

고등학교 2학년이 되자 지윤이는 빈으로 가기 위해 자퇴를 했다. 자퇴를 하던 날, 성혜는 지윤이네 학교로 가서 이 선생님을 만났다.

빈으로 떠나다

성혜는 딸과 함께 인사하러 이 선생님을 찾아갔다.
"선배님, 지윤이 유학 가는군요?"
"담 주에 떠나. 이 선생 여동생 휴대폰 번호를 알아야 빈에 가서 연락을……."
"네. 잠깐만요."
이 선생님은 휴대폰을 눌러 메모지에 이채란의 폰 번호를 써서 건네주었다. 이 선생님은 옆에 있는 지윤이를 안아주면서 말했다.
"지윤아, 네 꿈을 꼭 펼쳐라. 선생님이 기대할게."
"네, 선생님. 열심히 노력할게요."
"그래. 잘 가."
"선배님. 오늘 집에 가서 전화해 놓을게요."
"그래 주면 고맙고. 빈에 가서 만나야지."
"저도 몇 년 전에 갔는데 정말 아름다웠어요."
"그동안 고마웠어."
성혜는 이 선생님과 인사하고 지윤이를 차에 태워 교문을 나섰다.

"엄마, 잠깐만."

지윤이는 차에서 내려서 학교와 운동장을 둘러보았다. 쉽사리 학교를 떠나지 못하는 지윤이를 보며 성혜가 클랙슨을 짧게 울렸다.

지윤이가 성혜 내외와 함께 빈으로 떠나는 날, 인천공항에 고모가 나와서 지윤이를 끌어안았다.

빈에 도착해 하루를 푹 쉬고 이채란에게 연락했다. 반갑게 통화를 하고 삼 일 후 오후 다섯 시에 호텔로 픽업하러 오기로 약속했다.

그들은 푹 쉬고 나서 빈의 벨베데레 궁전을 향해 발걸음을 옮겼다. 프랑스의 베르사이유 궁전 못지않게 크고 아름다웠다. 장미를 비롯해 갖가지 꽃들이 피어있었다.

얼마 전 클림트의 작품이 알려지기 시작할 때부터 익히 보아온 〈키스〉 앞에는 여행객들로 붐비고 있었다.

방마다 다른 빛깔로 장식되어 있었고 유럽의 궁전에 있는 부드럽고 아름다운 천장화가 성혜의 발걸음을 더디게 만들었다. 지윤이는 아빠와 손을 잡고서 아주 평안한 모습이었다.

그림들이 여행객들을 유혹하고 있었다. 다리가 아픈 여행객들을 위한 작은 의자도 놓여있었다.

다시 그들은 빈의 혼이라 불리는 슈테판 대성당으로 발걸음을 옮겼다. 웅장하고 뭐라 표현할 수 없는 중압감이 성혜를 짓눌렀다.

두 마리의 말이 끄는 마차가 빈의 여행객들을 실어 나르고 있었다. 검정색 보도 위 말들의 배설물들로 냄새가 났지만 꾹 참았다.

성혜는 대성당 안의 화려하고 엄숙함이 좋았다. 거기에 베드로 성인은 천국 열쇠를 쥐고 있었다. 베드로는 12사도 중 예수의 가장 큰 사랑을 받았다. 십자가에서 내린 가시면류관을 쓴 예수의 상반신 조각상 앞에서 성혜는 뭐라 말할 수 없는 뜨거운 마음으로 두 손을 모으고 서있었다. 그곳의 촛불 켜는 자리에는 앉은뱅이 하얀 초들이 저마다 몸을 불사르며 눈물을 흘리고 있었다. 아빠랑 다니던 지윤이가 엄마에게 다가와 손을 꼭 잡았다.
"엄마. 나 이 성당에 다니고 싶다."
"뭐라고?"
"나 성당 다니고 싶다고."
"응. 성당이 맘에 들었나 보다. 그래. 기독교도 성당도 뿌리는 같으니까."
"네. 너무 분위기가 좋아요."
"분위기로 믿는 건 아니다."
"알아요. 엄마랑 아빠랑 서울 가면 내가 의지할 곳은 여기인 거 같아서."
"그래. 그렇게 해."
형석은 딸과 아내가 진지하게 말하는 것을 지나쳐 긴 의자에 가서 앉았다.
지윤이가 다가와서 형석의 곁에 앉으며 말했다.
"아빠, 나 이 성당에 다닐래요."
"엄마가 그러래?"
"네. 뿌리는 같다고. 나 혼자서 의지할 곳도 없는 빈인데……."
"그럼 그렇게 하렴."
"아빠, 여행객들이 나가요. 우리도 가요."
"그럴까?"
그들은 성당을 나와 케른트너 거리로 발걸음을 옮겼다. 지윤이는 오스트리아 빈의 케른트너 거리에서 맨 처음 모차르트를 만났다.

"엄마. 저길 봐요. 모차르트다."

"맞다. 저 곳에서 마지막을 맞았다는데……. 불운한 음악가."

"정말 좋다. 빈에 오니까."

지윤이는 저만치 떨어져 혼자 걷는 아빠에게 달려가 팔을 잡고 짓궂게 흔들었고 형석은 그런 딸이 싫지 않았다.

유명한 명품 매장이 들어서 있고 스와로브스키 매장이 눈에 들어왔다. 브로치를 좋아하는 성혜의 손을 잡고 형석이 매장으로 들어섰다.

지윤이도 얼른 뒤따라 들어왔다. 매장 안의 화려함으로 성혜는 황홀했다.

너무 예쁘고 아름다운 브로치 앞에서 무엇을 살까? 고민할 수밖에 없었다. 그녀는 형석이 사준 브로치가 마음에 들었다.

매장을 나와 거리를 걸으며 꽃집에 형형색색으로 피어난 꽃을 보았다. 우리나라 꽃들과 달리 하나같이 큰 꽃들이다.

앙커 시계를 바라보면서 여행객들은 환호성을 질렀다. 지윤이가 성혜의 팔을 흔들며 환하게 웃어주었다.

"엄마, 너무 고마워요. 이런 도시로 유학 보내줘서."

"지윤아, 아빠에게 고마워해야지."

"맞다. 아빠는 어딜 가고 안 보이네?"

"어딜 갔나?"

성혜와 지윤이가 두리번거리다가 앙커 시계 앞에서 웃고 있는 형석을 발견하고 지윤이가 뛰어갔다.

앙커 시계 앞에서 어린아이처럼 웃는 그를 보며 성혜는 '저렇게 순수한 남자였나?' 하는 생각이 들었다.

모두 함께 여행을 오니 마음이 편하고 회사일도 생각지 않아 마음껏 즐기는 것이리라. 지윤이가 형석에게 다가가서 깜짝 놀라게 하는 모습이 재미있었다.

여행객들과 천천히 걸으며 자연스럽게 국립 오페라극장에 도착했다. 언제나 음악애호가들이 좋아하는 극장이었다.

신년음악회를 텔레비전으로 보면서 언젠가 가보고 싶다는 꿈을 꾸었던 그 오페라극장 앞에서 성혜가 심호흡하며 바라보았다.

형석과 지윤이가 그녀의 곁에 와 섰는데도 성혜는 꼼짝도 하지 않았다.

"엄마. 무슨 생각을 그리 골똘히 하는 거야?"

"응. 너무 좋아서. 오페라극장 앞에 서있다는 게 실감이 나질 않아."

"웅장하다. 그치 엄마?"

"해마다 신년음악회가 열리는 곳이잖아."

"나도 언젠가 이곳에서 연주했으면……."

"엄마도 기도할게."

성혜와 지윤이가 마주 보며 웃었다.

그들은 택시를 타고 쉔부른 궁전에 도착했다. 쉔부른 궁전은 오스트리아 합스부르크 왕가의 여름 궁전으로 '아름다운 샘'이라는 뜻을 가진 곳이다. 오스트리아 왕족들과 신료들의 여름 피서지(?)였다는 궁전은 아름다웠다. 또한 이곳은 텔레비전에서 보았던 여름밤 비엔나 필하모니 음악회 장소였다.

그 아름답고 화려함을 텔레비전을 통해 익히 알고 있었던 성혜는 정원 중앙의 무대를 기억해냈다. 밤하늘을 수놓았던 불꽃들과 지정석에 앉지 못해도 궁전 앞 언덕에 자유롭게 앉아 있던 젊은 음악도들의 열정과 패기를 느낄 수 있었다. 여름밤이 아니어서 별들이 반짝이며 흐르고 명멸하던 서치라이트는 없지만 그녀는 충분히 유추해낼 수 있었다. 아가를 유모차에 싣고 한가롭게 산책 나온 젊은 엄마들의 모습이 평화로워 보였다. 울창한 숲길 사이를 혼자 달려온 중년 아저씨의 모습도 볼 수 있었다. 이렇게 느긋하게 살며 삶을 여유롭게 보내는 그들이 부러웠다.

글로리에테로 걸어가는 양쪽 정원에 핀 원색의 갖가지 꽃들이 성혜의 마음을 훔치고 있었다. 그 끝 길에 있는 넵튠 분수는 아름다운 조각상과 더불어 여행객들을 반겨주었다. 오래전 로마 여행에서 만난 트레비 분수하고 비슷한 느낌을 받았는데 그 둘 다 같은 바다의 신이 조각되어 있어서 그랬다. 다만 빈의 넵튠 분수에는 하얀 조각상들이 있지만 로마에는 모두 대리석으로 만든 점이 달랐다.

성혜는 옆으로 다가온 딸에게 이끌리어 넵튠 분수를 지나 글로리에테로 걸어갔다. 형석은 이미 그 앞에서 궁전을 내려다보고 있었다. 아름다운 쇤부른 궁전이 보였다. 글로리에테 옥상으로 올라가서 보니 오래된 아름다운 빈 시내가 보였다. 성혜는 마음이 평안한 느낌을 받았다.

"엄마. 나 다리 아프다. 호텔로 돌아가자."

"그래? 아빤 어디 계시니?"

"아빠도 다리 아픈가 봐. 먼저 내려갔어."

"가자 우리도."

"그분들께도 오늘은 연락해야지, 엄마?"

"호텔에서 쉬면서 연락하자."

"그래요. 어서 가요."

성혜는 딸과 천천히 글로리에테를 뒤로하고 숲길로 내려왔다. 쇤부른 궁전 옆에 나무들이 있었고 형석은 거기 의자에 앉아서 딸과 성혜가 걸어오는 것을 보자 다가왔다.

"우리가 늦게 내려왔죠? 지윤이가 피곤한가 봐요. 호텔로 가자네요."

"그럽시다. 나도 피곤하네."

"네. 가요, 아빠."

그들은 호텔로 돌아와 침대에서 푹 자고 난 다음 다시 밤의 빈 거리로 나섰다.

빈의 야경을 보려면 도나우 타워로 가야 하지만 먼저 슈니첼을 먹기로 했다. 유명한 피그뮐러는 예약이 필수라 그냥 슈니첼을 하는 집으로 들어갔다. 그래도 실내 분위기는 아주 좋았다. 슈니첼이 나왔는데 얇게 곁들인 감자 샐러드가 일품이었다. 형석과 성혜는 흑맥주를 마셨고 지윤이는 그냥 음료수를 마셨다.

엘리베이터를 타고 도나우 타워로 올라갔다. 바라다보이는 빈의 야경이 너무 멋있었다. 노란 선과 하얀 선이 아름다웠다.

서울보다 오래된 도시 빈. 그러나 그들은 난개발을 하지 않았고 도시는 신비로웠다.

지윤이가 유학을 떠난 후 세 번째 봄이 지나가고 있었다. 성혜는 섬김의 일에 적극적으로 나섰다. 성가대의 반주자에서, 이제는 요양병원과 노인들의 쉼터에서 노래도 가르치며 딸이 떠난 빈자리를 채우고 있었다.

봄의 끝자락에 지윤이가 전화를 했다.

"엄마. 나야. 이번 여름방학 때 서울 집에 가려고."

"그래? 집에 온다니 반갑다. 유명 인사가 되기 전에는 오지 않겠다더니."

"그렇게 되었어요. 내년에 피아노 콩쿠르 나가기 전에 꼭 해야 할 일이 생겨서요."

"아주 놀랄 일이 있나 보다."

"네."
"언제쯤 오는데?"
"방학이 칠월 중순이니까. 바로 갈게요. 칠월 이십일쯤요. 인천공항에 도착해서 전화할게요."
"그래. 알았다."
휴대폰을 누르며 성혜는 딸이 온다는 소식이 좋아 바로 형석에게 전화했다.
"저예요."
"당신이 평소에 잘 하지 않던 전화를 한 걸 보니 좋은 일이 있나 보네."
"지윤이가 칠월 중순경에 온다고 전화 왔어요."
"그래? 무슨 일 있나?"
"그러게요. 내년에 콩쿠르 나가기 전에 할 일이 있대요."
"좋은 일일 거야."
"그렇죠?"
"나 오늘 일찍 들어갈게. 나가서 밥 먹자."
"네. 기다릴게요."
지윤이가 유학을 간 후 형석은 더 가정적이 되었고 성혜도 그의 마음을 헤아리게 되어 예전과는 많이 달라졌다.
형석이 일찍 집에 들어와 두 사람은 집 가까이에 있는 〈우리밀 수제비〉 집으로 갔다.
성혜는 어릴 때 어머니가 만들어준 맛을 내는 이 집을 좋아해서 가끔 비 오는 날이면 수제비 집을 찾아갔다.
"근사한 저녁식사를 먹고 싶었는데."
"수제비 먹어보지 못했죠? 여긴 엄마 손맛이거든요."

오십 대 중년이 성혜를 반갑게 맞아주고 그들은 창가의 빈자리에 가서 앉았다. 자리는 금세 손님들로 꽉 들어차서 문을 열고 들어오려다가 되돌아가는 사람들도 있었다.

수제비가 나오고 시원한 동치미와 겉절이가 하얀 접시에 담겨 나왔다. 형석이 수제비를 한 숟가락 먹고 나더니 성혜에게 엄지를 들어보였다. 그리고 마파람에 게 눈 감추듯 했다.

"여기 언제 알고 다녔어? 이런 맛 처음이다."

"맛있죠? 어느 비 오는 날에 이 동네를 돌아다니다가……."

"또 비 오는 날이었군."

"한 그릇 더 시켜요?"

"아니 됐어. 너무 많이 먹으면 탈 난다."

"네. 다 먹고 가요."

성혜가 수제비를 다 먹고 자리에서 일어나자 형석도 따라 일어나 같이 집으로 걸어갔다.

아파트의 꽃밭 사이를 걷다가 이제 막 피어나는 목련을 보았다. 눈부시게 아름다운 목련. 봉오리를 여는 그 모습이 가장 아름다울 때였다.

성혜의 눈길이 목련에 머물자 형석도 그녀 곁에서 바라보았다. 그리고 그렇게 오래도록 서있는 성혜의 손을 잡아끌었다. 그녀는 웃어 보이며 발걸음을 옮겼다.

집으로 돌아와 주방으로 간 성혜가 물을 끓이고 장미 꽃잎을 꺼내 찻잔에 세 개씩 넣었다.

거실에 앉아 텔레비전을 보는 형석이 곁에 앉으며 장미차를 내밀었다. 향기로운 장미 향이 그들을 감싸 안았다.

"장미차구나?"

"향기롭죠?"

"나는 다음부터 커피 줘."

"그럴게요."

성혜의 목소리가 갑자기 작아지자 형석은 그런 그녀를 와락 끌어안았다.

"장미차는 여자에게 좋대. 나는 커피가 좋아."

"알았어요."

"그런데 지윤이에게 무슨 일일까?"

"나도 모르죠. 목소리가 밝은 거 보니 좋은 일 같아요."

"뭘까?"

"혹시 사랑하는 남자?"

"나이가…… 이제 겨우 스물이잖아."

"집 떠나 있으니 더 쉽게 사랑에 빠질 수 있는 나이죠."

"어떤 녀석일까?"

두 사람은 갑자기 지윤이가 사랑에 빠졌다는 상상을 하고 침묵했다. 사랑이 너무 아픈 상처로 남은 성혜가 먼저 방으로 들어가고 말았다. 이내 샤워하는 물소리가 들려왔다.

샤워하며 그녀는 울었다. 몇 번이나 다짐하고 다짐했건만 오늘 또 그녀는 울고 말았다. 그렇게 오래도록 빗줄기를 맞는 것처럼 서있었다.

너무 오래 물소리가 그치지 않자 거실에 있던 형석이 방으로 들어와 아직도 흐르는 물소리 나는 욕실 문을 열었다.

거기에 온몸으로 물줄기를 맞으며 그녀가 벽에 기댄 채 앉아 있었다. 형석이 황급히 들어와 성혜를 커다란 수건으로 감싸 안고 침대에 눕혔다. 그리고 그녀의 얼굴에 귀를 가까이 대고 숨소리를 들어보았다. 다행히 정상의 숨소리로 돌아오고 힘겹게 눈을 뜨려 했다.
"그냥 푹 쉬어. 내가 미안하다. 평생 그 사랑이 당신을 아프게 만든다."
"……"
성혜의 눈물이 주르륵 흐르고 있었다. 그녀가 옆으로 누우며 이불을 머리끝까지 올리려 하지만 놓쳐 버리자 그가 이불을 올려주고 다독여주었다.

인천공항으로 지윤이를 마중 나온 성혜 부부는 손을 흔들며 나오는 지윤이 옆의 청년이 먼저 눈에 들어왔다. 동양인이었지만 한국인이 아닌 건 분명했다. 동시에 두 사람은 마주 보았다.
"엄마. 아빠."
지윤이가 가방을 청년에게 맡기고 달려와 안겼다. 그 청년도 환하게 웃으며 다가와 서툰 우리말로 인사했다. 두 사람은 깜짝 놀라며 딸을 바라보았다.
"아빠. 피터 왕이라고 해요. 바이올린 전공이고 같은 학교에서 공부해요."
"우선 집으로 가서 얘기하자."
형석은 어색하게 공항을 나와 함께 집으로 향했다. 성혜가 그의 옆모습을 보았는데 평소의 모습이 아니었다. 무척이나 실망하고 화난 모습이었다.
거실에서 청년과 인사를 했고 성혜는 지윤이가 좋아하는 수박을 들고 나왔다.
"아빠. 우리 교제를 허락해 주세요."

"……"

"오면서 칭다오 피터 집에도 들렀어요."

"넌 아직 어리잖아?"

"아빠. 피터 나이도 있고 서로 돌봐줄 수 있어요."

"겨우 스물인데?"

"아빠. 피터 집에선 승낙하셨어요."

형석이 성혜를 바라보았다. 아마 그녀는 찬성하겠지만 자신은 딸을 잃어버릴 것만 같았다. 그녀가 침묵하며 그를 바라보았다. 두 사람의 시선이 허공에서 불꽃 튀었다.

"지윤아. 우선 피터를 호텔로 가 쉬게 해. 이런 거 보이고 싶지 않다."

"네. 엄마. 갔다 올게요."

성혜의 말에 지윤이가 피터와 함께 밖으로 나갔고 힐튼 호텔로 안내했다. 피터는 나가려는 지윤이를 끌어안고 깊은 키스를 했다.

"피터. 나 집에 갈게. 엄마 아빠가 당황하셨나 봐."

"나도 이해해."

지윤이는 피터를 남겨두고 서둘러 집으로 돌아왔다.

지윤이가 들어오자 두 사람은 언성을 높이고 싸운 듯 성혜의 얼굴이 흥분으로 발갛게 상기되어 있었다.

지윤이가 거실에 앉아있는 아빠, 엄마 앞에 무릎을 꿇고 고개를 푹 숙인 채 눈물을 뚝뚝 흘렸다. 형석이 그 모습에 벌떡 일어나 안방으로 들어가고 성혜는 딸을 꼭 끌어안았다.

"엄마. 미안해."

"……"

"피터와 결혼해 잘 살게."

빈으로 떠나다 153

"정말 사랑하니?"
"응. 피터도 날 굉장히 아껴주거든."
"종교는 있어?"
"피터는 개신교야."
"넌 어떡할 건데?"
"피터랑 같이 다녀야지."
"피터네 집에선 뭐라 했어?"
"나이 차는 많지만 잘 살아라, 축복한다고."
"피터는 몇 살인데?"
"스물일곱. 일곱 살 차이. 좀 많긴 하지 엄마?"
"그렇구나. 나이 차가 있어야 서로 귀하게 여기며 산다더라."
"아빠 뭐래?"
"당연히 반대지. 자기 귀한 딸 도둑놈같이 뺏어간다고."
"킥킥. 아빠 납치했으면서."
"……"
"엄마 미안."
"사랑한다면 엄마가 아빠 설득해 볼게."
"고마워. 엄마."
"엄마가 살아보니 사랑하는 사람과 평생을 같이한다는 게 행복이더라."
"사랑해. 엄마."

거실에서 성혜와 딸은 늦은 시간까지 낮게 웃으며 이야기했다. 방에서 형석은 잠들지 못하고 뒤척이고 있었다.

한밤중이라 모녀의 목소리는 들리지 않았지만 웃는 소리가 들려왔다. 그는 성혜가 방으로 들어와 옆자리에 눕자 그녀를 꼭 안아주며 말했다.

"이제까지 무슨 얘기가 그리 많아?"
"응. 피터랑 사랑에 빠졌네요. 중국인이고 지윤이를 정말로 사랑해요."
"……"
"당신이 지윤이에게 져 줘요. 그것이 딸을 사랑하는 아빠가 할 일인 거 같아요."
"그리 쉽게 인정할 수 없어. 내겐 귀하고 귀한 딸이야."
"딸이 행복하길 원하세요?"
"당연하지. 어떤 아빠가 딸이 불행하길 원해?"
"그럼 지윤이가 피터 데리고 오면 그냥 못 이긴 척 승낙해 줘요. 기분 좋게."
"당신 자. 나는 좀 더 생각해 봐야겠어."

형석은 안고 있던 성혜를 밀치고 나갔다. 그는 주방에서 커피 한 잔을 타서 창가로 가더니 거실 커튼을 걷고 어둠 속에서 밖을 바라보았다.

자신이 성혜를 사랑한다며 그녀를 납치 결혼해 이제껏 살았지만 자신도 성혜도 행복하지 못한 걸 인정할 수밖에 없었다.

지윤이가 사랑한다고 함께 온 피터가 당당했다. 잘 생겼고 게다가 태도는 자신의 젊은 날보다 신사적이었다.

그는 커피를 다 마시지 못하고 식탁에 잔을 놓았다. 오늘따라 성혜에게 미안한 마음이 들었다.

며칠 전 샤워하면서 온몸으로 울었던 그녀가 생각났다. 자신의 사랑이 그녀에게 얼마나 큰 상처가 되었을까? 뒤돌아보지 못하고 왜 나는 행복하지 못한가에 늘 의문을 품었던 것이 바보 같았다.

성혜가 잠에서 깨어나 옆자리에 손을 뻗어보니 그때까지 형석은 들어 오지 않았다.

거실에 나와 살피니 창밖을 바라보는 그의 뒷모습이 왠지 쓸쓸해 보여 성혜는 천천히 걸어가 그의 등에 얼굴을 묻으며 그를 안았다.
형석이 뒤돌아서 그녀를 안고 뜨거운 입맞춤을 했다. 그 어느 때보다 더 강렬하게…….

지윤이가 늦잠을 자는 것을 보고 형석은 회사로 출근하면서 엘리베이터 앞까지 배웅 나온 성혜에게 말했다.
"오늘 지윤이하고 피터하고 당신 나와."
"어디로요?"
"〈라연〉에서 저녁식사 하자고 말해."
"네."
"회사 가서 일곱 시에 예약하라고 할게."
"두 사람 좋아하겠네요. 고마워요."
"당신에게 내가 두 손을 든 거지."
"아무튼요."
대답을 하는 성혜의 얼굴이 한층 밝아 보였다. 엘리베이터를 타며 그가 손을 흔들었다.
집에 들어오니 샤워하는 소리가 났다. 한참 후에 나온 딸의 얼굴이 빛나고 있었다. 좋은 나이다. 얼굴에 스킨 하나만 발라도 예쁜 나이다. 지윤이가 웃으며 방으로 들어갔고 성혜도 따라 방문을 열고 들어갔다.
"아빠 출근하는 소리가 나서 깼어. 엄마."
"그래. 너 오래 자라고 그냥 나가셨다."
"응. 어제 엄마랑 아빠랑 오랫동안 얘기하던데?"
"잠 못 잤구나?"

"응. 강행군이어서 피곤했는데 아빠가 쉽게 허락하지 않네."
"걱정 마. 어젯밤에 아빠랑 얘기했는데 승낙했어."
"아빠가? 엄마한테 설득당하신 거네."
"자식 이기는 부모 없다는 말이 맞더라."
"엄마. 미안해. 아마도 한국 사람을 원했을 텐데."
"그건 맞다. 우린 사위랑 한 마디 말도 할 수 없을 것 같다."
"피터한테 우리말 배우라 할게."
"그래 주면 고맙고. 같이 시장에서 쭈그리고 앉아 떡볶이 먹긴 틀렸네."
"그건 무리다. 나랑 둘이서 먹자. 피터 빼고."
"그래."
지윤이가 성혜를 꼭 안아주었다. 딸의 심장소리가 크게 들려왔다.
"엄마. 집밥 먹고 싶다."
"그래. 같이 먹자."
성혜가 부엌으로 들어가자 딸이 그녀 뒤를 쫓아와 식탁을 닦고 수저를 놓았다. 감자를 깔고 갈치찜을 한 그 냄새에 얼굴빛이 환해졌다.
"와 오랜만이다. 맛있겠다."
"니가 좋아하잖아. 그리고 시원하게 오이냉국 만들었다."
"네. 좋아요. 엄마, 밥 줘요."
딸은 오랜만에 집에서 맛있게 식사했다.
"엄마. 커피 내릴게."
"그래? 고마워."
그녀도 식사를 마치고 일어나 빈 그릇들을 씻었다. 커피 향이 부엌에 가득 차고 딸은 커피를 따라 거실로 갔다.
"엄마 빨리 와요. 커피 식어요."

"곧 갈게."
엄마가 와서 옆에 앉자 지윤이가 그 옆에 꼭 붙어앉았다.
"덥다."
"서울에서는 엄마 곁에 꼭 붙어있을 거다 뭐."
"이젠 피터랑 그래라."
성혜는 딸에게 말했다.
"아빠가 오늘 저녁 사준다고 신라호텔 〈라연〉으로 일곱 시까지 오래."
"와. 정말? 아빠 멋쟁이다."
"전화드려라."
"바로 할게."
지윤이가 곧장 형석에게 전화를 걸었고 받는 소리가 들려왔다.
"아빠. 나 지윤이."
"일찍 일어났구나? 피곤할 텐데."
"고마워요. 엄마한테 지금 들었어요."
"나는 그렇지 않은데 네 엄마가."
"아무튼요."
"엄마에게 고맙다고 해."
"네. 저녁에 만나요. 아빠."
"응. 예약 끝났다."
"사랑해요."
딸이 수화기를 내려놓고 성혜를 와락 끌어안았다.
"왜 그래? 큰 아이가."
"아빠가 엄마 보고 고맙다고 하래. 난 알아요."
"……"

"피터에게 전화해야겠다."

"어디 있는데?"

"힐튼."

"너 좀 더 쉬었다 피터에게 가서 일곱 시까지 〈라연〉으로 와. 엄마는 그냥 아빠랑 갈게."

"알았어 엄마. 이제 나 잠이 쏟아져."

"그래. 푹 자고 일어나."

그때 휴대폰이 울려서 보니 현미였다.

"뭐 하니?"

"응. 지윤이 와서 얘기해."

"지윤이 숙녀가 되었지?"

"그럼. 시집간다고 친구 데리고 왔네."

"뭐? 벌써?"

"꽃다운 스무 살인데."

"축하해."

"지윤이 보러 갈까?"

"공주님 어쩌고?"

"유치원에서 늦게 오니까."

"잠 온단다. 나중에 봐."

"알았어."

성혜가 전화를 끊자 딸이 웃으며 방으로 들어갔다.

〈라연〉에서 만난 형석과 성혜에게 피터는 정중하게 인사했다. 곁에 서있던 지윤이도 같이 인사했다.

"앉게나. 지윤아, 너도 앉아."

"네. 아빠."

두 사람을 마주하고 보니 잘 어울리는 것 같았다. 아직도 경직되어 있는 피터에게 성혜가 말했다.

"지윤아. 시험은 통과되었다고 말해."

"네. 엄마."

지윤이가 피터에게 말하자 그제야 환하게 웃어 보였다.

"고맙습니다. 아버님. 어머님."

어눌하지만 한국말을 하는 피터의 마음을 알 수 있었다. 형석도 피터의 말에 고개를 끄덕이며 좋아했다.

한정식 예를 시키니 주전부리부터 차례로 여러 가지 음식들이 나오고 그 외에도 고급스러운 그릇에 반찬들이 나왔다.

마지막으로 오미자차와 함께 쌀로 만든 박산이라는 과자도 나왔다.

"아빠. 여름방학 끝에 결혼하고 싶어요. 공부 중에 또 시간을 낼 수 없어서."

"그럼 언제니?"

"팔월 마지막 주."

"뭐? 그렇게 빨리."

"어차피 빈에서 살잖아요. 피터가 큰 집에서 사니까 내 짐만 옮기면 되고 그냥 커플 반지만 있어도 되는데."

"잠깐만 엄마가 생각을 해보자."

"아직 상견례도 못 했잖니?"

"아빠. 전화하면 내일이라도 오실 수 있어요?"

"……"

지윤이가 피터에게 말하자 그가 고개를 끄덕였다.
"지윤아. 다른 데서 얘기하자."
"네. 집으로 가서 얘기해요."
"그래. 집이 좋겠다."
그들은 〈라연〉을 나와 집으로 돌아왔다. 성혜가 다과를 준비하자 지윤이가 곁에서 도와주었다.

참 아름다워라

성혜가 수박을 예쁘게 자르며 작은 목소리로 딸에게 말했다.
커다란 접시에 과일은 서로 다채로운 색깔로 마치 두 사람을 축하하는 듯 보였다.
"엄마, 참 예뻐요."
"내가 지금 피터에게 점수 따려고 고심하면서……"
"네. 미안해요. 엄마."
딸이 성혜를 뒤에서 가만히 안아주었다.
"지윤아 왜 그리 서두르니? 그리 좋아?"
"혼자 오래 사니까 외롭잖아. 지난 여름방학 때 쇤부른에서 음악회 하는데 언덕에 자리가 없어 두리번거렸어. 그때 누군가 내게 손짓을 하더라고."
"그게 피터였어?"
"응. 피터도 빈에 온 지 얼마 되지 않아 혼자 음악회에 왔나 봐."
"그래서?"
"같이 음악회 보고 얘기하는데 우리 학교에다……"

"그랬구나?"

"동양인이지만 한국인이 아니어서 망설였는데 피터가 그 후로 늘 내 주위를 맴돌아서."

"그래도 널 그리 아껴주니 고맙지. 피터 집은 어때?"

"칭다오 갑분데도 기독교 집안이라서 그런지 검소했어. 할아버지, 할머니, 아버지, 어머니……. 아무튼 대가족이야. 형은 아버지 회사에서 전무래. 누나는 미국 유학 중이고."

"나중에 더 얘기하고 우선 나가자."

잘 익은 수박과 멜론이 담긴 쟁반을 지윤이가 들고 나갔다. 아빠는 피터와 영어로 말을 하고 있었다. 외국 출장이 잦은 형석은 영어회화에 능숙했다.

"무슨 얘길 그리 재미있게 해요?"

"널 만났던 얘기."

"쉔부른 궁전 음악회?"

"그래. 너희가 그리 사랑한다니 더 이상 만류도 못 하겠고 일단 상견례 하고 나서 정하는 거로 얘기됐다."

"고맙습니다. 아빠."

지윤이가 좋아하며 아빠를 끌어안고 뽀뽀해 주었다.

"녀석."

딸아이에게 말을 하는 그의 목소리가 떨리고 있었다. 성혜는 부엌으로 가면서 눈물을 훔쳤다.

이틀 후, 서울에 온 피터의 부모님과 만난 지윤네 가족은 저녁식사를 하면서 화기애애한 분위기였다. 중국인이어서 음식도 역삼동에 있는 중국 음식으로 대접했다.

주인장이 중국인이어서 그들과 이야기도 잘 통해 분위기가 좋았다. 형석은 피터 아버지와 간단한 영어로 소통했다. 팔월 마지막 금요일 오후에 두 사람이 섬기는 교회에서 목사님의 주례로 결혼식을 하기로 결정했다. 양가가 매우 흡족해했다. 예물은 결혼 커플 반지로 하자며 피터가 먼저 제안했다. 성혜는 조금 서운한 마음이었지만 내색하지 않았다.

피터 부모님이 칭다오로 떠났고 피터는 서울에 남아 지윤이와 함께 반지와 결혼식에 필요한 것들을 준비하느라고 분주했다.

티파니에서 커플 반지를 사고 수많은 웨딩드레스 중에서 공주풍의 하얀 웨딩드레스를 선택했다. 부케는 커다란 파란색 수국 한 송이로 정했다. 피터의 결혼 예복은 무난한 정장으로 예약했다. 바쁜 중에도 행복해하는 지윤이를 보면서 성혜는 그런 아름다운 시간들이 없었던 자신의 지난날이 떠올랐다.

어느 비 오는 날 오후, 소나기가 쏟아져 강물이 넘쳐흐르는 한강에서 성혜는 서러운 눈물을 흘리고 있었다.

지윤 결혼식 전날에 피터 온 가족이 서울로 날아왔다. 할아버지와 할머니, 부모님과 형 내외, 조카들, 누나 내외와 피터의 친구들도 여럿 같이 왔다. 그들은 신라호텔에 2박 3일의 여장을 풀었다.

그들과 저녁식사를 하고 난 뒤 피터의 할아버지와 할머니를 방에 모셔다 드릴 때 지윤이는 할머니의 작은 발을 보았다.

"편히 주무세요."

지윤이와 피터가 인사를 하자 할머니는 인자한 웃음을 띠고 두 사람을 번갈아 안아주었다.

피터 부모님이 지윤이와 피터를 대동하고 지윤이네 집을 방문했다. 명목은 다과를 같이하는 거였지만 사실 피터 어머니가 막내며느리에게 패물을 주기 위해 마련한 자리였다.

거실에서 차를 마시며 형석과 피터 아버지, 피터는 이야기꽃을 피우며 세 여자가 사라진 줄도 몰랐다.

피터 어머니는 작은 가방을 들고 지윤 모녀와 함께 지윤이 방에 있었다. 피터 어머니는 가방을 열고 보석함을 꺼내 성혜 앞으로 공손하게 건넸다.

그녀가 보석함을 열자 눈부신 12개의 보석들이 가지런히 보석 상자 속에서 빛나고 있었다. 성혜는 너무 놀라서 말을 잊었고 지윤이는 탄성을 지르며 입을 가렸다. 티파니의 결혼 커플 반지가 내심 서운했던 성혜는 환희 웃으며 두 손으로 피터 어머니의 손을 잡았다.

"고맙습니다."

"……"

"어머니. 감사해요."

서로 말은 통하지 않았지만 그들은 알 수 있었다. 세 사람 모두 만족했다는 것을.

문을 두드리며 피터가 들어왔다.

"지윤아. 마음에 드니?"

"응. 그런데 내 손가락 사이즈는?"

"우리 반지 고를 때 알아뒀지. 알아오라 하셨거든."

"놀랐어. 엄마도 나도."

"네게 해주고 싶으셨나 봐."

"고마워요. 어머니."

참 아름다워라   165

"……."

지윤이가 환히 웃으면서 피터 어머니에게 고개를 숙였다.

잠시 후 피터네 가족이 돌아갔다. 형석이 그들을 호텔까지 바래다주었다.

"지윤아. 너 무슨 좋은 일 있니? 얼굴이 환한 것이 뭔가 있나 보네."

"아빠. 피터 어머니가 보석을 많이 해주셨어요."

"지윤아, 얼른 아빠 보여드려."

지윤이가 방으로 들어가서 보석함을 들고 나왔다. 형석이 보기에도 귀한 보석들인 것 같았다.

형석이 성혜와 지윤이를 꼭 끌어안았다. 내일이면 부모 곁을 떠나는 딸을 보며 마음을 뭐라 표현할 수 없었다.

"잘 살아야 한다. 지윤아."

"네. 아빠. 두 분 다 사랑해요."

"우리도."

세 식구는 말없이 끌어안았다.

"지윤아. 어서 자. 내일 최고의 신부가 되려면 잠을 푹 자야 한단다."

"그래. 우린 우리 방으로 갑시다."

"가요. 엄마 불 끈다."

"네. 엄마."

성혜는 불을 끄고 나와 샤워하러 들어갔다.

형석은 착잡한 마음으로 침대에 누워 자신의 오래전 상황을 생각해 보았다. 그때는 그것이 사랑이라고 생각했다. 아주 용감한 사랑의 표현이라고…….

지금 돌이켜 생각해 보니 정말 못된 사랑의 표현이었다. 퇴근길에 납치당한 딸을 두고 어찌 편안히 잠잘 수 있었겠는가? 어찌 밥이라도 먹을 수 있었겠는가? 지윤이를 보낸다고 생각하니 이리도 가슴이 저려 오는데……. 내일 교회 결혼식장에서 어찌 장모를 볼 수 있을까? 그의 눈에서 회한의 눈물이 흘러내렸다.

형석은 성혜가 사랑하는 사람이 아직까지 결혼하지 않고 기다리고 있음도 알고 있었다. 참사랑은 그런 것인가?

샤워하고 성혜가 머리를 말리는지 드라이 소리가 들려왔다. 그리고 소리가 멎고 그녀가 욕실에서 나왔다. 지금 사십 대 중반의 성혜는 완숙미가 넘치는 우아한 여자가 되어 있었다.

이제 원망의 시선을 거두고 섬김의 삶을 더 소중하게 느끼며 사는 것 같았다. 화장대 앞에서 스킨과 로션을 바르는 그녀를 침대에서 바라보다가 벌떡 일어나 샤워실로 들어갔다.

샤워를 마친 형석이 나왔을 때 그녀는 이미 침대에 들어가 뒤척이고 있었다. 어찌 쉬 잠이 올까? 불을 끄고 곁에 누워서 그녀의 얼굴을 들여다보다 볼에 입맞춤을 했다. 그녀가 화들짝 놀라 작은 소리로 웃더니 팔을 벌려 아주 소중하게 그를 껴안는다.

"오늘 둘 다 잠이 올 것 같진 않아요."

"그렇겠지?"

"맞아요. 딸을 사위에게 빼앗긴 기분이네요."

"나도 그래."

"……"

형석이 성혜를 더욱 끌어안았다. 그녀는 아무 말 없이 그가 하는 대로 몸을 맡겼다. 모시 이불 아래로 둘은 하나가 되었고 형석이 그녀를 오래도록 쓰다듬어 주었다.

결혼식장에는 미국에서 온 성숙이가 친정어머니의 손을 잡고 앞자리에 앉아 있었다. 형석이 누나 부부와 현미 부부도 딸과 함께 앉아 있었다. 옆자리에는 중국인 피터의 부모님과 조부모님이 앉아 웃고 있었다. 피터의 형 부부와 누나 부부도 웃으며 이야기를 나누고 있었다.

목사님의 주례로 훈훈한 분위기 속에서 결혼식이 거행되었다. 먼저 성혜와 피터 어머니가 촛불을 밝히고 공손히 인사를 했다.

피터가 웃으며 씩씩하게 걸어 들어왔고 지윤이는 형석의 손을 잡고 면사포로 얼굴을 가린 채 신비스럽게 입장했다.

얼마나 예쁜지 성혜의 가슴속이 뜨거워졌다. 목사님의 주례사도 귀에 들어오지 않았다. 결혼식 내내 지윤이와 피터를 사랑의 눈길로 바라보았다.

피터와 지윤이가 한복으로 갈아입고 피터네 가족들에게 폐백을 올렸다. 지윤이가 외동딸이다 보니 다 하기로 했다. 피터의 몇 마디로 그들도 흔쾌히 웃으며 두 사람의 절을 받았다.

친정 차례가 되고 형석 내외가 먼저 절을 받았다. 고모네 식구가 끝나고 외할머니와 성숙 이모가 같이 절을 받았다. 외할머니가 지윤이 손을 맞잡고 그만 울음을 터트렸다.

"내 새끼……."

"할머니, 잘 살게요. 울지 말아요."

"그럼. 그럼. 잘 살아야지."

외할머니가 지윤이 손에 작은 봉투를 쥐여주었다. 그리고 교회 꼭대기 층에서 식사가 시작되었다. 확 트인 곳에서 지윤이와 피터는 하객들과 함께 식사를 했고 그들의 결혼식은 끝났다.

피터 형은 대가족과 함께 칭다오로 가기 위해, 피터 누나 부부는 미국으로 가기 위해 점보공항택시를 타고 인천공항으로 갔다. 모두들 게이트로 나가기 전에 지윤이와 피터를 안아주며 축하의 말을 잊지 않았다.

피터와 지윤이는 공부하러 곧 빈으로 가야 해서 신라호텔에서 하룻밤 묵는 것으로 신혼여행을 대신하기로 했다.

그들은 코너 스위트룸으로 예약했고 저녁은 룸서비스를 받기로 했다. 피터는 힘이 넘쳤지만 지윤이는 녹초가 되어 방에 들어서자 한복을 벗고 침대에 그대로 쓰러져 버렸다.

피터는 지윤이가 아무렇게나 벗어놓은 한복을 개기 시작했다. 버선을 어떻게 벗길 줄 몰라 쩔쩔맸다. 그의 스킨 향이 지윤을 깨웠고 그제야 그녀도 일어나 앉았다.

피터가 먼저 욕실로 들어가 샤워를 하고 나온 뒤 지윤이도 욕실로 들어갔다.

지윤이가 머리에 수건을 두르며 나오자 피터가 다가가서 끌어안았고 그녀도 두 팔을 벌려 그의 목을 꼭 안았다. 두 사람의 긴 입맞춤이 끝나고 지윤이가 팔을 풀고 화장대 앞에 앉자 피터가 그녀의 머리칼을 드라이로 말려주었다. 스킨을 바르고 로션을 바른 다음 아주 상쾌한 얼굴로 그를 바라보았다.

"예쁘다."

피터가 그녀의 얼굴을 감싸며 가슴에 품었다. 지윤이는 그의 넉넉한 품에 안겨 평온함을 느꼈다.

룸서비스로 저녁식사가 들어왔고 스테이크와 알리올리오 파스타, 그린 샐러드가 들어왔다. 적포도주도 한 잔씩 마시기로 했다. 룸서비스가 끝나고 지윤이 얼굴이 빨간 홍당무가 되었다. 방 안에 있는 얼음물을 자꾸 마시는 모습에 피터가 그만 큰 소리로 웃었다. 지윤이가 비틀거리며 침대로 가서 쓰러져 버렸다.

그제야 피터가 깜짝 놀라며 침대 위로 잘 눕게 도와주었다. 이내 지윤이가 잠이 들었고 그 바람에 피터는 그날 밤 그런 그녀를 바라보기만 했다.

새벽에 잠을 깬 지윤이는 자기 곁에 쓰러져 자는 피터의 모습을 보고 박장대소했다. 놀란 피터가 잠에서 깼다.

신혼 첫날밤을 그리 보내고 두 사람은 욕실로 들어가 욕조에 물을 받고 태초의 아담과 이브가 되어 물속에서 놀았다. 지윤이 몸의 물기를 닦아주고 한 장의 수건으로 감싸 안아 침대에 눕힌 뒤 두 사람은 격정적으로 애무를 했다. 달아오른 두 사람은 그렇게 신새벽에 하나가 되었다.

피터가 시댁 어른들께 전화를 걸고 지윤이가 형석 내외에게 전화를 걸었다.

"엄마. 나 지윤이."

"그래. 엄마다. 이젠 어른이 되었구나."

"응. 오후에 집에 갈게."

"알았다. 준비 끝냈다."

"고마워 엄마. 아빠?"

"회사 출근하셨지. 일찍 들어오신다고 하셨어."

"이따 봐요."

그들은 간단히 아침식사를 마치고 근처 남산을 걸었다. 푸르름이 짙어서 산은 초록빛 잎들로 무성하고 매미 소리가 요란했다. 지윤이가 소나무 숲속으로 걸어 들어갔다. 소나무 향기가 좋았다. 피터와 둘이 걷는 아주 특별한 아침이었다.
 그날 그들은 새로운 세상을 향해 날아오르고 있었다. 젊다는 것 하나만으로도 아름다운…….

 지윤 부부가 빈으로 돌아가고 늦가을 어느 하루 부부는 노란빛, 붉은빛으로 물든 아름다운 남이섬으로 나들이를 했다.
 수많은 관광객들 속에서 두 사람은 은행잎이 노랗게 물든 강가에서 가을이 저만치 손을 흔들며 가고 있음을 느낄 수 있었다.
 파란 하늘에 흰 구름이 평화롭게 떠다니며 갖가지 그림을 그려놓은 하루였다. 마지막 배에 올라 강물을 가르며 선착장으로 가고 있었다.
 형석이 운전해 집으로 돌아오는 길에 강가 한정식 집으로 들어가 저녁식사를 했다. 구수한 된장찌개에 청양고추를 넣었는지 약간 매콤한 맛이 좋았다. 양념더덕구이와 야채샐러드가 성혜의 입맛에 맞았다. 마지막에 구수한 누룽지 숭늉 맛이 정말 좋았다. 커피를 들고 두 사람은 밖으로 나와 강가에 서서 커피를 마셨다. 문득 성혜가 하늘을 올려다보았는데 은하수가 쏟아지고 있었다.
 "은하수다."
 "맞네. 오랜만에 은하수를 다 본다."
 강에서 부는 늦가을 바람이 성혜의 머리칼을 흩날렸고 냉기가 도는지 그녀가 움츠리자 형석은 성혜를 자신의 바바리 안으로 끌어안아 주었다. 형석의 바바리 안에서 그녀는 말없이 눈을 감아버렸다. 그가 어깨를 감싸 안으며 하늘을 올려다보고 있었다.
 두 사람은 말없이 차에 오르고 만추의 가을을 강가에 남기고 집으로 돌아왔다.

차 안에서 성혜의 휴대폰이 울렸다.

"지윤이다."

휴대폰을 누르며 성혜가 들뜬 목소리로 외쳤다.

"엄마야?"

"나야. 지윤이. 아기 가졌다."

"뭐? 달콤한 신혼도 즐기지 못하고……. 축하해."

"응. 피터도 좋아하네. 우선 잘 기르고 나서 다시 피아노 치면 돼."

"그렇지. 아기도 중요하지. 옆에 아빠 있는데 바꿀까?"

"아니. 엄마가 대신 전해줘. 내년에 할아버지 된다고."

"부끄럽구나? 엄마가 말할게. 조심해라."

"응. 이번 학기는 마치고 내년에 한 해 쉴까 해. 엄마."

"그래야지."

"피터 부모님께도 전화했니?"

"응. 피터가 했어."

"잘 했다. 피터가 나이가 있잖아."

"시어머니가 빈에 오시겠다고."

"벌써?"

"엄마가 한번 갈게. 너 먹고 싶은 거 말해."

"생각해 보고 다시 연락할게, 엄마. 사랑해."

"그래. 몸조심하고 있어."

성혜의 전화로 형석은 딸의 임신 사실을 알 수 있었다. 그녀가 운전하는 형석의 손 위에 손을 올리더니 꼭 잡아주었다.

"당신 내년에 할아버지 되네요."

"벌써? 신혼이 너무 짧다. 지윤이가 감당할 수 있을까? 몸도 약한

데……."
"어머니는 강하잖아요. 걱정 말아요."
"……"
"지윤이 맛난 거 사 먹게 통장으로 이체해 줘요."
"얼마나 할까?"
"우선 이천 유로 정도 보내세요. 앞으로 많이 들어가겠네요."
집에 도착한 형석은 싱글벙글하며 지윤이 통장에 돈을 넣어 주었다. 다음 날 회사로 지윤이가 전화를 했다.
"아빠. 고맙습니다."
"뭐가?"
딸의 전화에 형석은 눈시울이 붉어짐을 느꼈다. 전화를 통해 들려오는 지윤이의 목소리도 젖어 있었다.
"몸조심해라."
"네……."
"엄마 비행기 표 삼 개월 후로 예약했다."
"아빠가 불편하시잖아요."
"엄마 자유롭게 보낼 때는 보내야지."
"고맙습니다. 엄마 오래 붙들지 않을게요."
"그래. 건강하고 이만 끊자. 일해야 돼."
"네. 아빠. 전화할게요."
딸의 전화를 받고 형석은 창가로 가 덕수궁을 바라보았다. 은행잎들이 다 떨어지고 이제 빈 나뭇가지만 하늘을 향해 소리치는 듯했다.

빈으로 가는 날은 어김없이 다가왔다. 초봄 어느 날, 성혜는 현미에게 전화를 했다.

"현미야. 나."

"그래. 무슨 일 있니?"

"아니 나, 내일 빈에 가."

"지윤이?"

"응. 아길 가졌다."

"신혼도 없이? 그래. 가봐야지."

"그래. 갔다 온다."

성혜는 친정어머니에게도 연락했다. 형석이 인천공항까지 태워다 주었다. 공항 커피숍에서 커피를 마셨다.

"당신 식사를 챙긴다고 했는데. 미안해요."

"우리 딸 일인데 미안하긴."

"그래도."

"입덧이니 당신이 잘 보살펴줘."

"그래야죠."

"당신에겐 미안했다."

"네? 네……. 다 지나간 일인데요."

"……"

"당신 늦잠 잘까 봐 안방에 알람도 맞춰 놨어요."

"알았어. 내 걱정말고 잘 다녀와."

"네. 고마워요. 끼니 잘 챙겨요."

"알았어. 입맛 없으면 맛집 순례하지 뭐."

"그러세요."

형석은 성혜의 손을 꽉 잡아주었다.

성혜가 선선히 웃어준다. 그렇게 성혜가 가고 그는 아파트로 돌아왔다. 성혜의 작은 운동화가 평소대로 나란히 문을 향해 놓여 있다. 형석은 그녀의 운동화를 가슴에 안고 오랫동안 서 있었다.

거실의 불을 켜고 텔레비전을 크게 틀어놓고는 무너지듯이 앉았다. 가족사진 옆에 있는 지윤이 결혼사진을 물끄러미 바라보며 형석은 오열했다.

"성혜야. 미안하다. 미안해."

그는 냉장고 문을 열고 오래전 여행 중에 사온 적포도주를 꺼내 코르크 마개를 따고 병째 마시기 시작했다.

"너만 내 곁에 있으면 행복할 줄 알았는데……."

인제 부대 근처 작은 집에서 그녀가 항상 누군가를 그리워하면서 살아간다는 것을 깨달았다. 그때 젊은 혈기로 술에 만취해 집으로 와 저항도 못 하던 성혜를 윽박지르며 구타한 것이 생각나 형석은 꺼이꺼이 울었다. 그 사람이 아직도 미혼이라는 것을 형석도 알았다. 두 사람 사이를 비집고 들어가 자신도 그들도 불행하게 만든 자신이 한없이 미웠다.

그날 밤 형석은 포도주를 다 마시고 옷도 벗지 못한 채 그냥 거실 의자에서 잠들어버렸다.

안방에서 들려오는 알람 소리에 그가 벌떡 일어났다. 성혜가 맞춰 놓았다던…….

그가 일어나 안방으로 가서 알람을 껐다. 옷차림이 어제 그대로인 것을 깨닫고는 얼른 옷을 벗고 샤워를 했다.

거실에 나와 나뒹구는 포도주 병과 아직도 큰 소리로 뉴스를 전하는 남자 앵커의 목소리도 줄였다.

그리고 아침식사로 커피 한 잔을 내려 마시고 서둘러 출근을 했다.

성혜는 빈 공항에서 딸 부부를 만나 집으로 돌아왔다. 아래층의 빈 방을 성혜에게 쓰라며 피터가 그 방으로 가방을 들여놓았다.

성혜는 지윤이에게 커다란 가방을 냉장고 앞에다 가져다 놓으라 말했다. 고국 음식이 얼마나 그리웠을까?

평소에 지윤이가 좋아하던 음식 재료들, 특히 더덕을 경동시장을 돌아다니며 샀다. 중구 건어물시장에서 박대, 김, 돌미역도 샀다. 지윤이가 작은 멸치에 견과류와 조청을 넣고 만든 멸치 조림을 손가락으로 집어 먹더니 성혜를 끌어안는다.

"엄마, 고마워요."

지윤이의 목소리가 젖어왔고 성혜는 안았던 딸의 등을 토닥거려 주었다.

"음식 때문에…… 너무 먹고 싶었어요."

"그래서 엄마가 왔잖니? 맛있는 거 해줄게."

"엄마!"

며칠 푹 쉰 성혜는 빈 구경도 마다하고 제대로 먹지 못한 딸을 위해 정성껏 음식을 만들었다. 가져간 된장을 풀고 피터가 사온 두부를 넣고 끓인 찌개를 지윤이는 맛있게 먹었다. 팬에 기름을 살짝 두르고 구운 박대도 정말 맛있게 먹었다.

성혜가 방으로 들어와 눈물을 흘렸고 뒤따라 들어온 지윤이도 말없이 그녀의 등에 얼굴을 묻었다.

피터에게는 가져간 미역으로 국 끓이는 법을 가르쳐주었다. 다시 빈에 와서 산후조리를 해줄 수 있을지 몰라서였다.

미역을 물에 불리는 것부터, 쇠고기를 먼저 볶아 넣는 것도 가르쳐주었다. 적당량의 물과 간장의 조합과 서울에서 찧어온 마늘도 넣고 마지막에 살짝 참기름을 넣는 것도 가르쳐주었다.
 지윤이가 다시 입맛을 되찾아 음식을 잘 먹게 되었을 때 피터는 성혜에게 멋진 저녁식사를 대접했다.
 빨간색 테이블보 위에 하얀 작은 테이블보가 깔려 있었고 작은 크리스털 화병에 장미가 꽂혀 있었다. 이름도 모르는 음식이었지만 곁들인 포도주 한 잔도 성혜는 사양하지 않고 천천히 마셨다.
 작은 교회에서 아름다운 성탄절을 함께 보내며 성혜는 딸이 무사히 순산하기를 하나님께 간절하게 기도드렸다.
 빈에서의 삼 개월은 빠르게 지나갔다. 드디어 성혜가 서울로 갈 날이 다가왔다. 그녀는 조용하고 여전히 아름다운 빈 거리를 혼자 걸어 다녔다.

 형석은 성혜가 가고 맛집을 돌아다니지 못했다. 냉동실에 가득 채워 놓은 음식을 하나씩 비워가면서 그녀가 돌아올 날을 손꼽아 기다렸다.
 성탄절도 혼자 보냈고 대부분 시청 뒤에 있는 자신의 사무실에서 혼자 우두커니 앉아서 시청 앞 도로를 쉴 새 없이 달리는 차량들의 행렬을 바라보곤 했다. 그녀가 자리를 비운 삼 개월이 이리 길게 느껴지는 건 나이 탓인가? 내일이면 성혜가 온다.
 형석은 일찍 퇴근해 아파트 문과 유리창을 다 열고 청소를 아주 깨끗하게 했다.
 다음 날 인천공항을 향해 콧노래를 부르며 차를 몰았다. 출국장에서 한참을 기다리니 성혜가 나왔다. 그녀가 환하게 웃으며 형석에게 손을 들었다. 집으로 돌아와 거실에 들어서자마자 형석은 성혜에게 입맞춤을 퍼부었고 그녀는 피하지 않았다.

지윤이는 다율이가 세 살이 되자 다시 피아노를 쳤고 피터는 빈 필하모니 오케스트라에 입단했다. 다율이도 바이올린에 관심이 있어 피터가 힘들지 않게 조금씩 가르치기 시작했다.

그 작은 어깨에 맞는 바이올린을 주문 제작 했고 현 잡는 법을 하나씩 가르쳐주었다. 지윤 부부는 빈에서 아름다운 생활을 하며 음악과 늘 함께 했고 가까이에 있는 공원으로 자주 산책을 했다.

형석의 생일을 맞아 여름방학 때 지윤이네 가족이 한국에 왔다. 그들과 함께 태안 천리포수목원으로 1박 2일의 짧은 여행을 떠났다.

천리포수목원으로 가는 길에 염전을 보았다. 해가 내리쬐는 염전의 한 모퉁이에 소금 꽃이 하얗게 피어나 있었다.

태안에서 점심을 먹기로 했다. 주꾸미와 꽃게를 주재료로 하는 음식점이 있었다. 차들이 많이 주차되어 있는 음식점 앞에 주차하고 들어갔다.

"어서 오세요. 주문하시겠어요?"

"여름이라 재료가 싱싱한지."

"봄에 잡힌 것 배에서 바로 냉동한 거라 싱싱해요."

"그럼 꽃게탕 맵지 않게 큰 거 하나 주시고 다율이 먹을 수 있게 꽃게찜 한 마리 주세요."

"네."

주문한 지 얼마 지나지 않아 음식이 나왔다.

"어서 드세요. 아빠."

"그래 같이 먹자. 너 어렸을 때 꽃게 좋아했지?"

"난 엄마가 담가준 게장을 더 좋아했어요."

"그래? 그건 한국 사람이면 다 좋아하지."

"그런가요?"

"식기 전에 먹자. 피터도."

성혜가 말을 하자 모두 식사하기 시작했고 지윤이가 딸에게 꽃게 살을 발라주자 맛있게 먹는 모습이 앙증맞았다. 피터도 식사를 잘 했다. 지윤이네는 칭다오 집을 거쳐서 왔기 때문에 그리 피곤한 모습은 아니었다.

"피터도 잘 먹는다."

"엄마. 피터는 뭐든 잘 먹어요. 나랑 사니 한국 음식도. 우린 가끔 외식하지만 거의 집에서 밥 먹거든요."

"그럼 집에서 먹는 게 얼마나 좋은데. 근데 지윤이가 제대로 하는지 모르겠다."

"엄마. 나 잘하거든요."

"그래? 이번에 집에서 한번 해봐. 엄마가 잘하나 보게."

"자신 있어요. 해볼게요."

점심을 먹고 그들은 다시 수목원을 향해 차를 몰았다. 천리포수목원 팻말이 보이고 천천히 정문 앞 주차장에 차를 세웠다.

수목원 안에 있는 사철나무 집에서 하룻밤을 지내기로 하고 정문을 지나 한참을 걸어 좁은 길을 끼고 그곳에 여장을 풀었다.

큰방에서 밖을 바라다보니 낭새 섬이라는 작은 무인도가 보였다. 우리나라 이름 같지 않은 부드러운 이름의 섬이었다. 아마 민병갈 푸른 눈의 그가 붙인 이름은 아닐까? 문득 그런 생각이 성혜의 머릿속을 스쳐 지나갔다.

지윤이가 사양했지만 큰방은 지윤 부부가 다율이랑 쓰고 작은 방은 성혜 부부가 쓰기로 했다. 어린 다율이가 투정을 부리기 시작했다. 빈에서부터의 오랜 여행에 지친 모양이다.

우선 성혜가 가지고 온 종이 수건으로 방을 닦아내고 지윤이가 딸을 안고 토닥이자 스르르 잠이 들었다. 피터가 다율이가 잘 수 있도록 요를 펼치자 딸을 눕히고 지윤이도 피곤한지 그 곁에 따라 눕는다. 성혜가 방문을 조용히 닫고 나갔다.

그녀가 방으로 들어가자 형석이 누워 있다가 일어나며 산책하러 가자고 했지만 그의 얼굴도 피곤해 보여서 성혜는 그냥 그가 누워 있던 곳에 앉았다.

"나가지 않을래?"

"덥기도 하고 저녁에 노을부터 봐요. 당신도 얼굴에 나 피곤해, 라고 쓰여 있네요."

"하긴 운전을 오래 해서."

두 사람은 자연스레 누워서 들려오는 매미의 시원한 울음소리(?)를 듣고 있다가 어느새 낮잠에 빠져들었다.

다율이의 까르르 웃음소리에 성혜가 일어나 둘러보니 곁에서 자던 형석도 어디로 갔는지 보이지 않았다.

"다율아. 할아버지 계시니?"

"엄마. 아빠가 피터랑 만리포 바닷가 구경 갔어요."

"그래. 요즘 사람들이 많아 복잡한데 뭐 하러?"

"나 좋아하는 수박 사러. 여긴 냉장고 있으니 시원하게 미리 사놓는다 하셨어."

"딸은 끔찍하게 위하지."

"엄마를 더 사랑하는걸."

"남자들 오기 전에 나 씻어야겠다."

"그래요. 엄마. 그 담에 나랑 다율이도."

성혜가 샤워를 마치자 딸이 다율이를 먼저 씻겨 내보내려 한다. 다율이는 나가기 싫은 듯 버티고 있다. 하는 수 없이 지윤이는 대충 씻는 시늉만 하고 나왔다.

"똑같다. 어릴 때 너야."

"나도 그랬어?"

"엄마만 졸졸 따라다녔지."

"아이에게 엄마가 최고의 존재잖아. 그치?"

지윤이가 딸에게 하얀 원피스를 입히며 말하자 다율이가 방긋하며 웃는다.

"맞대."

문 여는 소리가 들리며 형석과 피터의 말소리가 울린다.

"아빠다."

성혜와 지윤이 모녀가 문을 열고 나가니 커다란 수박과 포도를 잔뜩 사가지고 들어선다.

부엌에서 성혜는 수박을 씻어 냉장고에 넣고 포도는 씻지 않고 넣었다. 피터가 나가더니 생수 한 상자를 들고 들어왔다. 생수도 냉장고에 넣었다.

"식사는 외식하고 여기에선 과일만 먹자. 나와서 밥하는 거 여행 중에는 사절이다."

"그래요. 아빠. 밥은 집에서만 해도 벅차요."

"지윤이가 살아보니 조금은 아는걸."

"그럼요. 이제 주부 5년차? 참 빠르죠?"

"그래. 시간은 그 사람 나이처럼 지난다잖니?"

"어서 씻어요. 더운데 시장까지 갔다 왔으니. 우린 준비 완료."
"무슨 준비?"
"이제 산책해야죠. 미국인이 사랑한 천리포수목원."
"알았어. 내가 먼저다. 피터."
"네."
한국인 아내와 사니 간단한 우리말은 알아들었다. 두 사람이 다 씻고 난 후 그들은 사철나무 집을 나섰다.

소나무 길을 걸어가니 바로 연못이 보였다. 피터는 다율이 손을 잡고 앞장서 걸어가고 있었다.

숲길로 들어서니 능소화도 피어 있고 참나리가 맘껏 꽃잎을 펼쳐 활짝 피어 있었다.

"참 예쁘다. 지윤아."
"엄마, 이 꽃 이름이 뭐야?"
"참나리란다. 저기 벌개미취에 앉은 부전나비의 날개 보렴."
"어디? 어디?"
"보랏빛으로 피어있잖아. 그리고 저 작은 나비 이름이 부전나비다."
"엄마, 날개에 점들도 있어요."
성혜는 디카를 꺼내어 셔터를 눌렀다.
"엄마는 꽃 이름 많이 안다. 어디서 배웠어?"
"현미 이모가 식물학 박사잖아. 같이 어울리다 보니."
"아. 그렇지. 이제 현미 이모 학부형이겠다."
"그럼. 요즘 바쁘다. 귀하게 얻은 딸이라 적성에 뭐가 맞을까 고민하느라."
"한국 엄마들의 가장 핵심적인 관심사지."

"아마 요즘 피아노 학원 다닐 거야. 너처럼 피아노 쳐보게 한다고."
"그랬어요?"
"지금쯤 여의도 어느 학원에 다니고 있겠지. 집하고 가까운 곳."
"응. 나 가기 전에 집에서 한번 보면 좋겠다. 현미 이모도 보고."
"서울 가서 연락하자."
"그래요."

피터와 형석이 숲길을 따라 천천히 걷다 보니 수국이 한가득 피어있는 곳에 다다랐다. 색색의 수국들이 피어 있었다.

한 마리 매미가 울자 기다렸다는 듯이 일제히 숲속이 떠나갈 듯 매미들이 울기 시작했다. 길가에 핀 범부채도 예뻤다. 꽃잎에 범의 무늬가 있다 해서 붙여진 이름이다. 그 숲속의 잘 가꾸어진 길을 따라나오니 민병갈 기념관 앞에 있는 연못이 나왔다.

아직 연못가 주위에는 나무들이 많지 않았다. 연못에 거룻배가 한 척 떠 있다. 여러 가지 수련들이 피어 있지만 성혜는 백련이 가장 아름답게 느껴졌다.

산산히 부서진 이름

성혜는 모네 그림을 연상케 하는 거룻배가 작은 물결에 흔들리고 있는 모습을 찍었다. 해가 기울기 시작했고 모두 성혜 주위로 모여들었다.
"엄마. 우리 밥 먹으러 어디로 갈까?"
"아빠한테 말해 봐."
"만리포에 가자. 아까 피터랑 갔는데 음식점이 많더라."
"거기로 가요. 아빠."
정문으로 나와서 만리포로 가니 그곳은 많은 사람들로 인산인해였다. 겨우 주차장에 주차하고 그들은 바다가 보이는 어느 음식점으로 들어갔다.
저녁식사를 하고 만리포 바닷가를 거닐었다. 해가 노랑 주홍으로 차츰 하늘을 물들이며 구름 한 점 없는 하늘에 커다란 그림을 그리고 있었다.
그들뿐 아니라 모든 여행객들이 함성을 지르며 해가 바닷속으로 숨는 장관을 바라보았다. 성혜는 그 광경에 숨이 멎는 것 같은 느낌에 그대로 서있었다.
"엄마 완전 빠졌다."

"뭐라고?"

"아빠가 이젠 그만 가재요."

"언제 그랬니?"

"거 봐."

"가자. 오늘 많이 걸었다."

그들은 이동하는 차 안에서 말이 없었다. 사철나무 집에서 다른 식구들이 교대로 간단히 씻는 동안에 성혜는 다율이를 생각해 수박을 깍둑 썰기로 잘랐다.

포도는 송이째 씻었다. 방에 둘러앉아 바다로 난 창문을 열어놓고 저녁 시간을 보냈다. 파도 소리가 가까이에서 들려왔다. 모두 창가로 가서 바라보니 어느새 바닷물이 바로 앞 방파제까지 들어와 놀고 있었다.

바라보이는 낭새섬도 바닷물에 갇혀버렸다. 시원한 바람이 몰려왔고 형석과 성혜는 별들이 쏟아지는 아름다운 천리포수목원 나무 의자에 앉아 오래도록 바다를 바라보았다.

바다 위로 유성이 하나둘씩 떨어지고 성혜가 밤바다 바람에 몸을 웅크리자 형석이 윗옷을 벗어 성혜 어깨 위로 걸쳐주었다.

지윤 부부와 다율이가 빈으로 떠나기 전에 현미와 현미 딸 하은이랑 즐거운 시간을 가졌다.

"이모. 하은이 피아노 치는 거 좋아해요?"

"선생님이 그러는데 자질은 있다고 하더라. 지금 여러 가지 시험 중이란다."

"시험? 무슨 시험?"

"너처럼 피아노에 올인 해도 되는지."

"지금 너무 떠밀지 말아요, 이모. 하은이가 피아노랑 친구가 되도록만 해줘요."

"그래. 알았다. 고마워."

그날 점심식사 하고 현미 모녀가 돌아간 후 피터와 형석은 빈으로 가기 위해 짐을 싸기 시작했다.

인천공항은 나가는 여행객들과 들어오는 여행객들로 인산인해였다. 지윤 부부가 다율이랑 인사를 하고 출국 게이트로 들어갔다. 피터는 다율이를 안고 들어가면서 손을 흔들어주었다. 집으로 돌아오면서 성혜는 창밖을 바라보았다. 서해가 출렁거리고 있었다. 딸을 떠나보내는 그녀 마음에 서운함이 밀려오고 있었다.

가을 하늘도 푸르고 높게 아름다웠다. 지방 출장을 마치고 서울로 오는 늦은 밤 날씨는 바뀌어 비가 추적추적 내리고 있었다. 형석은 지방 고속도로를 운전하고 돌아오고 있었다. 굉음을 내며 역주행하는 빨강 외제차를 피하지 못하고 그만 충돌사고가 났다.

일단 세 사람 모두 그 자리에서 죽었고 지방이라 가까운 국과수로 옮겼다. 형석은 반듯한 모습으로 흐트러짐 없이 자신의 차 운전대를 꼭 잡고 있었다. 연인으로 보이는 상대방에게서 술 냄새가 강하게 나서 혈액을 채취해 보니 만취 상태였다.

그날 밤, 성혜는 형석이 좋아하는 음식들을 준비하고 기다리고 있었다. 밤이 늦도록 그는 돌아오지 않았다.

열두 시가 지나서 성혜는 한 통의 전화를 받았다. 출장에서 돌아오다 그만 교통사고로 현장에서 생을 달리했다는, 사고사로 인한 죽음을 알리는 경찰의 전화였다. 그녀는 그만 머릿속이 하얗게 되어 정신을 잃고 말았다.
 그날 밤을 어떻게 보냈는지도 모르게 지나갔다. 아침 티비에서는 지난 밤의 사건 사고가 방송되었다. 불의의 교통사고가 방송되자 회사에서도 친정과 시댁에서도 벌집을 건드린 듯 한탄과 슬픔이 몰려들었다.
 친정어머니는 성혜 아파트로 와서 딸을 안고 눈물 흘리며 쉼없이 성혜의 등을 쓰다듬었다. 어머니는 장례식을 끝나는 날까지 지내기로 했다. 어머니가 잠들고 성혜는 교회로 가서 눈물로 기도 올리고 있었다.
 민철은 출근 전 나형석의 교통사고 소식을 듣고 그 자리에 우뚝 서버렸다. 학교에서 돌아온 후 그는 말없이 바바리를 걸치고 성혜 아파트가 보이는 곳에서 그날 밤을 차 안에서 보냈다. 그녀 아파트에는 불빛 한 점 보이지 않았고 그대로 새벽을 맞았다. 그는 오피스텔로 돌아와 출근할 채비를 하고 학교로 향했다.

 성혜는 그날 밤을 기도실에서 보내고 구석진 자리에서 새벽기도를 드렸다.
 교회를 빠져나와 아파트 지하 주차장에서 엘리베이터 버튼을 눌렀다. 문을 열고 현관에서 잠깐 멈칫하더니 거실로 천천히 걸어갔다. 하루를 비웠을 뿐인데도 공기가 냉랭했고 가족사진이 슬프게 보였다. 어머니는 성경책을 한 손에 들고 오는 성혜를 말없이 맞아주었다.
 전화코드를 빼놓고 나가서 연결하자마자 또 울리기 시작했다. 현미는 딸아이를 유치원에 맡기고 오겠다며 전화를 끊었다. 그리고 얼마 지나지 않아 아파트로 왔고 내내 옆에 있어 주었다.

 나형석 사장의 죽음은 회사에서도 큰 충격이었다. 장례 치를 절차를 의논하기 위해 그룹 회장이 임원회의를 소집했다.

"나 사장의 장례를 어떻게 치러야 할지 의견을 수렴해 봅시다. 박 사장 좋은 의견 있소?"

"제 생각에…… 삼일장은 너무 촉박하지 않을까요? 외동딸이 빈에 살지 않습니까?"

"그렇지. 요즘 외국에 친척들이 흩어져 살아서 시간이 걸리겠지……. 오일장으로 하고 우리 회사에 장례식장을 만듭시다. 그가 회사를 지극히 사랑한 건 모두가 다 아는 사실이니까."

회장 말에 누구 하나 토 달지 못했고 모두 고개를 숙인 채 허탈한 마음으로 앉아있었다.

회사에서는 형석과 일했던 김 전무를 여비서와 함께 그의 아파트로 보냈다. 두 사람은 아파트 앞에서 한참을 망설이다 초인종을 눌렀다.

"누구세요?"

미국에서 밤새 날아온 성숙이가 문을 열어주었다. 두 사람은 인사를 하고 회사에서 왔음을 알렸다.

"들어오세요."

"네. 그럼……."

두 사람은 조심스럽게 거실로 들어갔다. 성숙이가 안방으로 들어가서 말하자 누워있던 성혜가 옷을 갈아입고 나왔다. 하얀 블라우스에 검정색 주름치마였다. 그녀가 나오자 거실 의자에 앉아있던 두 사람이 일어나 고개를 숙였다.

"앉으세요. 바쁘신데……."

"……."

"……."

"회장님께서 회사에서 오일장으로 장례식을 치르기로 했다고 전해드리라 하셨습니다."

"고맙습니다. 그리 신경을 써주시니…… 차라도 한 잔 드려야 하는데…… 잠깐 기다려주세요."

"괜찮습니다. 바로 들어가야 합니다."

"경황이 없어서."

"이해합니다. 일어나지."

두 사람은 아파트를 나왔다. 말을 하지 않아도 충분히 그 상황을 짐작할 수 있었다.

그들이 돌아간 뒤 성혜는 도로 침대에 누워버렸다. 물 한 모금 마시지 못했다. 같이 살면서 그리 애틋한 사이도 아니었는데 그녀는 말 한 마디 하지 못하고 그냥 눈물만 흘리고 있었다.

그때 또 초인종이 울렸고 곧이어 아파트 문을 부술 듯 쾅쾅 두들겼다. 성숙이 나가서 문을 열자 형석의 누나인 나형자가 얼굴이 붉으락푸르락한 채 들어섰다.

"야! 한성혜. 너 어딨니?"

"사둔. 언니 지금 말도 못 하고 누워있어요."

"그래도 양심은 있나 보네. 내 동생을 그리 무시하며 살더니……."

도끼눈을 하며 안방 문을 열고 들어섰다. 성혜가 벽을 보고 누워있다가 형자를 보고 일어나 앉았다.

"너 참 좋겠구나? 형석이가 가버려서."

"형님 오셨어요."

"형님? 그래도 내가 보이긴 하나 보네. 내 동생이 네게 아무 말도 못하게 해서 지금껏 참았지만 이번엔 못 참아."

형자는 그냥 바닥에 주저앉아 대성통곡을 했다.
"불쌍한 내 동생."
"……"
"지 마누라한테 대접 한 번 제대로 받지도 못하고…… 엉엉엉."
그러더니 성혜를 보며 손가락질하며 말했다.
"넌 천벌받아 마땅하다."
그때 성숙이 들어와서 형자 앞에 똑바로 서며 말했다.
"사둔. 나도 한 마디 합시다. 우리 언니한테 그리 말할 자격이 있습니까?"
"그럼 나도 이젠 속 시원히 말해야겠다. 넌 빠져. 빠지라고."
형자는 성숙은 안중에도 없고 성혜에게 돌아섰다. 성숙이 형자의 팔을 잡고 바로 세웠다.
"결혼하려고 청첩장까지 다 돌린 상황에서 납치해간 형부가 잘 했다는 거예요?"
"얘가 왜 이래. 나이도 어린 게."
"지금 나이가 문젭니까? 경우가 그건 아니죠."
"어머머."
"지금도 심 선생님은 결혼도 하지 못하고 살아요. 형부는 두 사람에게 못을 박았죠. 대못을."
"그러니까 그리 말 한 마디도 못 하고 살았잖아?"
"그건 형부가 지고 가야 할 것이었죠."
"우리 형석이가 사랑 표현이 잘못된 거 아니까 그리 산 거지. 걔가 어떤 아인데. 엉엉엉…… 불쌍한 것…… 엉엉엉."
형자가 억지를 부리며 또 주저앉아 울어버렸다. 그렇게 시간이 흐르고 친정어머니가 들어왔다. 싸우는 광경을 보며 말없이 성혜의 손을 잡아주었다.

형자는 고개를 숙여 인사하고 서둘러 아파트를 빠져나갔고 뒤이어 현미도 들어섰다.

"성혜야. 이게 무슨 날벼락이니?"

현미가 그녀를 끌어안으며 오열했다. 전화벨이 울리고 성숙이 수화기를 성혜에게 건네주며 '지윤이'라고 한다.

"엄마. 엄마."

딸의 울음소리에 성혜도 그만 펑펑 눈물을 흘리고 말았다.

"그만 울어."

"엄마. 나 내일 피터랑 가."

"알았다. 오일장으로 하기로 했다."

"아빠 불쌍해서 어떡해."

"……"

"엉엉엉."

딸의 울음소리에 그녀 마음이 무너지고 있었다.

초인종이 울리고 목사님과 성가대 지휘자, 파트장들이 아파트로 들어섰다. 목사님 위로 말씀과 기도가 그녀의 마음을 어루만져 주었다. 이제껏 주체할 수 없던 슬픔과 당황스러움이 가라앉는 것 같았다.

"집사님 장례식은 어떻게 합니까?"

"오전에 회사에서 다녀갔는데 오일장으로 한답니다. 딸 가족도 빈에서 내일 오니까요."

"장례식 마지막은 목사님의 축도로 마쳐야지요?"

"네."

목사님과 일행들이 돌아가고 밤이 되었다. 현미도 돌아가고 친정어머니와 성숙만 남았다. 갑자기 집 안 가득 고요가 내려앉았다. 성숙이 밥을 하고 밥상을 차렸지만 그녀는 넋을 놓고 멍하니 앉아있었다.

그날 밤 민철은 성혜의 아파트가 보이는 곳에서 불빛이 환한 그녀 아파트를 바라보고 있었다.

장례식 날 회사 강당은 슬픔으로 분위기가 가라앉았다. 성혜와 지윤 부부 곁에 손녀딸 다율이가 있다. 다율이가 울고 있는 지윤이에게 매달리자 피터가 안았다. 그 곁에는 형자 부부가 앉아 고개를 숙이고 눈물을 닦아내고 있다. 피터 부모님과 형, 현미 부부도 참석했다.

순서에 따라 장례식이 시작되었고 성혜가 딸의 부축을 받으며 국화 한 송이를 올리고 내려오다 비틀거렸다. 성숙은 성혜를 불안한 눈빛으로 바라보았다. 강당 맨 뒷자리에서 민철이 안타까운 표정으로 한참을 바라보다가 조용히 그 자리를 떴다.

나형석은 회사에서 인정받는 인물이었다. 전무가 그의 약력을 소개했고 강당 안은 숨소리 하나 들리지 않을 정도로 엄숙한 분위기였다.

회장이 조사를 낭독했다. 그는 자꾸 목소리가 갈라지더니 급기야 한참을 멈추었다가 감정을 다스린 뒤 다시 읽어 내려갔다. 목사님의 마지막 기도로 장례식이 끝나고 모두 흩어졌다.

장례식이 끝나자 형석이 평소에 아끼던 가족사진에서 그만 커다랗게 혼자 있는 사진을 피터가 안고 차에 올랐다. 차는 장흥 수목장으로 달려갔다.

나형석 이름이 쓰인 나무 아래 유품을 묻자 성혜가 그만 쓰러지고 말았다. 당황한 성도들이 그녀 주변에 모여들었고 물을 입술에 축였다. 지윤이가 울면서 성혜를 껴안았고 피터는 곁에서 놀라 어쩔 줄 몰라 두리번거렸다.
"성혜야. 성혜야. 정신 차려."
현미가 성혜 얼굴을 두드리며 소리쳤지만 그녀는 축 늘어져 있었다. 오일장 기간 내내 제대로 먹지도 못하고 있다가 탈진한 것이다.
현미 부부가 성혜를 태우고 그녀 아파트 근처 병원으로 데려가 링거를 맞추었다.
"미안해."
"아무 말 하지 마."
현미는 주르르 흐르는 성혜 눈물을 닦아주었다.
"사는 게 뭔지……."
성혜는 링거를 맞으며 잠에 빠져들었다. 현미가 남편에게 오늘은 집에 못 들어갈 것 같으니 먼저 집으로 가라고 했다.
"장모님이 오신다네. 성혜 씨 잘 돌봐. 걱정 말고."
"고마워요."
현미가 잠이 든 성혜 얼굴을 바라보았다. 평화로운 그녀 얼굴을 보며 '오랫동안 얼마나 힘들었을까?' 하는 생각이 들었다.

나형석 그는 그렇게 삶을 끝내고 홀연히 사라지고 말았다. 누나 형자의 울음소리만 애처롭게 들려온다. 지윤이가 다가가서 그녀를 안고 말했다.
"고모 이제 그만 울어요."
"아이고 지윤아. 니 아빠 불쌍해서 어떡하냐."
"엄마도 쓰러졌는데 고모까지 쓰러지면 안 돼요."
"아이고 아이고 내 동생……."
형자가 더 큰 소리로 목 놓아 울었다. 그랬다. 이곳은 눈물이 있는 장소였다. 지윤이가 고모를 부축해 차에 올랐고 모두 제 갈 길로 흩어져 가고 있었다.

성숙과 지윤 부부가 병원을 찾았을 때 성혜는 여전히 자고 있었다.

"현미 이모. 엄마 언제부터 주무셔?"

"응. 이제 일어날 때가 됐어. 오늘 밤엔 이모가 있을 거야. 너도 무리했지. 집에 가서 좀 쉬어."

"그래도 될까? 이모 고맙습니다."

지윤이가 딸 손을 잡고 피터와 함께 병원을 나섰다. 성숙은 침대 곁 의자에 앉더니 현미 손을 꼭 잡았다.

"언니 고마워요."

"고맙긴. 넌 언제 들어가니?"

"담 주 월요일에. 집을 오래 비워서요."

"너도 가정이 있으니 가봐야지. 미국 생활 어때?"

"젊었을 때는 정신없이 지냈고 지금은 서울로 돌아오고 싶어요."

"아들 결혼시키고 나와도 되겠다."

두 사람 이야기 소리에 성혜가 일어나며 힘없이 웃는다.

"현미야, 그만 집에 가봐야지. 하은이가 기다리잖아?"

"엄마가 와 계신대. 오늘은 너랑 밤 지내고 와도 된단다."

"하은 아빠한테 미안하다."

"괜찮아. 너 뭐 좀 먹을래?"

"배는 고픈데 입맛이 없네."

"언니. 뭐 먹을 거야? 내가 사 올게."

"그냥 시원한 주스."

"알았어. 갔다 올게."

성숙이 작은 지갑을 들고 문을 나서자 성혜가 현미 손을 꼭 잡았다.
"고마워."
"얘는 쓸데없는 말 한다."
"이제 형석 씨도 편히 쉬겠지?"
"그럴 거야. 너나 살 궁리해."
"……"
"죽은 사람만 불쌍하지. 산 사람은 그래도 살잖아."
"……"
"너 맘 굳게 먹어라."
"앞으로 내 삶은 어떻게 될까?"
"……"
이때 문을 열고 성숙이 포도 주스를 한 상자 들고 들어왔다.
"언니들 주스 마셔요."
"수고했다."
"이게 무슨 수고라고."
세 사람은 앉아서 주스를 마셨고 밤은 깊어만 갔다. 세 사람 이야기는 그칠 줄 모르고 이어졌고 성혜가 하품을 했다.
그제야 병실 불을 끄고 침대엔 성숙이 올라가고 간이침대엔 현미가 누웠다.

다음 날 오전에 지윤이가 와서 퇴원 수속을 하고 모두 함께 아파트로 돌아왔다. 간단히 씻은 뒤 아침을 먹는데 성혜는 수저를 들다 말고 식탁에서 일어섰다. 현미와 성숙도 이내 거실로 나와서 커피만 한 잔씩 마셨다.

"현미야. 피곤할 텐데 그만 집에 가."
"가도 될까?"
"그럼요. 언니도 가서 쉬어요. 고생했어요."
"그래. 하은이가 엄마 찾겠다. 내가 연락할게."
"알았다. 간다."
"지윤아. 현미 이모 가신단다."
지윤이가 방에서 나오며 인사를 했다.
"수고하셨어요."
"수고는……. 엄마 잘 보살펴드려라. 너 가는 것 못 본다."
"그럼요. 가서 쉬셔야죠."
현미가 모두에게 눈인사를 하고 문을 나섰다. 성혜가 안방으로 들어가서 침대에 누웠다. 성숙이 뒤따라 들어가서 곁에 눕자 성혜가 옆으로 몸을 움직여 누웠다.
"언니!"
성숙이 그녀를 끌어안으며 조용한 목소리로 불렀지만 성혜는 아무 말도 하지 않았다. 그동안 언니가 얼마나 아픈 삶을 살았는지 아는 성숙이도 더 이상 아무 말도 하지 않았다. 사람이 살아가면서 사랑이 전부는 아니라지만 언니 그 아픈 사랑을 잘 아는 동생으로서 언니가 가여웠다.
"……"
"담 주에 간다면서?"
"응."
"제부랑 잘하고 살아라."
"알았어. 언니 산다는 것이……."
"……나 좀 쉬고 싶다. 너 어머니하고 하룻밤 지내고 와."

"그래도 돼?"

"그럼. 지윤이가 있잖아. 걱정 말고 갔다 와."

"알았어. 갔다 올게."

"응."

성숙이 일어나 어깨를 토닥이더니 방문을 열고 나갔다.

"지윤아. 할머니 집에서 하룻밤 자고 온다."

"이모. 잘 다녀와요."

아파트 문이 열리고 닫히는 소리가 들려오고 이내 집 안은 조용해졌다. 성혜는 점심도 먹지 않고 그냥 누워만 있었다. 지윤이가 조용히 들어와서 그녀에게 물었다.

"엄마. 죽이라도 사 올까?"

"아니, 먹고 싶지 않아."

"엄마. 뭐라도 먹어야지."

"피터랑 같이 나가서 먹고 와."

"알았어요. 우리 나갔다 온다."

"잘 다녀와."

그렇게 지윤 부부와 손녀딸도 나가고 집안은 더욱 조용해졌다. 시계의 초침 소리만 들려왔다. 죽음이 현실로 다가오는 순간이었다.

시간이 지난 지금, 그녀는 머릿속이 하얗게 되어버리는 것을 알 수 있었다.

"엉엉엉."

성혜는 혼자가 되고 나서야 마음 놓고 울 수 있었다. 그래도 미운 정, 고운 정이 든 형석이었다. 아마 미운 정이 더 컸으리라. 이렇게 갈 것을……. 그가 원망스러웠다. 세상에 혼자가 된 자신이 서러웠다. 오랫동안 울면서 기력이 빠진 그녀가 일어나 방문을 열고 나갔다. 냉장고에서 찬 생수를 들고 거실로 나왔다. 서서히 어둠이 밀려오고 있었다.
 거실 의자에 앉아서 멍하니 유리창 밖을 바라보았다. 마주 보이는 아파트 창에 저녁노을이 반사되어 눈이 부셨다. 유리창마다 불타고 있었다. 그녀는 '살아있다, 살아있다'고 자신에게 말했다.

 장례식장에서 비틀거리는 성혜를 보고 돌아온 민철은 거실에 있는 그녀 사진 속 얼굴을 쓰다듬었다.
 "가여운 너."
 성혜 얼굴을 뚫어져라 바라보면서 말했다.
 "그래도 버텨주렴."
 민철은 자동차 키를 들고 오피스텔을 나와 성혜 아파트가 보이는 곳에서 신새벽이 오는 시각까지 바라보고 있었다.

 지윤 부부가 삼우제를 지내고 아픈 성혜를 두고 울면서 빈으로 떠나던 날, 성혜는 애써 태연하게 그들을 보냈다.
 성숙이도 미국으로 가고 성혜는 다시 혼자가 되었다. 겨우 몸을 추스르고 거실에 앉아 멍하니 바라보는데 비가 내렸다.
 그녀는 헐렁한 원피스 위에 윗옷만 걸치고 차를 몰아 장흥수목원으로 갔다. 그가 있는 곳이 차가 다니는 곳 근처라 성혜는 주차하고 소나무 가까이로 걸어갔다. 거기 그가 소나무 아래 이름만 남긴 채 비에 젖고 있었다.
 성혜도 비에 젖은 채 그렇게 시간이 흘러 밤이 되어도 그 자리를 떠날 줄 모르고 하염없이 앉아있었다. 비가 그치고 달이 떠올라 성혜를 비춘

다. 어느 순간 소나무 옆으로 그녀가 쓰러졌다.
 토요일 오전에 형자가 형석이 묻힌 소나무를 찾아갔다가 쓰러져 있는 성혜를 발견하고 달려갔다.
 "지윤 엄마. 지윤 엄마야. 눈 좀 떠봐."
 "……"
 "언제부터 이러고 있었어. 하이고."
 형자가 그녀를 안고 흔들었지만 그녀는 눈도 뜨지 못했다. 형자가 당황해 119를 불렀고 보호자로 동행했다.
 응급실에서 링거를 맞고 있을 때 의사가 형자에게 말했다.
 "어쩌다가 그리……."
 "상태가 어떤지요?"
 "일주일 이상은 입원해야 합니다."
 "네? 일주일이라뇨?"
 "오랫동안 식사도 제대로 하지 않았나 봅니다. 환자분과는 어떤 사이신지?"
 차트에 뭔가를 쓰면서 의사가 바라보았다.
 "올케입니다."
 "하루만 늦었어도 큰일 날 뻔했습니다."
 "네?"
 "그럼, 입원서류 작성해 주십시오."
 형자는 입원서류를 작성했고 성혜는 응급실에서 이층으로 이동했다.
 성혜 핸드폰으로 친정어머니에게 전화를 했다.
 "저 지윤이 고몹니다."
 "예? 우리 에미에게 무슨 일 있습니까?"

"지윤 엄마가 병원에 입원했어요."
"아니, 무슨 일이랍니까?"
"……"
"며칠째 연락이 되질 않아서."
"○○ 병원입니다."
"곧 가지요."

형자가 전화를 끊고 곁에서 그녀를 보살피고 있었다. 링거가 거의 다 들어갈 때쯤 성혜가 눈을 뜨고 두리번거리다가 형자를 보더니 그만 눈을 감아버렸다. 그녀 눈에서 눈물이 주르륵 흘렀다.

"지윤 엄마. 우리 형석이도 용서하고 나도 용서해."
"……"
"내가 너무 속상해서 자네를 몰아붙인 것 미안해."
"형님. 용서라뇨. 당치 않아요."
"어서 몸 추스르자. 왜 이런 무모한 짓을 해."
"……"
"며칠 입원해야 한다더라."
"……"
"산 사람은 살아야지."
"……"

얼마 후에 친정어머니가 입원실로 들어섰다. 성혜는 다시 깊이 잠이 들었고 창가에 있던 형자가 뒤돌아보고 목례를 했다.

"고생했네요. 사돈."
"아닙니다. 이만하길 다행입니다."
"……"

"오셨으니 저는 이만 갈게요. 지윤 엄마가 편하게."

"정말 고맙습니다."

"……"

형자는 인사를 하고 병원 문을 나섰다. 친정어머니 지극한 간호로 성혜는 빠르게 회복되었다.

일주일 병원생활을 마치고 성혜는 친정어머니와 차를 가지러 다시 수목장으로 갔고 성혜는 형석이 잠든 소나무 아래에 섰다.

하늘은 맑고 바람이 그들을 스치며 지나갔다. 그녀가 소나무에 맺힌 빗방울을 한 손으로 쓰다듬었다. 그 작은 몸짓도 슬프게 보였다.

"이제 가야지?"

"네."

천천히 그곳을 떠나 친정집 아파트 앞에서 어머니를 내려드리고 자신의 아파트로 차를 몰았다. 차마 들어가지 못하고 올려다보다가 그대로 앉아있었다. 빈집은 그녀에게 무서움과 동시에 외로움도 느끼게 했다.

깜깜한 밤이 되었다. 지하 주차장으로 천천히 차를 몰고 가서 엘리베이터를 타려고 버튼을 눌렀다. 문이 열리자 성혜가 타고 올라갔다.

집 앞에서 심호흡을 한 후 문을 열고 들어가 전등 스위치를 눌렀다. 방마다 불을 켜놓고 욕조에 따뜻한 물을 받아 옷을 훌훌 벗어버리고 물속으로 들어가 눈을 감아버렸다.

성혜 아파트에 불이 켜지자 차 안에서 바라보던 민철은 천천히 그녀 아파트를 벗어나 돌아갔다.

'성혜야. 어디 갔었니?'

오피스텔로 돌아온 민철은 피곤한지 그대로 거실의 긴 의자에 누워버렸다. 잠이 들었고 한기를 느끼고 방으로 들어가 윗옷을 벗어 던지고 침대에 누웠다.

 그 시각에 성혜도 침대에 누워 생각에 잠겼다. 앞으로 어떻게 살 것인지 두려움이 밀려왔다. 형석의 빈자리가 크다는 사실을 느끼고 그만 어린아이처럼 큰 소리로 엉엉 울어버렸다.

 눈을 감을 수 없었다. 일어나서 평소에 잘 보지도 않았고 형석이 보는 것도 못마땅하게 여겼던 텔레비전을 틀고 볼륨을 최대로 올렸다.

 밤은 왜 그리 길고 시간은 더디 가는지……. 그녀는 교회로 가기로 하고 옷을 주섬주섬 입고 집을 나섰다.

 새벽기도가 끝난 후 이슬이 맺힌 꽃들에게 눈인사하고 작은 돌 위에 앉았다. 해가 떠오르고 꽃밭에 개미들이 나와 돌아다니며 일했다. 개미가 지나간 자리에 그녀의 눈물이 똑 떨어졌다.

 '개미들아. 너희들 대단하구나.'

 그녀는 차를 몰아 집으로 돌아왔다. 그리고 방마다 불을 끄고 돌아다녔다. 아마 형석이 있었다면 한 마디쯤 했을 텐데. 이런 생각이 들자 피식 웃음이 나왔다.

 '내가 웃었다.'

 성혜는 거울 앞으로 가 자신의 얼굴을 오래도록 들여다보았다. 거울 속에 지윤이의 어린 시절이 지나가고 형석이 회사로 가는 뒷모습이 보이고 마지막으로 민철의 슬픈 얼굴이 나타나 오래도록 서있었다.

 '……'

 성혜가 두 손으로 얼굴을 감싸며 울음을 터뜨렸고 이내 엉엉 소리 내어 울었다. 전화벨이 울렸다. 엄마였다.

 "엄마."

 "그래. 어때? 엄마가 갈까?"

"괜찮아요."
"뭐라도 먹었니?"
"지금 먹으려고요."
"그래. 너 입안이 깔깔하지? 엄마가 전복죽 가지고 간다."
"네."
 엄마는 날아온 건지 정말 빨리도 왔고 성혜를 안아주고 나서 부엌으로 갔다. 보온병에서 죽을 꺼내어 국그릇에 옮겨 담았다.
 부엌은 고소한 참기름 냄새로 가득 찼고 성혜는 앉아서 맛있게 다 먹었다. 식탁에 마주 앉아 보던 친정어머니는 만족한 얼굴로 환하게 웃었고 그녀도 마주 웃어주었다.
"아버지는 집에 계셔?"
"응. 동해안으로 친구들이랑 골프 치러 가셨어. 내일 오신다."
"그럼 엄마 오늘 여기서 나랑 자고 가요."
"그러자. 오랜만에 회포도 풀어보자."
"네, 엄마."
"아버지가 집으로 전화하기 전에 내가 여기서 먼저 해야지."
 친정어머니는 전화를 하면서 성혜를 바라보았다. 사위의 갑작스런 죽음으로 당황하고 황망해하던 딸이었다.
 모든 어머니들이 딸을 사랑하는 것 이상으로 성혜에게 정성을 다한 어머니임을 성혜는 잘 알고 있었다. 성혜가 원치 않는 결혼을 해서 지윤이를 낳았을 때도 어머니는 그녀를 안고 그저 토닥여주었다.
 성혜는 딸을 낳고 나서 더 어머니의 사랑을 뼈저리게 느꼈다. 사위의 장례식 날 쓰러져 병원에 있을 때도 어머니는 나타나지 못하고 기도만 하고 있었다.

"너랑 같이 자고 오라신다."
"고맙습니다."
"넌 어릴 때부터 겁쟁이였잖아."
"네."

핸드폰을 누르며 친정어머니가 성혜에게 말했다. 밤이 깊어가고 성혜는 어머니와 함께 편히 누워 잠들 수 있었다. 어머니는 먼저 잠든 딸의 얼굴을 들어오는 달빛 아래서 오래도록 바라보았다. 성혜가 겪었던 일들이 생각나 어머니는 딸 얼굴을 쓰다듬었다. 어머니 부드러운 손길에 성혜는 잠이 깼다.

"엄마, 주무시지 않고."
"잠이 오지 않네."
"나는 잠이 쏟아지네."
"푹 자. 너 마음고생이 심해 잠도 제대로 자지 못했지?"
"……"
"앞으로 어떡할래?"
"그분께서 인도하는 대로."
"네게 좋은 일이 있으면 좋겠다."
"……"

어머니와 성혜는 달빛 속에서 서로 안고 나란히 누워 눈을 감았다.

해운대에서 그녀 안다

다음 날 오전에 늦잠을 자는 딸을 깨우지 않고 어머니는 오랫동안 먼지가 쌓여있는 집 안 청소를 하며 다니셨다.

그 큰 아파트를 다 닦고 나자 성혜가 샤워를 하고 나왔다. 그새 어머니가 청소해 놓은 것을 알고 미안한 얼굴이 되었다.

"나도 샤워해야겠다."

"미안해요. 엄마."

"누가 하면 어때."

어머니가 성혜의 등을 토닥이면서 욕실로 들어갔고 이어 물줄기 쏟아지는 소리가 들렸다. 핸드폰에 카톡 소리가 났다. 현미가 보내온 안부 카톡이었다.

'걱정하지 마. 엄마가 곁에 계셔.'

'그럼. 됐다. 담에 봐.'

'그래.'

오전에 어머니가 돌아간 후 성혜는 우두커니 앉아있었다. 오후가 되어서야 그녀는 여행용 가방을 챙기더니 어둠이 오기 전에 서둘러 아파트를 떠났다.

어디로 갈까? 그녀는 차를 가지고 갈 수 없어 택시를 타고 서울역으로 갔다. 그곳에서 부산으로 가는 가장 느린 기차를 타고 창밖으로 바뀌는 초겨울 풍경을 보았다. 부산에 와본 적도 없는 성혜는 부산역 광장 택시 승강장에서 순서를 기다린 끝에 택시를 탔다.

"어디로 모실까예?"

"해운대로 가주세요. 아저씨."

"예."

그녀는 택시를 타고 해운대로 갔는데 관광 철이 지나선지 바닷가는 한산했다. 미리 숙소를 예약하지 않았지만 그녀는 바다가 보이는 방을 얻을 수 있었다.

가방을 놔두고 성혜는 바닷가를 걸었다. 파도가 으르렁거리며 마치 할퀴기라도 할 것 같은 기세로 달려들었다. 큰 아파트에서 혼자 자는 것은 무서움이었지만 그래도 집보다는 나아 성혜는 바다가 보이는 해운대 호텔에서 그렇게 지내고 있었다.

어느 날 오후, 그녀는 무릎을 꿇고 엎드린 자세로 고개를 숙였다. 그녀의 등 뒤로 노을이 붉게 타오르고 있었다. 성혜의 코발트빛 얇은 스카프가 하늘거리고 있었다.

일주일 동안 성혜의 아파트에 불이 꺼져 있자 민철은 무슨 일인지 몰라 안절부절했다. 현미도 성혜와 연락이 끊기자 걱정이 되었다.

일주일이 지나고 현미가 민철에게 전화를 했다.

"저예요. 현미."

"성혜 어디 있는지 아십니까?"

"제가 물어보려고……."

"휴대폰 번호 주세요. 위치 추적해야겠습니다."

"카톡으로 보내죠."

휴대폰을 눌러 끄자 바로 카톡이 왔다. 위치 추적을 하니 해운대가 떴다. 민철은 학교에 이틀은 갈 수 없다는 연락을 하고 곧바로 택시를 타고 공항으로 달려갔다.

'왜 해운대로 갔을까?'

공항에서 부산행 비행기를 타고 김해공항에 내렸다. 그 시간이 얼마나 길던지 민철은 시계만 자꾸 쳐다보았다. 택시를 타고 해운대로 갔고 어딘가에 있을 그녀를 찾기 위해 바닷가를 뛰어다니기 시작했다. 인적이 없는 바닷가는 허허벌판이었다.

성혜가 바닷가를 되돌아 걷고 있었다. 그녀는 달려오는 민철을 보고 그 자리에 서 버렸다. 그는 달려와서 성혜를 끌어안았다.

"성혜야."

"나 무서워."

성혜는 마음 놓고 울어버렸다.

'그래. 실컷 울어라.'

민철은 그녀의 등을 두드려주며 혼잣말을 했고 그녀는 아주 오래도록 민철의 품에서 울었다. 울음소리가 잦아들고 숨을 제대로 쉬게 되었을 때 민철은 말없이 그녀와 어깨를 맞대고 바닷가를 걸었다.

애타게 그리운 사람을 이제 어느 누구의 간섭도 없이 바라볼 수 있었다. 첫사랑의 슬픔을 이제 보듬어줄 수 있게 되었다. 손을 내밀어 성혜의 손을 꼭 잡았다. 그녀가 뿌리치지 않았다.

그녀가 노랑 주홍의 노을 속에서 그를 바라보다 아무 말 없이 민철의 품에 안겼다. 그의 깊은 입맞춤에 까치발로 목을 끌어안았다.

호텔로 돌아와 가방을 챙겨 나온 두 사람은 저녁 기차를 타려고 부산역으로 갔다. 역 가까이에서 샌드위치와 커피로 간단히 요기하고 기차를 탔다. 두 사람은 나란히 앉았다. 성혜는 창가에, 그는 그녀 곁에…….

천천히 기차가 움직여 어둠을 뚫고 부산을 등지고 있었다.

성혜는 곁에 앉아있는 그를 바라보았다. 청춘의 그 모습은 온데간데없고 중년의 그가 예전처럼 자기를 보호해 주려 애쓰고 있는 모습에 눈물이 났다.

'고마워요. 나를 찾아줘서.'

성혜가 마음속으로 말했다.

"피곤하지? 이제 우리 자자."

"네."

그녀의 순하고 순한 대답이었다. 민철이 먼저 눈을 감았고 성혜도 이내 잠이 들었다.

몇 시간이 흐르고 그가 일어나 곁에서 잠든 성혜를 바라보았다. 강산이 두 번도 더 바뀌고 난 후 그들은 다시 만날 수 있었다. 꿈에서도 만날 수 없었던 그녀가 그의 어깨에 기대어 잠을 자고 있다. 두 사람 다 험하고 험한 시간들을 보내고 다시 만났다.

신새벽에 서울에 도착하자 민철은 그녀를 바래다주고 자신의 오피스텔로 돌아갔다. 샤워를 하고 우유 한 잔을 마신 그가 유난히 씩씩하게 학교로 걸어갔다. 고3 담임인데도 성혜를 찾기 위해 자리를 비워 제자들에게 미안했다.

성혜는 집에 돌아온 후 가방을 정리하고 냉장고와 냉동실도 살펴보고 음식물 쓰레기를 봉투에 가득 담아 버리고 현미와 통화를 했다.

"성혜야. 잠적은 한 번으로 족하다. 너."

"알았어. 너 땜에 어디로 숨지도 못한다. 사실 혼자 밤에 자는 게 무서워."

"이해해."

"집에는 있질 못하겠다. 오늘은 친정엄마네로 다시 가야지."

"그래. 엄마한테 가서 지내."

성혜는 휴대폰을 누르고 넓은 아파트를 땀을 흘리면서 청소하기 시작했다. 거실 벽에 걸려있는 가족사진 속에서 형석이 웃고 있었다.

그가 웃었다는 걸 왜 이제야 볼 수 있었을까? 그에게 무심했던 자신이 미웠다.

"미안해요. 형석 씨. 당신이 나만 생각하고 살았던 거 같아요."

형석 때문에 처음 흘리는 눈물이었다. 그가 자신에게 쏟은 사랑에 비하면 비록 원하지 않은 사랑이었지만 그는 끝까지 그녀를 놓지 못했다. 사진 속 형석의 얼굴을 쓰다듬으며 성혜는 회한의 눈물을 왈칵 쏟아냈다.

성혜는 주차장에서 차를 몰고 친정집으로 갔고 어머니가 반가워하며 손을 잡았다.

"엄마."

"내 새끼."

친정어머니의 그 한 마디에 성혜는 그만 또 눈물을 보이고 말았다. 어머니는 가만히 성혜를 안아주며 등을 토닥여주었다.

"……"

어머니 한 마디 말 없음에 그녀는 느낄 수 있었다. 말보다 더 큰 사랑임을…….

어머니 집에서 한 달을 살다가 성혜는 늦가을에 원주에 있는 기도원으로 가기 위해 아파트로 갔다. 아파트에 들러 난방은 외출로 했고 집을 비우는 데 불편은 없었다. 한겨울을 지낼 가방을 챙겨 경비 아저씨에게 연말까지 집을 비운다는 말을 했다.
성혜는 현미에게 전화를 했다.
"나야."
"그래. 요즘 어머니하고 사니 편안하니?"
"그럼. 어머니는 다 좋은 거지. 나 기도원 가서 연말까지 지내다 온다."
"민철 씨 너 찾으면 어떡해?"
"카톡 남기고 갈게."
"알았어. 잘 갔다 와."
"응. 현미야. 내 친구가 돼 줘서 늘 고마웠다."
"무슨 소리야. 잘 갔다 와."
"오면 만나자. 엄마 노릇 잘 하고."
"내가 뭐 팥쥐 엄마니?"
"아니지요. 끊는다."
휴대폰을 누르고 성혜는 민철에게 카톡을 남겼다.
'내일 원주에 있는 기도원에 가요.'
그녀가 남긴 카톡을 보고 민철이 휴대폰을 누르지만 받지 않았다. 그가 보낸 카톡을 확인하고 성혜는 차를 몰았다.
그녀는 원주로 가는 고속도로로 접어들었다. 만추의 가을 강원도 산은 아름답게 물들었다.
원주 신림면 작은 톨게이트를 지나 노을이 드는 시각에 도착했다.
커다란 기도원 정문을 지나 가까운 사무실 건너편에 차를 세우자 담당자가 나와 반갑게 맞아주었다.
"환영합니다. 기도하러 오셨군요?"

"네. 여기가 아름답고 원장님 말씀도 좋다고 소문난 곳이잖아요."
"네에. 맞아요. 원장님 말씀 좋지요."
"……"
"사무실로 들어오세요. 방문자 노트에 쓰셔야 하니까요."
"네."
성혜는 담당자를 따라 사무실로 들어갔다. 깔끔하게 정돈된 사무실에는 십자가와 기도원 전경이 액자에 들어있었다.
"차 들어야지요?"
"아니에요. 서울에서 출발했더니 좀 쉬어얄 것 같아요."
"네. 그러면 여기에……."
담당자는 웃으며 노트를 내밀었다. 성혜가 기록을 마치고 노트를 돌려주었다.
"며칠이나 숙박하시죠?"
"연말까지요."
"네. 절 따라오세요."
성혜는 차 트렁크에서 작은 가방을 가지고 뒤따랐다. 사무실 건너편에 있는 건물 이층으로 안내해 주었다.
방에는 십자가 외에 탁자와 일인용 침대가 있다.
"식사는 여섯 시입니다. 늦지 않게 오세요."
"네 고맙습니다."
담당자는 웃으며 열쇠를 탁자 위에 놓고 나갔다. 성혜는 창문을 열고 밖을 바라보았다. 마지막 노을이 사라지고 어둠이 밀려오고 있었다.
겨울방학이 시작되고 민철은 지리산으로 떠났다. 어느 해 여름 풍광을 찍을 때와 달리 그 추운 매동마을에서 일주일은 큰 기쁨의 시간들이었다.

여름날의 그때보다 가벼운 발걸음으로 그의 얼굴은 이제 밝게 빛났다.

매동마을에서 사과밭을 겸하여 민박을 하는 주인장과 같이 지리산의 풍광 좋은 곳을 찾아서 사진 찍기에 바빴다. 짧은 겨울 해가 얄미울 때도 있었다.

노루목에 서있는 당산 소나무에 폭설이 내려 두꺼운 하얀 옷을 입고 있었다. 그 멋진 사진을 찍을 수 있음에 기분이 좋았다.

"심 선생님. 이제 그만 내려가장께요이."

"그럽시다. 춥지요?"

"예."

그들은 산속에서 깡충거리며 뛰어가는 토끼를 보았다. 덮인 눈 속에서 잘 뛰어가지 못했다. 눈 속에 파묻히면서 두 귀를 움직이며 나무 뒤로 뛰어갔다.

집으로 돌아와 먹은 저녁식사는 꿀맛이었다. 지리산에서 나오는 여러 가지 나물들과 석쇠로 불 위에서 구운 작은 조기 한 마리도 참 맛있었다.

심민철은 방으로 들어와서 긴긴 겨울밤을 이리저리 뒤척였다. 어디선가 부엉이가 지리산의 고요를 깨뜨리고 있었다. 한밤중에 개 짖는 소리가 들려왔다.

장닭의 홰치는 소리에 자리에서 일어났다. 이렇게 지리산의 하루가 시작되었다.

밖에는 어젯밤에 폭설이 내린 듯 설경이 펼쳐지고 감나무 높은 꼭대기 가지에서 까치밥이 하얗게 모자를 쓰고 있었다. 산새들이 날아와 까치밥을 쪼아 먹으며 날개를 퍼덕였다.

대문 앞에서 싸리빗질 소리가 들려왔다. 민철은 마당을 지나 밖으로 나가보았다. 주인장이 사람 좋은 웃음을 짓고 싸리비를 건네주었다. 그가 얼른 싸리비를 받아 쓸기 시작했다. 시골 외할머니 집에서 겨울방학이면 누나하고 서로 싸리비를 차지하려고 싸우던 그 옛날이 그리워졌다.
　아침식사를 하고 주인장과 함께 왕시루봉으로 사진을 찍으러 가려고 할 때 주인장의 아내가 고구마와 보온병에 담긴 커피를 건네주었다.
　"이게 뭔디?"
　"점심이지요. 눈길에 잘 댕겨와요."
　"걱정 말드라고. 선생님 허고 둘이 가니께. 그라고 실한 차가 있잖여."
　"다녀오겠습니다. 잘 먹겠습니다."
　민철은 차에 오르며 환하게 웃어주었다. 주인장과 함께 매동마을을 나와 남원으로 갔다. 남원 시내를 지나 곡성으로 가는 국도 17번을 따라 차는 거북이걸음으로 움직이고 있었다. 봄이면 화려한 벚꽃길인데 지금은 섬진강도 꽁꽁 얼었는지 강물 흐르는 게 보이지 않는다. 아마 얼음장 밑으로 흐르나 보다.
　차는 천천히 노고단에 도착했다. 정상에서 바라보니 겨울 산과 산 사이의 구름바다 사이로 햇살이 비집고 들어와 아름다운 풍경이었다.
　민철이 자동차 바퀴 체인에 감긴 눈을 털어내고 있었다. 주인장은 아내가 끓여준 커피 한 잔을 그에게 내밀었다.
　"추운데 같이 드시지요이."
　"고맙습니다."
　커피가 이렇게 맛있는지……. 민철은 천천히 오래도록 음미하며 마셨다. 카메라를 꺼내 사진을 찍기 시작했고 폭설 속에서도 노고단은 웅크리지 않았다. 오히려 더 당당하게 서있었다. 민철의 카메라 셔터 소리만 들려오고 주인장은 어느새 차 안에서 바라보고 있었다.
　아름다운 풍경을 혼자 보는 것이 안타까워 민철은 폰으로 동영상으로 찍기 시작했다. 폰 촬영이 끝나고 추워서 왕시루봉으로 가지 못했다.

지리산은 혼자만의 겨울을 즐기는 것 같았다. 산들이 겹겹이 폭설 속에서도 전혀 요동하지 않았다. 구름바다도 햇살도 눈보라조차도 선뜻 속살을 보이지 않았다.

"선생님 이제 그만 가십시다. 왕시루봉은 봄에 가야겠습니다."

"그럽시다. 겨울은 쉬 어두워져서."

민철도 추워 이제 돌아가고 싶었다. 돌아온 다음 짐을 챙기기 시작했다. 짐이라고 해야 가방과 카메라 가방뿐이다.

일주일의 지리산 여행을 마치고 주인장 내외에게 인사한 후 서울로 돌아왔다. 오피스텔에 들어서니 사진 속 성혜가 웃고 있었다.

"네게 보내주려고 지리산의 구름바다 찍었다. 보낸다."

성혜가 점심 식사 후 기도원을 돌다가 돌아와 누워있을 때 그의 카톡이 들어왔다. 사진 아래 그의 설명이 왔다.

'지리산이다.'

그리고 얼마 후 딸이 카톡으로 전화를 했다.

"엄마. 나야."

"잘 있지?"

"할머니한테 전화했더니 기도원 갔다 해서……."

"엄마가 좀 정리할 게 있어서……."

"……"

"미안하다."

"언젠가 아빠가 술에 취해서 엄마한테 퍼붓던 때가 내가 중3이었어요."

"……"

"아빠가 술주정할 때 아무 말 없이 들으며 숨죽여 울었을 때."

두 사람은 카톡으로 전화를 하면서 시간 가는 줄 모르고 서로에게 마음속에 있던 말들을 다 쏟아냈다.

"그때는 어려서 엄마를 이해하지 못했지만 피터랑 결혼할 때 엄마가 사랑하는 사람과 함께 살아야 한다고 하던 날."

"……"

"그제야 난 엄마가 얼마나 아픈 결혼생활을 했는지 어렴풋이 알게 되었어."

"……"

"엄마. 이제 그 아저씨 곁으로 당당히 가요."

"……"

"아저씨가 뭐래?"

"아직……."

"엄마. 담 주에 또 전화할게요. 기도원에서 주님의 응답 받고 오세요."

딸의 밝고 맑은 목소리가 저편으로 사라지고 성혜도 핸드폰을 눌렀다. 민철의 카톡이 들어왔다.

'기도원 주소 부탁'

성혜는 기도원 주소를 보냈다. 며칠 후 민철에게서 편지가 도착했고 성혜는 조심스럽게 뜯고 읽기 시작했다.

성혜에게

정말 네게 편지를 쓰리라고는 생각지도 못했는데…… 늦게 사랑의 편지를 보낸다. 모두 다 정리하고 내년 지윤이 아버지 기일 후 조촐한 결혼식 올리기로 하자. 이제는 너와 내 삶 마지막을 함께하고 싶다. 내가 다니는 정동 그 교회에서 우리 함께 내일을 향해 걸어가자.

그의 편지는 그렇게 간단하게 끝났고 이제 성혜가 답장을 해 줄 차례가 되었다. 그의 봉투에 주소가 써있었다.

다음 날 새벽기도 때 성혜는 그의 편지를 성경 속에 넣어가지고 예배에 참석했다.

새벽기도 말씀은 히스기야 왕이 당할 어려움의 편지를 들고 하나님께 간구하는 그 부분이었다. 하나님께서는 히스기야의 눈물의 기도를 외면치 않고 치료법을 가르쳐 주었고 그를 15년 더 살게 했다는 목사님의 설교였다.

모든 성도들이 나간 후 그녀는 오래도록 강대상에 마주 앉아 민철의 편지가 바로 보이게 두 손 위에 올려놓았다. 무릎 꿇은 성혜의 고개 숙인 어깨가 작게 흔들리더니 이내 엉엉 그분 앞에서 울기 시작했다.

얼마나 울었을까? 추위에 떨면서 이미 차가워진 실내에서 얼굴을 손수건으로 닦고 예배당 문을 열고 나왔다. 바라보이는 삼나무 숲길에 함박눈이 쏟아지고 있었다.

이제 오래전 그 사랑에게로 가야겠다는 마음의 결정이 선 그녀는 햇살이 환하게 비추는 기도원 넓은 마당으로 걸어가 오래전 동생이랑 같이 해바라기를 만들었던 것이 생각나 한 발은 고정시키고 다른 발로는 원을 그리며 환하게 웃었다.

식사도 거른 채 그녀는 커피 한 잔을 들고 넓은 밭으로 갔는데 거기에 꽁꽁 언 쪽파가 돌아올 봄을 기다리고 있었다. 다리를 건너가니 가을에 마른 들꽃이 눈 속에서 흔들림 없이 그 자리에 서있었다.

다시 교회로 돌아오니 점심식사 하는 시각이었다. 기도하러 온 몇몇 성도들이 식사를 하며 이야기하며 웃는 자리를 지나 식판을 들고 창가에 앉았다. 따끈한 시래기된장국이 맛있어서 다 먹고 식당 밖으로 나와 삼나무 숲길로 걸어갔다. 산바람이 불 때마다 눈송이처럼 날렸다. 그 멋진 풍경도 다 그분의 솜씨였다.

거의 두 달 동안의 기도원 생활을 마치는 시간이 다가왔다. 연말이 되니 기도원도 여러 교회 수련회 준비로 바빠졌고 성혜는 이제 떠나야 함을 알고 그 아름다운 곳에 인사하고 서울로 돌아왔다.

기도원에서 돌아온 성혜는 차를 가지고 친정집으로 향했다.

"엄마. 나 왔어요."

"그래. 얼굴을 보니 응답받고 온 것 같다."

"네."

"심 선생만 한 사람도 없다. 잘 생각했다."

"나 그래도 돼? 엄마?"

"그럼. 그동안 니 맘고생 엄만 다 알아. 불쌍한 것."

친정어머니는 성혜를 끌어안으며 등을 다독여주었다.

민철의 카톡이 왔고 성혜도 서울에 왔다는 답장을 했다. 연말이라 어수선해도 그들은 오후에 시청 앞에서 만나기로 했다. 민철도 방학이라 학교에 나가지 않고 오피스텔에 있었다.

노을이 시청 앞 높다란 빌딩 유리창에서 역광으로 빛나고 있었다. 시청 광장에는 빙상장이 차려져 있어 많은 인파로 붐볐다.

그가 나와 기다리고 있었다. 지하철에서 내린 성혜가 출구에서 나와 걸어가니 민철이 그녀를 바라보며 빠른 걸음으로 걸어왔다.

"춥지? 나 점심 먹지 않아 배고프다."

"식사하고 차 마셔요."

"그러자."

명동으로 걸어가 그가 앞장서 식당 문을 밀고 들어갔고 성혜도 뒤따라 들어갔다. 한정식을 먹고 수정과를 마시고 나와 광장이 보이는 호텔 카페에서 그들은 밖을 바라보며 향기로운 차를 마시며 이야기하고 있었다.
"내 편지 답장은?"
그가 성혜를 바라보는 눈길에 다정함이 듬뿍 담겨있었다.
"……"
"……"
그녀가 손을 내밀었고 민철이가 작은 손을 꼭 잡아주었다.

며칠 후 성혜는 여의도 현미네 집에서 밥을 먹고 〈빛카페〉로 갔다.
"기도원에 잘 다녀왔지?"
"응."
"민철 씨 만난 거니?"
"며칠 전에."
"뭐래?"
"기도원으로 편지 왔었어."
"와, 언제?"
"형석 씨 일 주기 지나 결혼하자는 청혼 편지."
"잘 되었다."
"그럴까? 현미야. 나 그래도 돼?"
"그럼. 네 마지막 인생은 아마 그 누구보다도 행복할 거야."
"……"
"축하해. 이젠 나도 한시름 놓았다."
"무슨 말이야?"
"너 그렇게 사는 거 늘 내 마음 한쪽에 돌멩이를 얹어놓은 거 같았거든."

 교사 시절 이후 쭉 성혜의 인생 과정을 지켜봐 온 그녀가 엄지손가락을 들어보였다. 〈빛카페〉 전면 유리창 너머로 한강이 윤슬로 화답하고 있었다.

 오래 비워둔 집에서 특유의 냄새가 묻어났다. 그녀는 옷을 갈아입고 유리창을 다 열고 먼저 청소를 하기 시작했다. 청소기를 돌리고 걸레로 무릎을 꿇고 닦아냈다.
 "이번에 출장 갔다 오면 우리 여행 가자. 교토로."
 형석이 출장 떠나기 전에 한 말이었다. 그의 목소리가 또렷하게 들리는 것 같아 주위를 둘러보았다. 그의 목소리가 귓속에 맴돌았다. 그녀는 다시 고개를 숙이고 걸레질을 했다. 넓은 집을 다 닦고 나니 옷이 흠뻑 젖었다.
 샤워 후 아파트 안을 천천히 둘러보았다. 가을이 되기 전에 아파트를 처분할 예정이다. 여름방학 때 나와서 같이 살다 가겠다는 지윤이의 뜻에 따라 딸이 갈 때까지만 아파트에서 살기로 했다.
 거실에서 유리창을 통해 밖을 바라보았다. 아파트 안의 정원에 꽃들이 다투어 피어나고 있었다. 개나리가 지기 시작하고 벚꽃들이 꽃잎을 꽃보라로 날리는 사월은 아름다웠다. 잔인한 달이라며 사월을 노래한 영국 시인은 유럽의 사월을 말한 것이 분명했다. 한국의 사월은 아름다움과 꽃들의 잔치로 화려하기만 했다.

 민철이 그녀의 손을 잡고 구름다리 위로 걸어갔다. 거기에는 앙증맞은 들꽃들이 피어나고 있었다. 우리나라 꽃은 화려하지 않으면서 향기롭다.

꽃들에게 성혜는 눈인사로 반가움을 전했다.

노을이 물드는 시각 그들은 꽃보라를 맞으며 남산을 걸어 내려왔다. 좁은 골목길로 내려가다가 성혜는 지하로 들어가는 입구에 있는 폴란드 그릇 가게를 발견했다.

"나 폴란드 그릇 보고 싶다."

"가자. 사줄게."

"내가 살 거야."

"누가 사든 가보자."

성혜가 앞장서고 그가 천천히 뒤따라 걸어갔다. 작은 공간에 특이한 푸른빛(?)의 그릇들이 고유의 문양을 하고 그들을 맞이했다.

"예쁘다."

성혜가 그릇들을 보며 탄성을 질렀다. 분위기부터 다른 그릇들을 두 개씩 골라서, 어느 것은 네 개를 샀다.

어느새 그가 계산을 끝냈고 꽤 무거운 그릇들을 들고 웃으며 계단을 오르고 성혜가 뒤따랐다.

"성혜야. 나 배고프다. 너는?"

"나도 배고파요."

경리단 길에서 그들은 다른 연인들처럼 오래전에 해보지 못한 가난한 데이트를 하며 즐거웠다.

"이 그릇들 내 오피스텔로 가져간다."

"……"

"너 집에 바래다주고 갈게. 일어나자."

"그래요."

"어머님은 담 주 토요일에 만나 뵙기로 한다. 괜찮지?"

"너무 빠르지 않을까요?"
"아침에 일어나 너를 안고 싶다."
"……"

성혜는 더 말할 수 없었다. 충분히 민철의 기다림을 알고 있기에 그녀는 그냥 선선히 웃어주었다.

택시에서 내려 그녀가 손을 흔들며 갔고 민철은 그 차로 다시 자신의 오피스텔로 가면서 세상에서 가장 행복한 남자가 되어 있었다.

토요일 오후, 민철은 정장을 하고 아주 기분 좋은 얼굴이 되어 성혜의 친정 아파트로 차를 몰았다. 오래전에 어머니라 부르며 들락거렸던 그 집이 아니고 이제 연로하셔서 생활하기 편한 아파트였다.

아파트 입구에 성혜가 나와 있었다. 차를 주차한 후 성혜와 함께 엘리베이터를 타고 올라갔다. 그녀가 긴장하고 있는 민철의 비뚤어진 넥타이를 바로잡아주었다.

"나 어때?"
"괜찮아 보여요. 우리 엄마 모르는 분도 아니잖아요."
"그래도 떨린다."

엘리베이터 문이 열리고 그들은 아파트 문 앞에 섰다. 민철이 심호흡을 하더니 초인종을 눌렀다.

"문 열려 있다. 들어와."
"어머님, 저 민철이 왔습니다."
"어서 들어오게나."

어머니가 현관까지 나와 그의 손을 잡아끌었다. 민철은 어머니를 껴안고 한참이나 고개를 숙이고 있었다. 아버지도 방에서 나와 민철을 바라보았다.

"들어가세. 그동안 고생 많았네."
"아버님 어머님, 절 받으셔야죠."
"……"
어머니도 눈가를 손수건으로 누르고 있었다. 거실에는 시원스럽게 대나무 돗자리가 깔려있었다. 두 사람은 부모님 앞에서 큰절을 올렸다.
"자네가 이제껏 내 딸을 잊지 못하고 살았다니……."
"……"
"고맙네. 이제라도 두 사람 잘 살아야 한다."
"어머님 고맙습니다."
"오늘 저녁은 내가 다 만들었네. 성혜가 거든다 했지만 오늘 밥상은 내가 차려주고 싶었어."
"고맙습니다."
"고맙긴……. 밥 먹자."
"네."
부엌으로 자리를 옮겨 어머니가 차려주신 식탁에 네 사람이 앉았다. 아버지와 어머니가 나란히 앉고 두 사람은 맞은편에 앉았다. 민철은 맛있게 밥 한 그릇을 뚝딱 해치웠다.
"정말 너무 오랜만에 집밥 먹었습니다."
"잘 먹으니 고맙네."
그날 저녁 늦게까지 그들은 친정 거실에서 이야기꽃을 피웠다. 그리고 그가 돌아갈 때 어머니는 여러 가지 찬들을 커다란 보자기에 싸 손에 들려주었다.
"종종 놀러 와."
"귀찮을지도 모르겠습니다."

"사람 냄새 나서 좋지."

그렇게 성혜의 배웅을 받으며 돌아갔고 부모님의 승낙으로 그들의 결혼은 급물살을 탔다.

여름방학 때 민철은 인사동 경인미술관에서 지리산의 사계 사진전을 열기로 했다. 몇 해 전부터 지리산에 빠진 그의 살아있는 열정이 담긴 사진들이었다.

성혜는 민철이 사진전을 준비하는 동안 그와 함께 늦게까지 1층에는 봄, 여름, 가을의 지리산을, 2층에는 지리산의 겨울을 담은 사진들을 걸었다.

"성혜가 고생한다."

"아니. 기분 좋은데."

그녀가 민철을 바라보며 함박웃음을 지었다. 마무리하고 집으로 돌아가는 차 안에서 성혜가 말했다.

"내일 지윤이 와요."

"내 사진전에도 올 수 있겠다. 같이 와."

"그럴게요."

성혜를 바래다주고 민철은 집으로 돌아와 잠에 푹 빠졌다.

다음 날 인천공항에서 지윤 부부와 다율이를 만난 성혜는 차를 천천히 몰아 미리 깨끗하게 청소해둔 자신의 아파트로 왔다.

집에 들어오자 지윤이가 가족사진 앞으로 가서 형석의 얼굴을 쓰다듬으며 인사를 했다.

"아빠. 나 왔어요. 하늘나라에서 잘 계시는 거죠?"

성혜는 딸의 젖은 목소리에 아무 말 없이 딸을 바라보며 생각에 잠겼다. 그는 딸에게는 더할 나위 없이 자상한 아빠였다.

피터와 다율이가 거실에서 함께 뒹굴며 놀았다. 예전에 형석이 지윤이와 하던 그 놀이에 그녀는 깜짝 놀랐다.

"지윤아. 피곤할 텐데 씻고 푹 쉬어라. 다율이도 씻기고."

지윤이가 성혜의 목소리에 뒤돌아보며 대답했다.

"네. 엄마."

거실에서 놀고 있는 피터에게 방으로 들어가자며 먼저 방으로 들어갔다.

이틀을 푹 쉬고 성혜와 지윤 가족은 인사동에서 열리는 민철의 사진전에 거의 끝나는 시각에 찾아갔다. 인사동 경인미술관은 전시 공간이 여러 개 있는데 그중 작은 마당을 지나 들어가는 곳에서 전시를 하고 있었다.

그의 전시장에 도착했을 때 한 무리의 고등학생들이 민철 주위에서 왁자지껄 떠들고 있었다.

"선생님, 언제 지리산을 계절마다 찾아가셨어요?"

"저도 다음에 사진작가 될래요."

"정말 좋은 취미인 것 같아요."

"이젠 취미가 아니라 본업이 된 것 같아요. 선생님."

"알았다. 이제 그만."

민철이 기분 좋은 얼굴로 성혜 일행을 바라보며 웃었다. 성혜도 웃었고 지윤 가족도 목례를 했다. 그리고 천천히 사진들을 둘러보았다.

천방지축인 다율이가 심심한 듯 뛰어다녔다. 피터가 조용히 하라고 쉿, 주의를 주자 다율이가 성혜에게 다가와 손을 잡았다. 성혜가 이끄는 대로 함께 사진을 보았다.

초봄에 눈 속에서 활짝 핀 얼음새꽃이 눈부신 노랑으로 빛나고 있었다. 노고단의 부서진 교회 터와 붉은 철쭉이 처연한 아픔으로 다가섰다. 구름바다가 아름답다는 것보다 더 적절한 표현은 없을까? 한 무리의 변산바람꽃이 아름다웠다. 구례의 골짜기 물소리가 들려오는 듯한 풍경 속의 산수유, 뿌연 빛 속에서 찍은 왕시루봉의 여러 건축 스타일로 지은 선교사 별장은 너무 낡아 곧 무너질 것 같아 안타까웠다.

전라남북도와 경상남도의 여러 둘레길을 안고 있는 지리산은 무궁무진한 아름다움을 쉽사리 보여주진 않았다. 초봄인 듯, 아기반달곰 두 마리가 놀고 있는 모습이 우스꽝스럽게 찍혀있었다.

참나리가 피어나고 소나기 속에서도 자라는 버섯, 그리고 천왕봉의 일출은 사진전의 또 다른 잊지 못할 풍경이었다. 지리산의 가을 둘레길은 다랑논의 누렇게 익은 벼들 대신 단풍으로 한층 불타고 있었다. 이층에 올라가니 눈 덮인 노고단이 모습을 드러냈다.

"엄마는 준비하면서 다 봤다. 여기 매동마을 까치밥도 예쁘다."

"감인데 왜 까치밥이래?"

"겨울 눈 속에는 먹을 게 없어서 옛날부터 이렇게 새들에게 베푼 좋은 풍습이란다."

"그렇구나. 엄마, 나도 한번 가보고 싶다."

"이번에 한번 가보든지. 서울에만 있으면 답답하니까."

성혜 가족이 2층에서 내려오자 학생들은 어디로 가고 민철이 다가왔다.

"학생들은 어디에 있어요?"

"응. 피자 먹고 싶다고 해서. 지금 피자집이 들썩일 거야."

"지윤이, 피터, 그리고 손녀딸 다율이."

"만나서 반가워. 늘 궁금했는데."

"처음 뵙겠습니다. 나지윤입니다."

"피터입니다."

다율이가 모두 인사를 하자 자신도 덩달아 인사를 하여 모두 웃었다.

"나가지. 식사해야지."

"그래요."

성혜 가족이 먼저 나가자 그가 전시관의 불을 끄고 밖으로 나왔다.

"인사동에는 맛집이 많긴 한데…… 피터가 어떨지."

"종로경찰서 골목길에 있는 〈여자만〉이라는 곳 가요. 무난할 거예요."

"그럴까? 저녁이라 좀 시끄럽지 않을까?"

"밥은 거기서 먹고 차는 〈귀천〉에서 마셔요."

"그럽시다. 가지."

민철이 앞장서고 뒤이어 성혜와 그녀의 가족이 따랐다. 골목길을 돌아 여자만에서 식사를 하고 귀천으로 차를 마시러 갔다. 그곳에서 어린아이 같이 해맑은 웃음을 짓는 천상병 시인을 만났다.

머뭇거리지 않는 사랑

 커다란 머그잔에 솔향이 나는 우리 차 등 각자의 취향에 맞는 차를 마시고 있을 때 지윤이가 말을 꺼냈다.
 "엄마를 오랫동안 사랑하신 거 잘 알아요."
 "……"
 "지윤아. 그 얘긴 여기보다 집으로 가서 하자."
 성혜가 그런 제안을 하자 지윤이가 고개를 끄덕이고 모두 자리에서 일어났다. 주차장으로 가서 민철의 차를 타고 집으로 돌아왔다.
 처음으로 성혜의 집에 온 민철은 어색해하며 거실 의자에 앉았다. 부엌으로 간 성혜와 지윤이가 수박과 토마토를 하얀 접시에 내왔다.
 "시원한데 들어요."
 성혜가 말하며 앉자 모두 말없이 수박을 먹었다. 오랜 침묵을 깨고 지윤이가 먼저 말했다.
 "제 나이보다 더 오랫동안 엄마를 사랑하신 것 잘 알아요."
 "……"
 "지금까지 결혼도 하지 않으신 것도요. 이젠 아버지라 부르겠습니다."

"……."
"지윤아."
성혜는 지윤이의 마지막 울음 섞인 말에 목이 메어 딸을 와락 껴안았다.
민철은 말없이 그 상황을 지켜보고 있을 뿐이었다. 더 이상의 말이 필요 없었다.

오피스텔로 돌아온 민철은 침대에 누워있다가 옷도 벗지 않은 채 잠들어버렸다. 한밤중에 답답하여 일어나 보니 옷을 입은 채 자고 있었다. 서둘러 욕실로 들어가서 샤워를 하며 온몸으로 쏟아지는 물을 받아냈다. 그의 귓가로 지윤이의 목소리가 들려왔다.
"아버지!"

팔월 마지막 토요일에 민철네 가족과 성혜 가족이 모여 저녁식사를 했다. 그날 특별 손님으로 현미 부부가 딸 하은이랑 참석했다. 그들 모두가 민철의 깊은 사랑을 알기에 박수로 축하했다.
"내 동생 민철이가 그토록 잊지 못하던 성혜와 삶의 동반자로 함께하게 되어 감사드립니다."
"……."
"저희 어머님께서 눈을 감지 못 하시고……."
"이 사람이 분위기 파악도 못 하고……. 아닙니다."
"친구로서 그동안 사정을 잘 알고 있는데 두 사람이 이리 다시 만나게 되어 정말 기쁩니다."
성혜 친정어머니가 눈가를 훔쳤다. 친정아버지도 얼굴을 돌리고 있었다. 지윤이가 엄마를 보니 아름답게 빛나 보였다.
 모두가 하나 되어 축하하는 것은 두 사람을 아끼기 때문이리라. 그 후 두 사람은 각자의 집을 처분해 합가하기로 했다. 성혜 아파트는 지윤네 가족이 서울에 있는 동안 살아야 하므로 합가는 9월 말로 정했다.
 민철은 성혜가 모든 것을 처분하고 몸만 들어오기를 원해서 피아노와 피아노 방음부스는 현미네로 보내기로 했다.
 지윤이가 짐 정리를 하면서 형석의 유품 중에서 몇 가지를 골라 여행 가방에 챙겨 넣었다. 그러면서 눈시울을 붉혔고, 그런 딸의 모습에 성혜도 마음이 아팠다. 그러나 형석은 이미 이 세상에서 사라진 사람이었다.
 성혜는 침대에 누워 천장을 바라보았다. 자신의 이런 상황이 그녀도 편한 게 아니었다. 주르르 눈물이 흘렀다. 그때 지윤이가 방문을 열고 들어섰다.
 "엄마. 미안해요."
 "이해한다. 네겐 하나뿐인 아빠잖니."
 "……"
 "……"
 "엄마가 행복하게 사는 거 보고 싶다."
 "……"
 두 사람은 끌어안았다. 남은 짐들은 〈아름다운 가게〉에서 실어갔다. 최소한의 집기와 냉장고만 빼고 집은 텅 비었다.
 민철의 오피스텔이 팔렸다. 두 사람은 한강이 바라다보이는 아파트를 구입해 민철이 먼저 이사했다.
 민철은 백화점에 들러 성혜의 가을 옷 서너 벌을 사서 옷장에 걸었다. 나머지는 계절이 바뀔 때마다 그때그때 사 올 생각이다.

성혜가 신혼집을 둘러보다가 옷장을 열어보고 깜짝 놀라 그를 불렀다. 민철 옷과 성혜 옷이 서로 마주 보고 있었다.

"이게 뭐예요?"

"응. 서로 마주 보고 있는 거지."

"이런 생각을 하다니."

"어느 날 기독교 방송을 듣는데 부흥목사가 자기가 전국을 돌아다니며 부흥회를 하니까 그의 아내가 어느 날부터 그렇게 하더래."

"그래서 흉내 냈어요?"

"발상이 재밌잖아."

"……"

민철이 그녀의 손을 잡고 부엌으로 갔다. 식탁 위에 폴란드 찻잔 두 개가 서로 맞대어 있었다.

"그 그릇이야. 예쁘다."

"앉아봐. 내가 장미차 줄게."

"장미차? 언제 준비했어요?"

"여자에겐 장미차가 좋다더라. 나는 커피 마실 거야."

커피포트에서 끓는 물을 찻잔에 붓고 장미 잎 세 개를 넣어주었다. 감미로운 장미 향이 그녀를 행복하게 했다.

형석의 기일에 성혜와 지윤 가족은 현미와 함께 장흥으로 가서 그가 묻힌 나무 아래서 예배를 드렸다. 일 년 전 그날이 생각나서 성혜는 털썩 주저앉았다. 현미가 그녀의 손을 잡아주었다.

"고마워. 언제나 곁에 있어줘서."

"앤. 곧 결혼식이야. 형석 씨는 갔다. 마음 굳게 먹어라 너."

"알았어."

지윤이도 주저앉았다. 그런 지윤이를 피터가 달래주었다. 다율이가 성혜 곁으로 와서 초롱초롱한 눈망울로 그녀를 올려다보았다.

"지윤아. 그만 내려가자."

"네. 이모 가요."

갑자기 매미 떼가 일제히 한목소리로 울며 온 산을 뒤흔들었다. 성혜는 가장 마지막에 내려가면서 뒤돌아보았다. 팔월의 해가 지는 시각에 노을이 나무에 걸려있었다. 그렇게 형석의 첫 기일을 보내고 성혜는 다가오는 결혼식이 두려워졌다.

두 사람은 교회 본당에서 결혼식을 올렸다. 식전에 성혜의 친정어머니가 신부 대기실로 와서 축하해 주셨다.

"심 서방에게 잘해줘라. 그만한 사람 없다."

"알아요. 염려 말아요. 엄마."

성혜의 목소리가 잠겼다. 어머니가 성혜를 안고 등을 토닥여주었다. 지윤이와 피터가 와서 안아주었고 다율이가 "할미, 할미"를 부르는 바람에 신부 대기실이 웃음바다가 되었다.

현미와 시누이의 축하 인사도 있었다. 예복을 입은 심민철이 신부 대기실로 들어오더니 사랑이 가득한 눈으로 성혜를 바라보았다.

"일어나자. 함께 걸어가야지."

성혜가 말없이 일어나 그의 팔을 잡았다. 목사님의 주례로 식이 시작되었다. 피터와 지윤이가 연주하는 결혼행진곡 선율 속에 두 사람이 입장했다.

목사님의 말씀도 귀에 들어오지 않았고 두 사람은 그냥 공중에 붕 뜬 느낌이었다.

모든 순서가 끝나고 마지막 행진 때 지윤이가 '님이 오시는지'를 들려주었다. 두 사람은 마주 보고 미소 지었다. 이내 피로연이 시작되었다.
갑자기 출입구가 소란스럽더니 민철이 담임하고 있는 고3 학생들이 우르르 몰려왔고 교장 선생님도 뒤에 서 계셨다.
"너희들 수업도 빠지고 이게 뭐야?"
그러자 반장이 나서며 말했다.
"선생님. 골드 미스터 빼앗아 가시는 분, 즉 우리 사모님 봬야지요. 수업 오늘 못 하면 내일 하면 되죠."
"이 녀석들이…… 그래. 내가 졌다 졌어."
"심 선생님, 축하합니다!"
학생들이 주르르 성혜에게 몰려가서 거수경례를 하며 다 같이 큰 소리로 외쳤다.
"고맙습니다 사모님. 우리 선생님 구제해 주셔서 정말 고맙습니다."
"하이고, 저 녀석들이 정말……. 모두 빈자리에 앉아 밥 먹어라."
"네."
함성이 들려왔고 교장 선생님도 학생들과 함께 식사를 하셨다. 피로연도 끝나고 모두 돌아간 후 민철과 성혜는 편안한 옷으로 갈아입고 민철의 차에 탔다.
돌아간 줄 알았던 학생들이 차가 지나는 길에 늘어서더니 우레와 같은 힘찬 박수를 보냈다.
"나 다음 주에 온다. 공부 잘 하고 있어라."
"넵. 대장."
그들 사이로 빠져나와 서울을 벗어나 강원도로 들어서자 성혜가 말했다.

"옛날 대관령 길로 가줘요."
"아름답다던 길?"
"다시 보고 싶어요."
"그래 가자. 대관령으로."

민철이 그녀에게 기습 뽀뽀를 하고 대관령 한가로운 옛길로 접어들었다. 오랜만에 시원스럽게 민철의 차가 강릉을 향해 달려가고 있었다. 저 멀리 태백산맥을 따라 줄지어 서있는 산들은 시퍼런 녹색이었다.

차는 강릉을 향해 달려갔고 경포 바닷가에 있는 씨마크 호텔로 들어갔다. 여행용 가방을 들어준 청년에게 팁을 주자 그는 반듯한 인사를 하고 나갔다.

창가에 서서 바다를 바라보는 성혜를 뒤로 꼭 안아주며 오래도록 서 있었다. 그녀가 살며시 그의 품에서 빠져나와 피곤한지 침대에 누워버렸다. 사실 피곤하기는 민철이 더 했다. 긴장한 결혼식과 옛 대관령 길을 굽이굽이 돌아오느라 아찔해 그도 넥타이만 풀고 누워있다가 둘 다 잠이 들었다.

한기를 느끼고 일어나 보니 벌써 밤 12시가 넘었다. 둘 다 저녁은 생략하기로 하고 성혜가 먼저 샤워하러 들어갔다. 그녀가 젖은 머리칼을 수건으로 말리며 나오자 민철도 씻으러 들어갔다. 스킨과 로션을 바르며 거울 앞에 앉아있는 그녀를 샤워를 마친 민철이 침대로 안고 가 눕혔다.

전등불을 끄고 침대로 돌아온 그에게서 나는 스킨 향이 좋았다. 파도 소리를 들으며 두 사람은 하나가 되었다. 그렇게 오래도록 그녀만을 기다리던 민철은 보물을 다루듯 성혜를 사랑해 주었다.

다음 날 해가 호텔 창문을 기웃거릴 때에도 두 사람은 달콤한 잠에 취해서 일어나지 않고 있었다.

사실 어젯밤에 도착해 파도 소리만 들었지 아직까지 바닷가를 걷지도 못했다.

"성혜야. 우리 바닷가 걷지 않을래?"

"우리 맨발로 걸어요."

그녀가 민철의 말에 동의하며 일어섰고 함께 바닷가로 걸어나갔다. 어느 만치 걸었을 때 두 사람은 신발을 벗어 들고 맨발로 모래 위를 걸어갔다. 발바닥에 닿는 느낌이 간지럽고 좋았다.

"간지러워요."

"나도 그래. 기분 좋다, 너랑 걸으니."

"……"

"널 기다리던 그 시간만큼 함께 살 수 있을까?"

"그건 그분께서 하실 일이지요."

"그런 교과서적인 말 말고 더 감미로운 말 들려줄 순 없니?"

"이제라도 맺어주신 건 그분께서 우리를 불쌍히 여기신 거죠."

그녀의 목소리가 떨렸고 민철은 곁에 서있는 그녀의 어깨 위로 팔 올리며 걸어갔다.

바닷가에 갈매기가 날고 두 사람은 부부가 된 것을 실감하며 기꺼워했다.

눈이 시리도록 푸른 빛의 바다가 출렁이며 손짓하고 그들은 맨발로 걷다가 호텔방으로 돌아왔다. 하얀 모래가 그들이 걸을 때마다 바닥에 떨어졌다. 큰 발자국과 작은 발자국이 서로 맴돌고 있었다.

민철이 그녀를 샤워실로 이끌고 가서 그녀의 작은 발을 씻겨주었고 성혜도 그의 발을 정성스럽게 오래도록 씻겨주었다. 그러다 성혜가 고개를 들지 못하고 그의 발을 소중하게 안고 말없이 눈물을 흘렸다. 당황한 민철이 그녀의 눈높이에 맞춰 몸을 구부려 일으켜 안고 방으로 들어갔다.

"성혜야. 이젠 고통의 시간들은 다 지나갔다."

"내가 당신을 너무 아프게 했어요."

"아니야. 널 기다리는 건 나의 운명이었다."

"……"

"서로에게 충실한 그런 삶을 살자."

민철은 그녀를 끌어안고 바다가 보이는 의자에 앉았다. 바라다보이는 동해가 잔잔하게 수천 개 보석을 흩뿌린 듯 빛나고 있었다. 민철이 그녀의 얼굴을 감싸 안으며 웃었다. 성혜도 그제야 환하게 웃어주었다.

"우리 해안선을 따라 올라가 보자. 그러다 어느 한적한 마을에서 어머니의 마음으로 된장찌개를 끓여주는 집에서 점심을 먹자."

"그런 맘씨 고운 어머니가 있을까?"

"있을 거야. 가자."

"응. 간편한 옷으로 갈아입고."

성혜가 반바지 차림으로 변신하자 그는 청바지를 입고 체크무늬 셔츠에 얇은 니트를 목에 걸치고 나섰다. 카메라는 언제나 그의 손에서 떠나지 않았다. 그들은 아주 다정한 모습으로 호텔방을 나섰다.

동해를 끼고 민철은 천천히 차를 몰았고 경치가 좋은 곳에서는 어김없이 차를 세워서 카메라 셔터를 오래도록 눌러댔다.

송지호 해변을 지나 어느 작은 바닷가 마을에 그들이 말하던 그런 어머니가 살고 있었다. 차에서 내려 찾아간 작은 집 마당의 장독대 앞에는 채송화가 피어있고 그 옆으로 접시꽃도 피어있었다.

"계세요?"

성혜의 목소리에 집 뒤에서 노년의 인상이 부드러운 어머니가 나왔다. 그들은 공손하게 인사했다.

"점심식사를 하려고 하는데 혹시 된장국을 끓여주실 수 있나 해서요."

"어쩌나…… 찬이 변변치 않은데."

"그냥 호박 굵게 썰어 넣은 된장국만 끓여주시면 돼요. 그게 먹고 싶거든요."

"여행 중이신가?"

"네. 부탁드려요."

"저기 마루에 앉아서 잠시 기다려요. 내 솜씨 없지만 끓여보리다."

"고맙습니다."

그들은 마루에 올라앉았다. 집주인은 울타리를 타고 올라간 호박 하나를 따고 장독대의 항아리에서 된장을 퍼 와 부엌으로 들어갔다.

옻칠을 한 상에는 된장찌개와 김치, 오징어채 무침과 밭에서 방금 따온 고추와 상추가 놓여있었다.

"정말 고맙습니다."

"아니…… 된장찌개를 부탁해서 하긴 했지만 입맛에 맞을지 원."

"한국 사람에게 익숙한 맛이죠. 잘 먹겠습니다."

그들이 밥을 먹기 시작하자 부엌으로 가더니 탁, 탁, 솔가지 꺾는 소리가 들려왔다. 그들이 밥을 거의 다 비울 때가 되자 끓인 누룽지를 가져다 주었는데 기막힌 맛이었다. 누룽지까지 먹고 나서 그들은 인사를 하며 집주인의 손에 넉넉하게 쥐여주었다.

통일전망대로 간 그들은 멀리 보이는 북한 땅을 바라보았다. 그들은 그곳에서 오래도록 서성이며 북한 땅을 바라보는 노인 한 분을 만났다.

"고향이 북한이신가 봅니다."

"그렇지요."
"……"
"육이오 전에 내려와 이제껏 가보지도 못하고."
"지금은 어디 사시는데요."
"혼자서 서울에서 삽니다."
"여기 말고 파주 쪽에도 있지요?"
"저 산 아래가 내 고향이라오. 그래서 이곳으로 옵니다."
"북한에는 누가 있습니까?"
"아내와 아들 둘이 있는데."
"남한에선 재혼하셨습니까?"
"못 했지요. 고향에 처를 두고 어찌 할 수 있습니까?"
"……"
그들은 더 이상 아무 말도 할 수 없었다. 형형한 눈빛의 할아버지가 그냥 평범한 사람이 아님을 느꼈다.

친정집으로 간 그들은 부모님께 큰절을 올렸고 그날은 친정에서 하룻밤을 지냈다. 친정어머니가 딸과 사위를 차례로 안아주면서 말했다.
"서로 섬기며 잘 살아야 한다."
"엄마. 걱정 말아요. 잘 살게요."
"그래야지. 얼마나 귀한 인연인데."
어머니의 목소리가 울음소리에 가까웠다. 성혜가 그런 어머니를 안으며 울고 말았다.
우는 딸의 등을 토닥여주며 어머니가 말했다.
"그만큼 마음 아픈 세월을 보냈으니 잘 살아야지."

"네, 엄마. 미안해요."

"미안하긴…… 아까 지윤이가 전화했더라. 엄마 언제쯤 오냐고."

"전화할게요. 모레 가니까 내일은 지윤이한테 가봐야겠네요."

"그래라. 엄마를 빼앗긴 기분도 들 거야. 그 마음 달래주거라."

"그럴게요."

"방에 들어가서 쉬어라."

"네. 어머니."

그들은 방으로 들어갔다. 어머니의 마음 씀이 다 드러나는 방에서 서로를 바라보았다.

다음 날 성혜 부부는 지윤 부부와 저녁식사를 함께했다. 며칠 지나지 않았지만 그들 사이에는 어색한 분위기가 감돌았다. 다율이가 성혜 곁에 앉으며 "할미, 할미"를 불렀다. 성혜가 다율이를 안으며 말했다.

"우리 다율이 이제 가면 언제나 볼까?"

"내년에 올게. 엄마."

"그래. 엄만 언제든 환영한다."

지윤이의 목소리가 젖어들자 성혜가 당황한다. 그 모습에 민철이 피터에게 잠깐 밖으로 나가자는 제스처를 보냈고 함께 일어나 나갔다.

그들이 나가자 성혜는 지윤이 곁으로 가 핸드백을 열고 통장과 비자카드를 건네었다.

"지윤아 받아."

"이게 뭔데?"

"아빠 재산 전부야."

통장의 잔액을 보고 지윤이가 놀라는 얼굴이 되었다.

"엄마. 난 없어도 돼."

"아니다. 넌 아빠의 하나뿐인 딸이잖아."
"엉엉엉. 엄마. 엄마."
다시 지윤이가 큰 소리로 울어버렸고 성혜가 딸을 안으며 말했다.
"어린아이니? 툭하면 울고 그래. 다율이가 흉본다."
그 말에 울음을 그치고 엄마를 바라보는 지윤이의 눈에 사랑이 가득했다.
"엄마. 이제 아버지 놓치지 마."
"그럴게. 너도 피터랑 오래오래 사랑하며 살아."
"그 어느 때보다 엄마의 얼굴이 더 빛나 보인다."
성혜가 딸의 핸드백을 열고 통장과 카드를 넣어주었고 그런 엄마의 마음을 지윤이는 받기로 했다. 얼마나 지났을까? 민철이 피터랑 돌아왔다.
"이제 그만 일어나자. 내일 먼 길 가야 하니까."
"네."
"내일 할머니한테 전화해."
"그럴게요. 엄마."
지윤 부부와 다율이를 바래다주었다.
"우리 집이다."
아파트는 그들에게 집 이상의 의미로 다가왔다. 부디 사랑과 섬김의 공간이 되어주기를 바라며 마주 앉아 무릎을 꿇었다.

공항에서 지윤 부부가 딸과 함께 게이트를 나서고 있었다. 눈물을 참고 있던 성혜가 얼굴을 감싸며 울어버렸다. 민철이가 그녀의 손을 잡고 황급히 그 자리를 떠났다.

휴대폰에 찍어두었던 주차장으로 가서 차 문을 열어 성혜를 태우고 공항을 떠났다.
"미안해요."
"……"
"……"
"오늘 토요일인데 우리 어디로 바람 쐬러 가자."
"늦었어요. 내일 주일인데?"
"맞다. 다음부턴 금요일 퇴근 후에 떠나야겠다."
"네."
민철은 늘 성혜와 함께했다. 그동안 그녀의 주변만 서성였는데 그녀가 이제 그의 아내라니. 가끔씩 이게 꿈은 아닌지 자신을 꼬집어보기도 했다. 그의 하루하루는 활기찼다.

다음 날 결혼 후 처음 예배에 참석하는데 늦잠을 잤다. 민철이 빨리 차를 몰았다. 그녀가 그의 손 위에 작은 손을 올려놓았다.
"천천히 가요."
"알았어."
이런 아내가 곁에 있다는 것은 얼마나 큰 행운인가? 그의 그런 생각을 성혜는 알지 못했다.
그들은 살금살금 고개를 숙이고 들어가 뒤의 빈자리에 앉아서 기도를 했다. 예배 후 당회장실에 들러 감사 인사를 하고 천천히 교회를 빠져나와 그들의 아파트로 돌아왔다.
"오늘 십 년 감수했다. 하필 이런 날 늦을 게 뭐니?"
"킥킥킥."

"노총각 장가가더니 아내한테 빠져…… 하이고."
"나 때문에 놀림받는 거 창피해요?"
"기분 좋다. 창피하긴 쑥스러워서."
민철은 성혜가 쌀을 씻고 밥을 짓는 동안 졸졸 따라다니며 보고 있었다. 어릴 적 소꿉놀이처럼 그들은 행복했다.
일주일 후 현미네 부부와 친정 부모님이 함께 초대되었다. 거실로 안내된 친정어머니와 현미는 흑백사진 속에서 젊은 날의 성혜가 수줍은 듯 웃고 있는 것을 보았다. 현미가 사진 앞으로 가더니 그 장소를 생각해내곤 큰 소리로 말했다.
"맞다. 여기 생각난다. 홍릉이다."
"기억력이 대단해요."
그가 다가와 말했고 친정어머니는 그저 사위가 좋아서 등을 어루만지며 따라다녔다.
"모두 식사해요."
현미가 말하자 모두 다 모였다. 소박한 식단이었지만 식단은 알차게 차려져 있었다.
"현미야. 하은이는?"
"이제야 생각이 났나 보네. 오늘은 너랑 실컷 수다 떨다 천천히 오라신다."
"고마우셔라."
"그런데 이 집에 언제쯤 아가 울음소리가 나려나?"
"너는…… 주책이다."
"옛날에 쉰둥이 낳았다는 말 있다 너. 그렇죠 어머님?"
"그런 말은 있지만……."

"……"

당황한 두 사람 얼굴이 홍당무가 되었다. 성혜가 슬쩍 일어나 유리컵에 물을 담아왔다.

오늘 설거지 당번은 식기세척기가 하기로 했다. 과일과 차를 마시며 그들은 오랫동안 이야기하며 시간을 보냈다.

장모님이 피곤해 보이자 민철이 하룻밤 지내고 가시라며 방에 잠자리를 펴주었다. 어머니는 씻고 먼저 잠자리에 드셨다. 시간은 열한 시를 넘고 있었다.

"여보, 우리도 이제 가요. 두 사람 그만 방해합시다."
"방해는 무슨? 더 놀다 가."
"오늘만 날이 아니니까. 나 자주 온다."
"그래. 언제나 환영이다."

현미 부부가 돌아가자 성혜는 그만 침대에 누워버렸다. 민철이 그녀의 온몸을 마사지해 주었다.

"오늘 고생 많았어. 선생님들도 한번 집 구경하고 싶다고……."
"어떡해. 식사는 밖에서 하고 다과 정도만 하면 어떨까?"
"그렇게 하자. 이러다 병나겠다."
"언제?"
"담 주 금요일에 하는 걸로 하자. 더 이상은 사절이다."
"고마워요. 나 씻고 올게요."
"응."

그날 밤 성혜는 피곤해 쉽게 잠들었지만 민철은 현미가 말한 아가 울음소리가 귀에 맴돌아 늦게까지 잠들지 못했다.

나도 부드러운 아가 뺨에 뽀뽀해 보고 싶다는 말이 신음하듯 그의 입에서 나왔다.

 그들의 신혼생활도 3개월이 지났다. 겨울방학이 되었다. 성혜는 잠결에 그의 한숨 쉬는 소리를 들었다. 그녀는 알 수 있었다. 더 늦기 전에 아이를 갖고 싶어 하는 민철의 마음을 헤아리지 못하는 건 아니었다.
 성혜가 얼떨결에 딸을 낳고 출산 직후에 난관 불임수술을 받았다. 당시에는 몸과 마음이 피폐해질 대로 피폐해진 상태였다.
 그녀는 지윤이 하나도 벅찼다. 정성을 다해 잘 키우고 싶었다. 아이가 아플 때는 밤새 잠도 자지 않고 돌보았다. 물론 이 땅의 모든 엄마는 그렇다. 형석은 술에 취하면 아들 타령을 했지만 그녀는 오직 지윤이에게만 정성을 쏟았다.
 성혜는 후배와 점심 약속이 있어 외출한 민철이 돌아오면 상황을 말해야겠다고 생각하며 저녁식사를 준비했다. 그는 머리와 코트 위에 눈을 하얗게 뒤집어쓴 채 돌아왔다.
 민철이 현관에 들어서서 눈을 털어내며 군밤 봉지를 내밀었다. 받아든 군밤의 따뜻함이 그녀의 손안에 가득 전해졌다.
 "따뜻해."
 "당신이 좋아하잖아. 군밤."
 "맞아요. 겨울엔 군밤이지요."
 "들어가자. 그런데 폭설이 내리려나 봐. 우리 오늘 밤기차로 해운대 갈까?"
 "……"
 "왜 싫어?"
 "나. 할 말 있어요."

"나한테?"

그녀는 머리를 끄덕이며 먼저 거실로 들어갔고 민철도 코트를 벗으며 뒤따라갔다. 성혜가 군밤 봉지를 탁자 위에 놓고 앉았다.

그도 코트를 의자에 걸쳐놓고 곁에 앉아서 그녀의 어깨 위로 손을 돌려 안았다. 성혜가 천천히 말했다.

"나 지금 상태론 아이 낳을 수 없어."

"뭐?"

"지윤이 낳자마자 난관수술을 했어."

"그게 뭔데?"

"아이를 낳지 않게 하는 수술이야."

"……"

"난관복원수술을 해야 한대."

"수술하자. 같이 가자."

"내가 또 나이가 있어서 임신이 될지도 모르겠어."

"나도 너만 있으면 아무것도 필요 없다 생각했는데."

"……"

"미안하다."

"아니야. 사실 나도 당신 아이 갖고 싶어."

"마침 겨울방학이라 시간도 충분하고 잘하는 병원을 찾아보자."

"알았어요. 내가 알아볼게요."

"고맙다. 성혜야."

저녁식사가 끝나고 그들은 따뜻한 차를 마시며 창밖을 내다보았다. 사람들 모두 눈사람이 되어 조심스럽게 걸어가고 있었다.

"나갈까?"

"아니."
"들어가자."
그날 밤 민철은 쉬 잠들지 못하고 뒤척이는 성혜를 안아주었다. 그녀가 딸을 낳고 바로 난관수술을 했다는 말이 그의 마음을 아프게 했다. 성혜가 민철의 마음을 아는지 모르는지 가슴으로 파고들었다.

며칠 후 성혜는 병원 수술대 위에 있었다. 민철이 수술실 밖 복도에서 서성이다가 의자에 앉으며 기도하는 손이 되었다. 수술이 끝나고 나온 의사는 환하게 웃었다.
"수술 잘 되었습니다."
"몸은 어떻습니까?"
"걱정 말아요. 임신도 가능합니다."
"정말 고맙습니다."
민철이 일어나 의사에게 인사하고 성혜는 수술실에서 나와 회복실로 옮겨지고 있었다. 민철은 그녀 곁에 앉아 가느다란 손가락을 어루만지고 있었다. 얼마나 지났을까? 민철의 손안에서 그녀의 손가락이 움직였다.
"수고했다. 미안해."
"……"
성혜는 말없이 그를 보다가 고개를 흔들었다. 집으로 돌아와 한동안 식사 당번은 민철이 즐겁게 맡았다. 아이를 가질 수 있다는 의사의 말에 희망을 가졌고 그녀에게 더욱더 정성을 쏟았다.

민철은 학기말이 끝나는 2월에 사표를 제출했다. 그동안 교사를 천직으로 알고 살았지만 이제 사직하고 사진작가의 길만 걷기로 다짐했다.

아이들과 함께했던 시간들은 좋은 추억으로 간직하고 성혜와 지리산 매동마을로 내려가기로 했다. 자연 속에서 순하게 살아가는 그들과 함께 어울려 살기로 한 것이다.

사표가 수리되자 그들은 남원 호텔로 내려가 여장을 풀었다.

하룻밤을 보내고 매동마을을 찾아갔다. 민박집 주인장은 반가워하며 그들을 맞아주었다. 민철은 곁에 서있는 성혜를 주인장에게 소개했다.

"지난가을에 결혼한 아냅니다."

"늘 혼자 와서 안돼 보였는디 잘됐구만이라."

성혜는 웃으며 인사를 했다.

"전화했는데 할머니 집 어찌 되었습니까?"

"전주 딸네서 사신답디다. 인자는 밭농사도 못하실팅게."

"집 구경 좀 하게 해주세요."

"선생님 말을 허니께 집 보여드리라고 열쇠를 주더만요이."

주인장은 방으로 들어가서 한참을 찾더니 열쇠를 가지고 나와 앞장서 걸어갔다. 민철이 그를 따라잡느라 빠른 걸음이 되었다.

낡은 시멘트 담은 군데군데 무너져내리고 마당에는 아직도 잔설이 남아있었다. 우물 위에 묵직한 널판이 올려있어 물도 쓸 수 없었다. 우물 옆 장독대가 아무렇게나 방치되어 있었지만 옹기종기 항아리들이 놓여 있었다. 집 뒤의 감나무 한 그루에 까치밥이 매달려 있었는지 감꼭지가 붙어있었다. 집은 너무 낡아서 기둥만 빼고 완전히 리모델링해야 될 것 같았다.

"당신은 어때?"

"맘에 들어요. 고쳐야겠지요."

"고생할 것 같아."

"……"

"몇 달 동안 주인장 집에서 신세 좀 져야겠습니다."

"그람요. 방이 비었쓩게요."

민철의 말에 주인장은 마음씨 좋은 얼굴로 대답했고 성혜도 매동마을을 보는 순간 느낌이 좋았다. 서울에서 나고 자랐지만 이제는 자연 속에서 살고 싶었는데 고맙게도 그가 삶의 마지막을 여기서 살자고 한다.

"주인장. 할머니하고 잘 상의해서 이웃사촌 하며 삽시다."

"네. 전화 넣을라요."

"오늘까지 묵고 내일 올라갑니다."

"여그 선생님 전화번호 있쓩게 연락허것구만이라."

민철과 성혜는 꽃샘잎샘 추위로 오래 머물지 못하고 서울로 돌아왔다. 며칠 후 매동마을 주인장에게 전화가 왔다.

"선생님, 할머니가 만나서 계약서를 쓰자고 하능구만이라."

"언제요?"

"모레쯤 오시면 허던디요."

"오후 3시쯤 가겠습니다."

"지두리것구만이요."

"그날 뵙겠습니다."

휴대폰을 누르자 곁에서 듣고 있던 성혜가 말했다.

"매동마을 가는 거예요?"

"응. 할머니가 계약서 쓰자고 해서 모레 가야 해."

"우리 가요."

민철의 커다란 손을 어루만지며 말하자 민철이 그녀의 눈을 바라보며 웃었다.

다음 날 오전에 두 사람은 인월을 지나 매동마을 주인장 댁 사과 과수원 앞에 차를 주차했다. 민철이가 성혜랑 집으로 들어갔다.

"선상님 오셨구만이라. 할머니가 집 한번 둘러본다고 딸이랑 가셨당께요이."

"네. 기다립시다."

그들이 마루에서 기다리고 있는데 할머니와 딸이 마당으로 들어섰다.

"어르신, 집 판다니 서운하시지라."

"그라제. 시집와서 한평생을 거그서 살았잖는가이."

"맞지라이. 선생님이 오셨구만이라."

그들은 할머니와 인사를 나누고 계약서를 쓰고 돈을 건넸다. 눈물 바람을 하며 할머니가 열쇠를 건네주었다.

"집은 남향이라 좋소이."

"네. 고맙습니다."

할머니네 사위가 할머니 방에서 세간들을 옮겨 차에다 싣는 동안 할머니는 장독들을 열어보았다.

꽃담, 청매 피다

얼마 후 두 사람은 인월을 지나 매동마을 주인장 댁 사과 과수원 앞에 차를 주차했다. 민철이가 성혜랑 집으로 들어갔다.

할머니 사위가 방에서 세간들을 옮겨 차에 싣는 동안 할머니는 장독들을 열어보았다. 지난해 담가두었던 된장과 고추장을 가져온 플라스틱 통에 담고 있었다.

그리고 성혜 손을 잡아 장독대로 이끌었다.

"여그 된장허고 고추장 잡수셔요이. 나가 작년에 담갔는디 여간 맛있써라."

"네. 정말 고맙습니다. 잘 먹겠습니다."

"이곳이 터가 좋아서 좋은 일이 생길 것이요."

"할머니도 건강하게 오래오래 사세요."

"그라지요이."

그렇게 그들은 매동마을 오래된 집을 샀고 주인장과 이웃사촌이 되었다.

아직 날씨가 차서 공사는 사월부터 시작하기로 하고 그들은 주인장

민박집에서 집을 다 고칠 때까지 살기로 했다.

공사가 시작되기 전 몇 가지 짐을 챙기려 서울로 가서 두 사람은 한강변 작은 아파트에서 봄비가 수런거리며 내리는 밤에 차를 마시며 이야기를 나누었다.

수술 후 성혜는 마음으로 아가를 기다렸고 민철이도 같은 마음이었다.

두 사람은 어느 날 경복궁 살구꽃이 환하게 핀 자경전 꽃담 앞에 섰다. 여러 가지 식물을 잘 구워낸 붉은 벽돌 사이에 흰색으로 그려진 화장줄 선까지, 조선 시대 장인들의 솜씨에 그들은 절로 고개를 숙였다. 오래 전부터 경복궁에서의 만남은 항상 아름다웠던 그 시절로 돌아갔다. 봄, 여름, 가을, 겨울 사계절이 뚜렷한 우리나라는 얼마나 좋은지…….

엄마와 함께 경복궁에 온 작은 소년은 손에 풍선을 들고 있었다. 어쩌다 풍선은 하늘로 날아가 버리고 소년은 앙 울음을 터뜨리고 말았다. 엄마는 아들을 안아주며 달래고 있었다.

그 모습을 물끄러미 바라보는 민철의 얼굴에 부러움이 보이고 성혜는 애써 외면했다. 그녀는 꽃이 형상화된 자경전 꽃담으로 천천히 다가갔다. 매화, 모란, 국화, 석류, 長, 春, 길상문, 귀갑문과 만자문 등도 서로 어울려 아름다웠다. 어느 틈에 다가와 민철은 성혜의 손 꼭 잡아주었다. 그가 성혜랑 석류가 그려진 꽃담 앞에서 웃으며 석류와 성혜를 사진에 담았다.

"난 매화를 좋아하는데……. 석류는 별로 좋아하지 않아요."

"나는 석류가 좋더라. 가을에 빨강 루비 석류알이 예쁘잖아."

두 사람이 꽃담을 천천히 바라보는 그 시각에 살구꽃이 꽃보라로 흩날리고 있었다.

그곳을 떠나 건순문을 지나 왕비 침전이 있는 교태전으로 발걸음을 옮겼다. 지난해 장마 속에서 만났던 그곳 아미산 굴뚝 앞에 섰다. 그곳에는 우리나라 들꽃이 피어있고 아미산 굴뚝에 꽃담이 아름다웠다. 친정을 떠나, 교태전 문을 열고 왕비가 그리움으로 오래도록 보았을 아미산을 두 사람은 손을 꼭 잡고 바라보았다.

매동마을로 가기 전 깊은 밤 민철은 성혜에게 액자를 보여주었다. 석류 앞에 선 성혜가 환하게 웃으며 찍은 사진이었다. 꽃담과 하나로 된 그녀가 아름다웠다.

민철은 액자를 내려놓고 다가가 부드럽게 안아주었다. 그리고 뜨겁게 입맞춤하며 오래도록 서있었다. 그녀가 민철을 밀치며 말했다.

"답답해요."

"나는 좋은걸?"

"…….'

"우리 오늘 밤 아가 만들어보자."

"맘대로 되나요? 하나님이 주셔야죠."

"샤워하자. 그리고 우리 기도하자."

성혜는 웃으며 고개를 끄덕였다.

침실에 들어서니 꽃담 액자가 성혜 시선을 사로잡았다.

"당신이 샤워할 때 내가 걸었어. 어때?"

"응. 예쁘네요."

"석류가 의미하는 게 뭔지 아니?"

"모르는데 뭐예요?"

"다산을 의미한다고 해. 연꽃 열매도 포도도."

"그런가요?"

"우리가 나이도 있잖아. 다산은 아니고 왕자든 공주든 하나만 낳으면 좋겠다."

"맞아요. 하나님께 기도로 간구해요. 친정엄마에게 기도 부탁할게요."
성혜 목소리가 울먹이며 돌아서자 민철은 아차, 하는 얼굴이 되었다. 그날 밤 두 사람은 정성스럽게 사랑을 나누었다.

그 후로 그들은 더욱 간절하게 한 생명을 허락해 달라는 기도를 드렸다. 성혜는 친정엄마에게 기도 부탁했고 엄마는 그 후로 새벽기도 첫 번째가 되었다.

그들은 간단한 짐을 꾸려 매동마을로 갔다. 우선 할머니 장독대 항아리들을 주인장의 뒤뜰로 옮기고 오래된 집을 해체하고 부서진 담도 허물었다.

그 일까지는 수월했지만 작은 황토 한옥에 암실을 만들기 위해서는 한옥 짓는 전문가 도움이 필요했다. 그 결과 본채에 암실을 만들기로 하고 남향으로 햇볕은 잘 들게 하고 비가 올 때면 앞 마루에서 떨어지는 낙숫물 소리를 들을 수 있도록 처마 밑에 일부러 빗물받이를 달지 않았다. 아마 겨울에는 고드름이 줄줄이 매달려 있을 것이다. 이런 상상만으로도 두 사람은 행복했다.

봄이 되었고 주인장은 사과나무들이 하얀 꽃을 피우기 시작하자 바빠졌다. 사과꽃을 솎아주어야 가을에 튼실한 사과를 딸 수 있기에 한 사람의 손길도 아쉬운 상황이었다.

그들은 이곳에 와서 바로 시골교회에 등록해 교인들과 편안하게 지낼 수 있었다. 성혜는 반주자가 없는 것을 알고 반주로 섬기게 되었다.

주일날은 교회에 갔다 와 주인장 사과 과수원에서 하얀 사과꽃을 솎아냈다. 사실 그 작업도 쉬운 것은 아니었지만 늘 자신들의 일에 앞장서 온 걸 잘 알기에 열심히 도왔다. 꽃담도 완성되었고 황토집도 서서히 그 모양새를 갖추기 시작했다.

후투티가 땅을 파면 나오는 땅강아지를 먹기 위해 밭을 갈 때 근처에서 기다리다가 긴 부리로 기어이 잡아먹었다.

아침마다 그들은 인연을 소중하게 여기며 세상에서 가장 아름답고 빛나는 삶을 꿈꾸었다. 장독대 앞으로 채송화 꽃씨도 뿌리고, 마당에는 작은 꽃밭을 만들고 채소도 가꿀 수 있도록 했다. 지리산 나무 이파리들이 초록빛으로 변하기 시작하자 황토 한옥은 완성되었다.

서울에서 친정 부모님과 현미 가족이 내려오는 토요일 오후에 목사님과 성도들과 이웃들을 초대해 잔치를 열기로 했다. 노인분들이 좋아하는 홍어삼합과 아이들을 위해서는 피자를 시켰다. 주인장 아내가 음식에 관한 모든 것을 주관했다. 목사님 축복기도로 잔치가 시작되었고 종교는 달라도 이웃들이 다 같이 모여 맛있는 식사를 했다.

현미가 서울에서 가져온 예쁜 떡은 인기가 좋았다. 할머니들이 손자 가져다준다며 너도나도 가지고 갔다.

"앗따. 겁나게 맛있네 그랴."

"서울에서 가져왔잖여. 떡도 별시럽게 맹글었네."

"서울에서 오시니께 좋구만그려. 요로코롬 예쁘고 맛있는 떡도 먹어 보고."

할머니들 수다도 재미있었다. 모두 돌아가고 나자 친정 부모님과 현미 가족만 남았다.

친정어머니는 꽃담과 심은 나무들을 보고 좋아했고 조약돌을 깔아 만든 장독대 위 항아리를 손으로 어루만졌다. 현미도 그들의 집을 부러워했다.

"성혜야. 집 너무 예쁘다. 여름 별장으로 써도 될까요?"
"그럼. 너네 가족은 언제나 환영이야."
"와. 너 눈치 주기 없기."
"그럼."
그날 그들은 모두 하룻밤을 지내고 교회를 다녀온 뒤 지리산에 올랐다. 계곡에 수박과 과일들을 담그고 오후를 즐겼다. 몸이 떨릴 정도로 차가운 물속에서 나와 맨발로 집까지 걸어갔다.
친정 부모님은 며칠 후에 이삿짐을 가지러 서울로 가는 딸과 동행하기로 했고 현미 가족은 다음 날 새벽에 출발하기로 했다.
주인장 아내는 삶은 옥수수와 감자를 가져다주었다.
"고맙습니다. 잘 먹겠습니다."
"맛있게 드시라고요."
"네."
현미가 밝은 목소리로 대답했다. 친정어머니는 너무 많이 먹었다며 손사래를 치며 방으로 들어갔다.
평상에 누워서 밤하늘을 올려다보니 은하수가 흐르고 있었다. 별똥별이 꼬리를 길게 늘이며 산 너머로 멀어져 갔다.
"성혜야. 서울을 뒤로하고 여기에 온 거 잘 했다. 부럽다. 그 용기가."
"민철 씨 생각이었어."
"그래?"
"지리산에 사진 찍으러 다니면서 오래전부터 생각했었다더라."
"와. 그런 생각도 하고."
하은이가 잠들자 현미 부부는 딸을 안고 방으로 들어가며 인사를 하고 민철은 사립문을 걸고 들어갔다.

"아무래도 강아지라도 사야겠어요. 당신이 사진여행이라도 가면 나 혼자 못 자요. 무서워요."
"여행은 늘 당신과 함께할 거야."
"그래도 우리 남원 장날에 가서 순한 강아지 사요."
"이사하고 나서 장에 가보자."
"약속한 거죠?"
"자. 내 손바닥에 사인해."
그에게 몸을 구부리자 꼭 끌어안고 입맞춤을 했다.
일주일 후 서울에 간 그들은 예약한 이삿짐센터로 연락했고 부동산으로 들어갔다.
"선생님 오셨습니까?"
"예. 큰 아파트가 부담이니 팔고 작은 아파트를 사면 좋겠습니다."
"그러시면 이삿짐은 언제?"
"오늘 갑니다."
"고맙습니다. 그렇게 일을 진행하고 나서 연락드리겠습니다."
"수고해 주십시오."
민철은 부동산 전화번호를 입력시키고 지리산 매동마을로 이사했다.

초가을이 다가오고 있었다. 하늘에 고추잠자리 떼가 맑은 가을하늘 아래 낮게 날다가 가을바람에 투명한 날개를 부딪치며 높이 날아오르곤 했다.
과수원 사과도 붉은빛으로 익어가는 계절이 왔다. 그녀의 서툰 시골살림은 그렇게 시작되었다. 어느 날 딸에게 전화를 걸었다.
"엄마. 오랜만에 전화했네."

"집 짓고 이사하고 바빴다."
"엄마. 카톡으로 보낸 집 너무 예뻐. 내년 여름에 갈게. 모두 다."
"그래. 와서 푹 쉬고 가라."
"아버지도 잘 계셔?"
"그럼. 좋은가 봐."
"안부 전해 주세요. 엄마. 보고 싶다."
"나도 보고 싶다."
"내년에 봐."
"피터랑 잘 지내고 다율에게 좋은 엄마 되고."
"알았어. 엄마. 나도 이젠 어른이라고요."
"맞아. 너 어른이야. 그래도 엄마는 아이로 보이는걸."
"네. 네. 나는 엄마의 영원한 아가다."
"잘 지내."

통화를 끝내고 성혜는 그가 있는 마당으로 나갔다. 그는 평상 위에 앉아서 다가오는 그녀의 발소리를 듣고 있었다. 이렇게 사는 날이 오리라고 생각지 못했는데……. 그녀가 평상 위로 올라와 곁에 앉았다. 그는 성혜 젖은 머리칼을 쓰다듬었다. 지리산 깊은 산속에서 부엉이 우는 소리가 들리고 동네 개 짖는 소리도 들려왔다. 그녀는 무서워 민철의 품에 얼굴을 묻었다.

그들은 남원 장날에 강아지를 사러 읍내로 갔다. 주인장 말이 오전에 가야 살 수 있다 해서 갔는데 성혜와 눈이 마주친 순하고 순한 강아지를 안아 들었다.

"나 골랐어요."
"응. 순하게 보인다."

"할머니! 태어난 지 얼마나 되었나요?"

"두 달이 되능구만이."

"그 정도면 괜찮아. 가자."

성혜가 할머니 손에 돈을 건네며 차에 올랐다. 강아지가 품속으로 파고들었다. 그녀가 꼭 안아주는 것을 보고 민철이 웃었다.

매동마을로 이사한 후 그들은 서서히 자리를 잡아가고 있었다. 가을이 오고 들판과 산들이 울긋불긋 단풍이 드는 시각이었다.

민족의 명절 한가위가 지나가고 매동마을은 다시 고요해졌다. 핸드폰으로 지윤이가 전화를 걸었다.

"지윤이구나. 잘 지내지?"

"응. 엄마도 잘 지내죠?"

"그럼. 다율이도 피터도?"

"네. 엄마랑 아빠랑 성탄절에 빈에 와요."

"유럽 추울 땐 싫더라."

"엄마. 빈 필 신년음악회 티켓 올 초에 어렵게 구했는데."

"……."

"피터가 엄마에게 꼭 선물하고 싶다고 해서."

"고맙다. 갈게."

"기다릴게요. 엄마. 사랑해."

성혜가 전화를 놓고 곁에 서있는 민철을 끌어안으며 좋아했다.

"지윤이가 빈 필 신년음악회를 우리에게 보여주겠다고 하네. 비행기 티켓 보낸대요."

"그렇게 좋아?"

"그럼요."

"좋겠다. 한성혜 씬."
"당신이랑 같이 오래요. 성탄절에. 그런데 뭘 입지?"
"옷이 왜?"
"언젠가 텔레비전으로 보니까 일본 여자가 기모노 입고 있더라. 우리 전주 가서 한복 맞춰요. 두루마기부터 완벽하게."
"그렇게까지 해야 돼?"
"그럼요. 이번이 처음이자 마지막이 될 수 있거든요."
"며칠 쉬고 전주 가자."
"알았어요."
한껏 기분이 좋아진 성혜가 그에게 환하게 웃었다.
며칠 후 그들은 전주 남문시장에 있는 한복집 문을 열고 들어섰다.
"어서 오세요."
곱게 한복을 차려입은 아주머니가 그들을 맞았다.
"한복을 맞추려구요."
"네. 두 분 다 하시려고요?"
"네."
"여기 책자에서 골라 보세요."
성혜에게 책자를 주고 자리를 비우더니 향긋한 차를 끓여 투명한 찻잔에 내왔다.
"드시면서 천천히 고르세요."
"네. 민철 씨도 봐요."
"……"
그들은 차를 마시면서 책자를 넘겨보고 있었다. 민철은 평범한 한복을 맞추고 두루마기를 황금빛으로 했다. 성혜는 검정 치마에 진녹색 저고리에 빨강빛 고운 두루마기와 검정색 조바위까지 완전히 갖추었다.
"12월 초까지 완성할게요."
"고마워요. 수고하세요."
"예쁘게 만들어 놓을게요."
 한복을 맞추고, 성혜 부부는 경기전을 찾았다. 입구 양쪽에 서있는 대나무가 스치듯 소리를 내었다. 또 오래된 청매 한 그루가 감아져 내려온 듯 차가운 겨울날인데도 꿋꿋하게 살아있었다. 조선왕조실록이 있는 전주 사고가 그 가까이에 위엄 있게 서있었다.
 그들은 가까운 도청 근처에 있는 전주비빔밥 집으로 들어갔다. 유기그릇에 하얀 밥과 정갈하게 둘러 있는 갖가지 나물들 위로 계란 노른자를 담아낸 비빔밥은 참 맛이 있었다. 따뜻한 차를 마시고 그곳을 나와 가까이 보이는 전동성당을 찾아갔다. 우리나라에선 가톨릭 성도들이 먼저 순교당했다. 성당 건물 앞쪽에서는 목에 칼을 매단 성도를 볼 수 있었다.
 전동성당을 오른쪽으로 돌아가니 호랑가시나무가 빨간 열매를 매달고 있었다. 크리스마스 카드에 나오는 그 열매였다. 프랑스 신부님 동상도 보고 중국에서 온 기술자들이 구운 벽돌로 지었다는 성당은 견고하고 아름다웠다.

 12월 성탄절에 그들은 빈 공항에 내렸다. 지윤 가족이 마중 나와 피터가 운전하는 차로 이동했다.
 집에 도착하자, 아래층 방으로 안내하며 지윤이가 말했다.
"두 분이 사용하세요."
"알았다. 고마워."
"얼굴이 좋아 보여요."

성혜가 얼굴을 만지자 그가 곁에서 웃었다. 그녀가 가지고 온 가방을 풀고 지윤 가족에게 선물을 나눠주었다. 지윤 부부에게는 개량 한복, 다율에게는 앙증맞은 예쁜 한복을 선물했다. 다율이가 그 옷을 보고 환하게 웃으며 옷을 벗는다. 그러더니 한복을 들고 성혜에게 다가오며 불렀다.

"할미. 할미."

"이리 오렴. 할미가 입혀줄게."

다율에게 한복을 입혀주자 쪼르르 방문을 열고 어디론가 달려갔다. 지윤이가 따라가며 부르는 소리가 들렸다.

"혼자 가다가 넘어진다. 엄마 손 잡아야지."

"거울 보러 가나 봐."

"맞아요. 제 모습 보고 싶어서요."

피터도 고개를 숙이곤 방을 나갔다. 다른 가방을 열고 성혜는 가져온 두 사람 한복을 걸어놓았다. 지윤이가 딸의 손을 잡고 들어오며 걸려있는 한복을 보고 환호했다.

"엄마. 화려해서 좋아요. 아버지랑 두 분이 가면 빈 황금홀이 빛나겠어요."

"고마워. 어찌 내 마음을 알았니?"

"음악 선생님이었잖아요."

"나도 초대해 줘서 고맙다."

"아버지도 당연히 모셔야죠."

그렇게 빈에서 생활이 시작되었다. 춥지만 온 가족이 기분 좋은 연말을 즐겼다.

매년 1월 1일 오전 11시 15분에 빈 신년음악회가 시작된다. 두 사람은 설레는 마음으로 피터 차를 타고 늦지 않게 극장 앞에 내렸다. 거의 양복 차림의 서양인들이었는데 한복을 입고 내리는 그들에게 일제히 시선이 쏠렸다.

"원더풀!"

"베리 뷰티풀!"

"나이스!"

환호와 박수가 쏟아졌다. 고개를 숙여 인사를 하고 그들은 극장 안으로 들어가 티켓에 표기된 좌석에 앉았다.

황금홀은 텔레비전에서 본 것같이 무대 앞뒤, 파이프 사이에도 모두 생화로 장식되어 있었다. 그 꽃향기에 관객들은 연주보다 먼저 취할 것 같았다.

"너무 좋아요."

"나도 그래."

"지윤이가 기특한 생각을 했네요."

"엄마를 이해한 거지. 오늘은 내가 근사한 식사 쏜다."

"고마워요."

그녀 목소리에 갑자기 울음이 섞이자 민철이 손을 잡아주며 웃었다.

"아버지가 밥 산다는데 뭘 그래."

"그래도."

요한 슈트라우스의 왈츠가 연주되기 시작했다. 아들이 음악 하는 것을 싫어했던 아버지 몰래 음악에 빠졌던 그의 작품은 신선함을 주었다.

성혜는 오래전에 영화에서 본 그 장면이 떠올랐다. 경쾌한 곡들의 연주가 모든 청중의 흥을 돋우었다.

마지막 곡은 요한 슈트라우스의 '라데츠키 행진'이었다. 라데츠키는 오스트리아 장군의 이름이다. 곡이 연주되자 일순간 관람석에서 크레센도

때는 박수로, 피아니시모 때는 모두 조용히 그렇게 화답했다.

극장의 천장은 금빛과 화려한 그림으로 장식되어 있었다. 유럽 어느 나라든 궁전이나 박물관이나 그 화려함은 말할 필요가 없다. 황금홀도 그랬다. 두 사람은 천천히 관람석을 빠져나갔다.

"할미. 할미."

극장 밖에서 지윤이와 손녀가 기다리고 있었다.

"참 좋았다. 고마워."

"엄마. 올해 좋은 일 있을 것 같아."

"맞아. 흥에 겨워서. 아버지가 식사하잔다."

"고맙습니다. 엄마, 피터가 조금 늦어요."

"기다리지 뭐."

지윤이 차에서 기다리니 피터가 뛰어왔다. 벨베데레 궁전 근처 맛집으로 갔다. 그곳에는 립과 슈니첼, 맥주도 있었다. 다율이는 슈니첼을 먹고 어른들은 모두 립을 먹었고 다율이는 음료수, 어른들은 맥주 한 잔씩을 마시기로 했다.

겨울이어서 그들은 식사 후 집으로 돌아왔고 성혜와 민철은 방으로 들어가 얼른 불편한 한복을 벗고 나왔다.

"엄마. 한복 불편하지?"

"응."

"엄마 쉬어요. 아침부터 고생했어요."

"그래야지. 당신도 쉬어야지요."

"난 괜찮은데."

그와 눈이 마주치자 눈을 껌벅이며 방으로 들어갔다.

"애들도 쉬어야죠."

"그렇구나. 내가 생각이 거기까지. 우리 문 잠그고 눕자."
"네. 발이 부었어요. 버선에 고무신에."
"엎드리면 내가 마사지해 줄게."
"고마워요."
성혜의 발이 통통 부어있었다. 민철이 그녀 다리를 정성스럽게 마사지해 주었다.
이틀을 쉬고 난 성혜 부부는 빈의 구석구석을 돌아보기로 했다.
"오늘부터 우리 빈 거리를 순례하기로 했다."
"우리 엄마. 좋겠다. 음악가 묘지부터 봐야지?"
"그럼. 유명한 그들이 있는 곳 보고 싶었단다."
"엄마. 내가 같이 가고 싶지만 두 분이 다녀요. 그게 맘 편할 것 같아요."
"알았다. 거기부터……."
"엄마, 여기 빈 시내 안내도 아마 필요하실 거예요."
"고맙다."
두 사람은 1월의 빈 날씨가 추워 코트를 입고 집을 나섰다.
민철은 가까이에 있는 택시 타는 곳에서 차에 오르며 영어로 익숙하게 중앙묘지로 가자 말했다. 백발의 노인은 환하게 웃으며 그들을 편안하게 무사히 그곳에 내려주었다.
들어서자 중앙에 카를 보로메오 성당이 그들을 반갑게 맞아주었다.
그리고 두 사람은 천재 음악가지만 마지막에 불행한 삶을 산 모차르트를 맨 처음 만났다. 오래전 영화를 보며 마음 아파했던 성혜는 모차르트 몸은 없어도 두 손 모으며 기도하고 있었다. 베토벤과 슈베르트를 만나고 브람스와, 왈츠를 즐겨 작곡한 요한 슈트라우스 2세의 화려한 정원처럼 아름다운 무덤도 만났다.

"묘지라기보다 아름다운 정원 같아요."

"맞다. 여러 나라를 다녀보았는데 우리나라 무덤은 어딘지 모르게 아픔을 느끼는데 외국의 무덤은 다른 느낌이야."

묘지에서 먼저 본 음악가 묘지와 유태인 묘지 구역, 역대 대통령 무덤, 예술가의 무덤, 다양한 무덤들이 있었다. 두 사람은 겨울 그 아름다운 묘지를 지나 카를 뤼거 성당으로 들어갔다. 웅장한 내부에서 두 사람은 무릎을 꿇고 기도를 했다. 화려하지 않아도 고국에서 먼 이곳에서 무릎을 꿇는 것. 성혜는 자신의 삶에 하나님이 역사하심을 느끼며 감사 기도를 했다. 얼마나 지났을까? 민철이가 곁에서 일어나는 것을 알고 그녀도 일어나 그의 손을 잡았다. 교회 내부를 천천히 보며 두 사람은 성당을 나왔고 거기에 안장된 정치가들의 소박한 무덤을 보았다. 경주의 왕릉에 비하면 초라하기 그지없었다.

잘츠부르크를 꼭 보고 싶었던 성혜는 지윤이가 제안한 2박 3일 겨울 여행에 동행하기로 했다. 지윤은 엄마의 빈 여행을 추진하면서 잘츠부르크도 함께 넣었다. 음악 선생이었고 모차르트를 사랑한 엄마에게 그가 태어난 곳을 꼭 보여주고 싶었다.

지윤 부부와 다율이, 성혜 부부는 골드너 히르쉬 호텔에 여행용 가방을 풀고 근처에서 식사를 마친 후 노랑 빛의 아름다운 모차르트 생가를 보았다. 조금 떨어진 그의 박물관을 보았다.

1층에는 그가 사용한 침대와 피아노, 바이올린, 자필 악보, 편지들이 있었다. 당시 피아노는 현대와 다른 것으로 하프시코드라 하는데 유리관에 보존되어 있었다.

가까운 데 그가 빈으로 갈 때까지 살았던 곳으로 걸어갔다. 겨울이라 추운데 성혜는 그런 기색도 보이지 않고 다율이 손을 잡고 걸어갔다.

연분홍빛 그곳에는 그랜드 피아노가 있었다. 천재 모차르트가 열정적으로 피아노 치며 작곡했을 모습이 떠올라 성혜는 눈을 감아버렸다. 그가 연주했던 작은 바이올린도 유리로 된 작은 공간에 놓여 있었다.

해가 지기 시작하였고 성혜 일행은 다 같이 호텔로 돌아와 저녁식사를 하고 먼저 성혜 객실로 들어갔다. 바로 옆방에 나란히 투숙하게 배려한 지윤 부부가 고마웠다.

"엄마. 편히 쉬세요. 나는 옆방이니까 불편한 것 있으면 말씀하세요."

"그래. 고맙다. 피터도……."

"고맙긴 엄마에게 드리는 성탄 선물."

"너무 큰 선물이다. 분에 넘치는……."

성혜의 목소리가 잦아들자 지윤이가 엄마를 꼭 안아주며 말했다.

"엄마가 날 어떻게 키웠는데……. 우리 갈게요, 편히 쉬세요. 내일은 많이 걸어야 해요."

다율이 손을 잡고 피터랑 함께 그들 객실로 돌아갔다. 그제야 민철과 성혜는 외출복을 잠옷으로 갈아입었다. 민철은 욕조에 따뜻한 물을 받아 먼저 씻고 나와 좋은 스킨 향을 풍기며 다가왔다.

성혜가 욕실로 들어가 한동안 나오지 않았다. 민철이 들어가 보니 따뜻한 욕조에서 잠들어 있었다. 민철이 빙그레 웃으며 그녀를 안아 큰 수건으로 감싸 안고 침대에 눕혔다. 민철은 그녀에게 깊은 입맞춤 하더니 방 안의 작은 등까지 모두 꺼버리고 사랑을 나눴다.

다음 날은 푸니쿨라를 타고 호엔잘츠부르크 성을 올랐다. 겨울이라 바라다보이는 시내는 적막 속에 평화로워 보였다. 호엔잘츠부르크 성 위 하늘은 얼마나 푸른 빛인지…….

점심식사 하고 지윤이와 피터는 자주 왔는지 앞장서 미라벨 궁전을 찾아갔다. 겨울이라 그 화려한 정원은 침묵하고 있었다. 거기에서 그 유명한 영화 〈사운드 오브 뮤직〉을 촬영했다고 한다. 성혜는 오래전 그 영화를 보며 감미로운 에델바이스를 부르는 그 공연장에서 그 가족이 생각났다.

미라벨 궁전을 뒤로하고 그들은 호텔로 돌아와 식사하고 야경 구경에 나섰다. 별이 하늘 가득 빛나고 작은 도시도 성탄 트리와 함께 반짝이고 있었다.

선물 가게를 찾아가서 성혜는 다율이 빨강 털모자와 장갑을 사서 예쁜 포장지에 싸서 지윤에게 건넸다.

"고마워요. 엄마."

"다율이 작은 선물이야."

"네. 엄마."

"너희들에겐 미안하다."

"아니. 나는 늘 엄마한테 받기만 한걸."

"모레 서울로 가네. 여름에 서울에 오렴. 다 함께."

"네, 엄마. 갈게요."

"그래. 추운데 호텔로 가자."

"네."

이튿날 오전에 체크아웃 하고 그렇게 그들은 잘츠부르크의 2박 3일 여행을 마치고 빈으로 돌아왔다. 빈에서 신년음악회와 아름다운 다뉴브강과 모든 것들이 아름다운 여행이었다. 다음 날 저녁식사를 지윤 가족과 하고 보름 동안 여행을 마치고 그들은 빈을 떠났다.

공항에서 성혜는 지윤이를 오래 안아주었다. 다율에게 뽀뽀하며 안아주었고 피터의 등을 두드리며 안아주었다. 민철도 차례대로 안아준 다음 비행기에 올라 서울로 향했다. 긴 비행기 여행으로 성혜는 지쳐있었고 민철은 그녀를 잘 돌봐주었다.
"미안해요. 너무 피곤해요."
"우리끼린데 어때? 푹 자."
민철은 그녀 손을 꼭 잡아주었다. 긴 하늘길 여행은 두 사람에게 귀한 선물이었다.

인천공항에서 내려 먼저 친정 부모님에게로 갔다.
"엄마. 지윤이네 다 잘 있어."
"고맙구나. 외국에서 건강 잃지 않고 잘 살아야지."
"다율이도 많이 컸어요."
"그래? 며칠 푹 쉬고 가거라."
서울에 오니 성혜 마음이 푸근해졌다. 그들은 이틀을 쉬고 매동마을로 내려가기로 했다.
이틀이 지나고 그들은 기차로 남원역에서 내려 오래 비운 매동마을 집으로 가지 못하고 켄싱턴 호텔로 들어갔다.
"성혜야. 집은 추울 거야. 내일 집으로 가서 보일러 틀고 따뜻해지면 올게."
"네. 늦지 말아요. 나 무서워요."
"그럼. 어서 자자. 내일 일찍 가서 보일러 틀려면."
민철이 먼저 잠이 들고 성혜도 스르르 잠이 들었다.
아침에 일어나 간단한 식사를 하고 민철은 택시로 먼저 매동마을로 향했다. 집에 가서 방으로 들어가니 방바닥이 차가워 재빨리 보일러실로 들어가 틀고 옆집 과수원집으로 찾아갔다.

"저 왔습니다."
"하이고, 인제 오셨구만이라. 잘 댕겨 오셨지라이."
"그럼요."
"집이 추울틴디 어서 들어오시지라이."
방으로 들어가면서 작은 선물을 방 안에 내려놓으며 말했다.
"우리들 마음입니다."
"그냥 오셔도 되는디요이. 고맙구만이라."
"그동안 잘 지내셨지요?"
"네. 우리들이야 뭐, 잘 있었구만이라."
오랫동안 씌워둔 차 덮개를 걷어내고 시동을 걸었지만 걸리지 않아 포기하고 방에 들어가서 손바닥으로 만지니 겨우 방바닥에 온기가 전해졌다. 온종일 보일러를 가동하니 따뜻해져 오후에 성혜에게 가서 함께 집으로 돌아왔다.

진달래가 핀 사월이 오고 두 사람은 평온한 시간을 보내고 매동마을은 꽃동네가 되었다. 구례, 노랑 물감으로 색칠한 산수유꽃이 핀 마을에 가서 천천히 걸으며 민철은 계속 사진을 찍었다.

하늘은 맑았고 계곡을 따라 얼음장 깨고 들려오는 물소리가 청아했다. 어느 날 구례 화엄사 붉은 매화를 앵글에 담았고 그것은 말할 수 없이 아름다웠다. 봄이 되니 만물이 소생한단 표현이 맞았다.

그렇게 두 사람의 하루하루가 아름답고 충만했다. 시간이 흐르고 성혜는 몸에 이상함을 느끼고 손을 꼽으며 생각에 잠겼다.

'아가다! 정말 오랜만에 느끼는 몸의 변화야.'

잘츠부르크에서 아주 아름다웠던 하룻밤이 생각났다. 모차르트의 고향, 영화 〈사운드 오브 뮤직〉에서 에델바이스를 부른 조국을 사랑했던 그의 가족들의 합창이 떠올랐다. 성혜 얼굴에 홍조가 가득했다.
 과수원에 가서 사과꽃을 솎아주러 간 민철이 돌아오자 그녀는 말없이 그 품으로 안겼다.
 "무슨 일이야?"
 "그분께서 우리 기도에 응답하셨어요."
 "뭐라고? 정말이야?"
 그의 품에서 나오며 환하게 웃고 석류와 함께 찍은 사진 앞에 섰다.
 "굉장하다. 정말 고맙다."
 "그분께서 베푼 귀한 아가죠."
 "내일 주일이야. 예배드리고 월요일에 서울 병원에 가서 확인하고 친정에서 하루 쉬고 작은 아파트로 가자."
 "그래요. 먼저 엄마한테 알려드려야지요. 엄마의 기도가 더 큰 힘이 되었어요."
 "맞아. 나도 잘 알아."
 그렇게 주일예배 드리고 다음 날 아침 민철은 매동마을을 벗어나 천천히 서울로 향했다. 고속도로 휴게소에서 성혜는 평소에 마셨던 커피 대신 주스를 마셨다. 민철도 덩달아 주스를 마시고 좋아했다.
 두 사람은 예약한 병원 진찰실로 들어가 기쁜 소식을 확인했는데 성혜는 눈물을 흘리고 말았다. 밖에서 기다리던 민철과 만난 원장 선생님이 말했다.
 "축하합니다. 임신입니다."
 "선생님. 고맙습니다."
 "여기 아가 낳을 때까지 주의 사항이 있으니 두 분 잘 보고 조심하세요."
 민철은 고개를 깊이 숙여 인사를 했다. 병원을 나와 성혜는 먼저 엄마에게 알리고 집에 간다 전했다. 민철이 누나에게도 전화해서 성혜의 임신 소식을 전했다.

"성혜가 나이가 많으니 집에 가면 뭐든 다 해야 해. 알았지?"

"그럼 누나. 내가 다 한다."

"누나가 언제 내려갈게."

"나중에……. 지금은 우리 둘만 있고 싶다. 누나."

"그래. 못 말린다. 축하해."

두 사람은 친정으로 가서 엄마에게 큰절하고 성혜는 그 품에 안겼다.

"몸조심해야 한다. 적은 나이가 아니잖아."

"네 조심할게요. 엄마."

"심 서방이 힘들겠네."

"아닙니다. 뭐든 다 할 수 있습니다."

"아빠는 운동 가셨어요?"

"응. 아침에 일찍 나가셨다. 저녁식사는 집에서 드신다더라."

"네, 엄마. 우리 방에 가서 쉴게요."

"아침 일찍 서울로 오느라 피곤했을 텐데 쉬어라."

두 사람은 한강 변 작은 아파트는 내일 가서 쉬기로 하고 방으로 들어가 잠이 들었다.

아버지는 성혜의 임신 소식에 맛있는 식사를 함께하며 성혜를 사랑이 가득한 눈길로 바라보았다.

다음 날 아침 그들 아파트로 가서 두 사람은 흐르는 강물을 보았고 불어오는 강바람을 맞으며 가장 행복한 부부가 되었다.

성혜의 핸드폰이 울리자 환하게 웃으며 받았다.

"나야."

"엄마 축하드려요. 아가 가졌다고요?"

"외할머니가 전화하셨구나?"

"네. 저도 기뻐요. 동생이잖아요."

"맞아. 내년 여름에 오면 동생 볼 수 있겠다."

"엄마. 축하해요."

"고맙다."

두 사람은 마주 보며 밝게 웃었다.

매동마을로 내려왔고 고샅길에는 살구꽃이 피었고 복숭아꽃도 피어 충만했다. 꽃담 안에 심긴 청매는 축하하는 듯 향기로 가득했다. 일곱 그루 모란도 화려한 빛으로 꽃을 피웠다. 그해 봄 민철은 그곳에서 가장 아름다운 삶으로 성혜랑 함께 충만한 봄을 보내고 있었다.

"나도 아버지가 된다."

봄볕이 다사로운 언덕에서 불타는 노을이 지는 시각 그는 큰 소리로 외치고 성혜를 꼭 끌어안았다. 〈끝〉

| 김한나 소설 |

나의 사랑, 내 어여쁜 자^者야

초판 발행일 2025년 6월 10일

지은이 김한나
펴낸이 임만호
펴낸곳 창조문예사
등 록 제16-2770호(2002. 7. 23)
주 소 서울특별시 강남구 압구정로 404, 2층(청담동) (우 : 06014)
전 화 02) 544-3468~9
F A X 02) 511-3920
E-mail holybooks@naver.com

책임편집 김종욱
디자인 이선애
제 작 임성암
관 리 양영주

ISBN 979-11-91797-75-6　03810
정 가 13,000원

※ 잘못된 책은 바꾸어 드립니다.